명상
살인 3

ACHTSAM MORDEN AM RANDE DER WELT

by Karsten Dusse

익명의 순례자

명상 살인 3

카르스텐 두세 — 전은경 옮김

세계사

일러두기

본문 중 고딕체는 원서에서 이탤릭체로 강조한 부분입니다.

리나를 위해

차
례

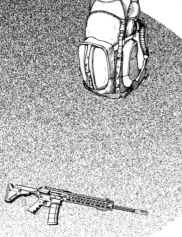

아직 끝나지 않은 이야기

태어난 사람은 누구나 죽는다. 무척이나 마음이 놓이는 사실이다.
우리는 '언제 죽을까'라는 질문으로 매일 스스로를 괴롭히는 대신,
매일 '어떻게 살까'라는 질문을 하며 기뻐할 수 있다.

_____ 요쉬카 브라이트너, 『내면을 향한 발걸음─자아 발견을 위한 순례』

우리는 명상에 잠겨 침묵하며 3킬로미터를 나란히 순례했다.
그러다가 검사의 머리가 갑자기 폭발하여 선분홍색 구름으로
변했다.

나는 1초 뒤에야 총성을 깨달았다.

방금 전까지만 해도 내 순례 길동무의 생각이 담겼던 신체 부위는 이제 불쑥 배낭의 방수 커버와 야고보의 길에 흩뿌려졌다. 론세스바예스에 조금 못 미친 이바녜타 고개 인근에서 벌어진 일이었다.

탄환이 그의 머리를 관통한 직후에 다음과 같은 생각이 내 머리도 꿰뚫고 지나갔다. '순례가 효력이 있네!'

비록 아주 평화로운 방법이 아니긴 해도 검사는 프랑스 길 2단계에서 이미 자신의 평안을 찾았다. 암에게 굴복할 때까지 몇 달간 계속될 두려움과 통증은 이제 겪지 않아도 됐다. 이 순간 모두 해결됐다.

하지만 내 앞에는 아직 아주 먼 길이 남아 있었다.

원래 나는 산티아고데콤포스텔라로 가면서 세 가지 단순한 질문에 집중하려고 했다.

인생의 의미는 무엇인가?

나는 죽음과 어떤 관계를 맺고 있나?

충만한 삶을 위해 진정 필요한 것은 무엇인가?

이제 이 세 가지 질문에 내 미래와 관련된 중요한 두 가지 질문이 불쑥 더해졌다.

방금 누가 쐈지?

어차피 살날이 얼마 남지 않은 검사를 쏜 이유가 뭘까?

마지막 질문에는 사실 마땅한 대답이 없었다.

1

영혼 스케일링

치아 관리와 영혼 관리 사이에는 근본적인 차이가 하나 있다. 양치질을 잊어버리면 먼저 다른 사람들에게 악취를 풍긴다.

——————— 요쉬카 브라이트너, 『내면을 향한 발걸음─자아 발견을 위한 순례』

처음부터 솔직하게 고백해야겠다. 나는 순례를 좋아한 적이 없다.

나에게 순례자란 언제나 사치스러운 문제와 다기능 의복을 갖춘 사람이라는 뜻이었다. 자아 발견을 위해 차양이 넓은 모자를 쓰고 몇 주 동안이나 스페인에서 걸을 수 있는 사람은 최소한 '자녀와 직업을 어떻게 조화롭게 해결할까'라는 평범한 고민은 없어 보였으니까. 정신적 빈곤에 대항하여 몇 주 동안이나 순례하려면 일단 시간이나 재정 면에서 그렇게 할 능력이 되어야 한다.

나는 가정이나 일이 순례에 방해가 되는 게 아니라 어쩌면 바로 순례의 훌륭한 원인이 될 수도 있다는 생각을 인생 전반기에는 한 번도 하지 못했다. 심리상담사 요쉬카 브라이트너 집의 초인종을 누를 당시에도 이 생각이 45살이 되어서 변하리라고는 짐작하지 못했다.

예전에 나는 심리상담사를 핸디캡 개선을 하기는 하지만 일상생활에서는 그다지 중요하지 않은 역할을 하는 골프 강사 정도로 간주했다. 그러다가 내 딸의 엄마이자 당시에는 아직 아내였던 카타리나가 긴장 완화를 강요하는 통에 요쉬카 브라이트너를 만났다.

요쉬카 브라이트너는 나에게 명상을 알려줬다. 그러자 어느 정도 기적이라고 불릴 만한 일이 일어났다. 명상의 도움으로 한 인간의 삶에서 벌어지는 세 가지 종류의 모든 문제를 해결할 수 있게 된 것이다. 이미 오래전부터 가지고 있던 문제, 가지고 있는지도 몰랐던 문제, 그리고 삶에 매일 새롭게 등장하는 문제.

요쉬카 브라이트너와 명상은 내 삶을 바꾸었다. 나는 대부분의 남자들이 이발소에 가듯이 심리상담사에게 갔다. 남자들은 새로운 헤어스타일을 원하는 게 아니라 그저 지난번 이발소에서 나왔을 때와 똑같은 모습으로 보이려고 그곳에 간다. 나는 얼마간 자기만족을 느끼거나 내가 원하는 곳에 대충 도착했다는 감정을 느꼈다.

나는 잘 정리된 삶을 영위했다. 다섯 살짜리 딸과는 놀라운 관계를, 전처와는 느긋한 관계를 유지했다. 거기다 전처의 새 연인과도 성숙한 관계였다. 수입은 충분한 정도 이상이었는데, 힘을 아주 많이 쓸 필요도 없었다. '정리된'이나 '놀라운', 또는 '느긋한'이나 '성숙한', '힘을 아주 많이 쓸 필요가 없는'이 정말 내가 살면서 기대하는 건지 이 상담 시간 전까지는 전혀 생각해보지 않았다.

4주에 한 번 진행되는 브라이트너 씨와의 대화는 영혼을 위한 치아 스케일링과 비슷했다.

스케일링을 하는 간격이 너무 길면 언젠가 앞니 뒤쪽이 불편하게 울퉁불퉁하다는 걸 느끼게 된다. 그럴 때면 이걸 없애야 한다.

내 영혼도 비슷했다.

하지만 두 번의 상담 사이에 영혼의 울퉁불퉁한 요철을 신중하게 제거했더니 지금까지 여덟 명의 목숨이 사라졌다. 요쉬카 브라이트너는 이 일에 대해 알지 못했다. 내 삶과 동행하는 죽은 자들은 왠지 모르게 그의 상담이 가져온 논리적인 결과 같았다. 원인이 아니라.

상담 시간은 아름다운 일상 습관이 되었을 뿐 아니라, 내 영혼의 요철도 일찌감치 제거되어 최근에는 아무도 그 때문에 생명의 위험에 처하지 않았다. 어느 날 완벽하게 비어 있는 치아가 발견되기도 한다는 사실은 내 상상력을 넘어서는 일이었다.

나는 늘 저녁 5시 30분 예약보다 10분 먼저 느긋하게 요쉬카 브라이트너 집 앞에 도착했다. 그리고 항상 그렇듯이 그의 상담실이 위치한 유겐트슈틸 지역에는 덩치가 좀 큰 랜드로버 디펜더를 주차할 자리가 한 곳도 없다는 걸 새삼 또 확인하곤 했다. 나는 습관대로 일방통행 규정에 따라 블록을 두 번 돌았지만 허사였고, 결국은 세 블록 떨어진 슈퍼마켓 주차장에 주차했다. 또 늘 그렇듯이 상담실까지 800미터를 달리느라 느긋하던 시간적 여유는 긴장된 '거의 정확한 시간'으로 바뀌곤 했다.

그리고 정확하게 5시 31분에 초인종을 눌렀다.

12개월쯤 전부터 유지되던 이러한 일상과 이날의 유일한 차이는 내가 5시 32분에야 초인종을 눌렀다는 것, 그리고 택시로 왔다는 사실이었다. 운전사는 처음 진입하면서 일방통행로 하나에서 너무 일찍 꺾었다. 내 느긋함은 겨우 유지되는 정도에 불과했다. 전날의 숙취도 여전히 괴로웠다. 이 불쾌감은 잊고 싶은 전날 저녁을 계속 기억나게 했다.

브라이트너 씨는 이번에도 귀향하는 사람을 맞아주는 평온함으로 문을 열었다. 살짝 지각했지만 거기에 대해서는 친절하게 침묵하며 상담실로 앞장섰다. 나는 브라이트너 씨가 옷이 단 한 벌밖에 없는지, 아니면 늘 똑같은 빛바랜 청바지와 면셔츠와 올이 굵은 카디건을 아주 자주 입는 건지 알아내지 못했다. 다른 옷을 입은 모습을 본 기억이 없었다. 하지만 늘 똑같은 옷은 전혀 지저분하지 않았다. 옷에 가치를 부여하지 않는 듯한 그의 무신경함은 오히려 의미를 아주 강조하는 결과를 낳았다.

나는 늘 그렇듯이 코듀로이 깔개를 씌운 크롬 의자 두 개 중에 하나에 앉았고, 그가 녹차를 따르는 동안 또 늘 그렇듯 서가의 책등을 훑어봤다.

그리고 항상 그렇듯이 손무의 『손자병법』과 마르쿠스 아우렐리우스의 『명상록』 사이에 어니스트 헤밍웨이의 소설 『태양은 다시 떠오른다』가 꽂혀 있는 이유가 무엇인지 궁금했다.

나는 이 의문을 그냥 머릿속에서 사라지게 할 마음의 준비를 했다. 요쉬카 브라이트너 씨가 어떻게 지내냐는 도입 질문을 할 거라고 예상했기 때문이다.

하지만 그러지 않았다.

이번에는 "또 뵈니 좋습니다. 기분이 어떠세요?"라는 질문이 없었다. 방문할 때마다 늘 듣던 루틴에 무시할 수 없는 구멍이 생겼다.

나는 익숙한 일상에서의 이러한 일탈에 당황하여 그를 빤히 바라봤다. 그는 녹차 찻잔 두 개를 들고 내 앞에 선 채 질문할 게 있다는 표정으로 미소를 지었다.

"왜 2분이죠?" 그가 찻잔을 건네며 물었다.

"예?" 나는 그가 무슨 말을 하는지 이해할 수 없었다.

"그러니까 1년도 넘게 이 상담에 매번 확실한 부정확함으로 1분 지각하시잖아요. 그런데 오늘은 2분 늦었습니다. 왜죠?"

나는 브라이트너 씨에게 배운 게 많다. 무엇보다도 내 욕구를 신중하게 의식하라는 것을 배웠다. 이 순간 나는 사실 한 가지 욕구밖에 없었다. 이 바보 같은 질문에 대해 아무 생각도 하고 싶지 않다는 욕구였다.

지극히 미세하게 늘어난 부정확성에 대해 불편한 정확성으로 질문을 받자 내 내면은 당황하여 더 많이 흔들렸다.

"하지만… 저는… 그런데 그게 무슨 차이가 있나요?"

"바로 그 점에 대해 듣고 싶군요. 하루를 생각하면 2분은 별로 긴 시간이 아닙니다. 하지만 1분에 한정하여 생각하면 2분은 100퍼센트 차이지요. 작지 않습니다. 자, 그러니 오늘 평소보다 두 배나 늦은 이유가 뭔가요?"

어제저녁 때문이다. 잊어버리고 싶었는데.

내 랜드로버 차축이 부러졌기 때문이다. 창녀 두 명의 노래 때문이다. 중국인 사업가 두 명이 응급실에 가야 했기 때문이다. 너무나도 기억하기 싫은 이 온갖 일들 때문이다.

하지만 내 감정에 심하게 부담이 되는 일들은 아니라서 심리상담사와 이야기할 만하지는 않았다.

그러나 이제 상담 대상이 되어야 할 일들로 변했다.

나는 살짝 말을 돌렸다.

"택시 운전사가 길을 잘못 꺾었어요."

브라이트너 씨는 방향을 찾는 사람들이 비극의 현장에 남겨두어 매체에서 늘 영향력을 발휘하는 골판지 안내판이라도 된 것처럼 나를 빤히 바라봤다.

안내판에는 '왜?'라고 쓰여 있었다.

나는 이 질문이 택시를 탄 이유를 묻는 거라고 짐작했다.

"지금 제 차를 쓸 수 없어서요."

그는 다시 '왜?'라는 안내판의 시선으로 나를 바라봤다.

"어제 의뢰인들과 소소하게… 식사를 했기 때문입니다. 좀 늦어졌거든요." 나는 당황하여 어색한 미소를 띠고 구체적으로 말하면서 얼음처럼 차가운 보드카를 목구멍에 털어 넣는 손동작을 했다.

요쉬카 브라이트너는 내 직업이 뭔지 알고 있었다.

심리상담사는 내가 형사사건 변호인으로서 수입의 대부분이 당연히 범죄자 의뢰인을 위한 법적 상담에서 온다는 사실을 알고 있었다.

하지만 내 의뢰인의 숫자가 예전에 경쟁하던 두 패거리 일원들로 한정되었다는 것은 알지 못했다. 나는 이들을 법적으로 상담할 뿐 아니라 사실상 완전히 진두지휘했다.

내가 두 패거리의 보스들을 영혼 스케일링이라는 이유로 살해했으니까.

한 명은 시간의 섬에서 나를 방해했기 때문에.

다른 한 명은 그의 생존이 내 내면아이의 이익에 부합하지 않았으므로.

하지만 이는 모두 과거 일이다.

일 년도 넘는 세월 동안 나의 현재는 일정한 궤도를 달린다.

일정하게 업무를 수행하는 변호사들은 일정하게 의뢰인들과 식사를 함께하기도 한다. 상담사에게 그걸 숨길 필요는 없었다.

가치 중립적으로 보면 어제저녁은 변호사와 마약 밀거래자, 무기 판매업자와 에스코트 서비스 사장, 유치원 원장의 모임이었다.

사랑을 담아 관찰하면 어제는 형식에 얽매이지 않는 사람들이 재미있게 뒤섞인, 지극히 느긋한 저녁이 되어야 했다.

현실은 전혀 그렇지 않았다. 완전히 반대였다.

나는 브라이트너 씨가 이제 바로 이 점을 아주 상세하게 분석하리라는 걸 예감했다.

"디멜 씨…. 나이가 어떻게 되시죠?" 상담사가 평소와 다름없는 세심함으로 나를 침묵에서 이끌어냈다.

그는 이미 대답을 알고 있었다.

"마흔다섯 살입니다. 어제가 생일이었지요."

나는 또다시 왜냐고 묻는 그의 시선을 이번에는 해독할 수 없었다.

"왜 생일이었냐고요?"

"왜 생일에 의뢰인들과 외출했느냐고요."

진실을 찾는 치료의 창이 첫 번째 공격을 가했다. 나는 마흔다섯 번째 생일에 진짜 친구들이 아니라, 직업상의 이유에서 내 초대에 응할 수밖에 없는 사람들과 파티를 했다.

"생일을 떠들썩하게 보내고 싶지 않아서요." 대답이 신뜻 나오지 않았다. 생일을 떠들썩하게 보내지 않으려고 초조하게 시도해봐야 이 날짜의 실제 의미가 전혀 작아지지 않는다는 걸 잘 알고 있었다.

"마흔다섯 살이라…. 통계로 보면 거의 정확하게 인생의 절반이지요. 이런 날을… 뭐랄까… 그렇게 '중립적으로' 보내다니 참 독특하군요." 브라이트너 씨가 가치 중립적으로 말했다.

"생일 파티는 이미 했습니다. 오후에 딸이 저와 함께 동물원에 가길 원했고, 그 후에 카타리나가 다 같이 생일 케이크를 먹자고 했지요."

카타리나와 나는 반년 전에 이혼했다. 우리는 무척 유연하게 에밀리와의 일상을 우정으로 공유하곤 했다.

"당신은 뭘 원했나요?" 브라이트너 씨가 물었다.

"네?"

"당신 생일이었잖아요. 딸과 전 부인이 당신 생일에 뭘 원했는지는 이제 알게 됐습니다. 당신이 원한 건 뭐였지요?"

나는 제대로 이해하지 못했다.

"저요? 저… 저는 가족과 생일을 보내는 게 기뻤습니다…."

"혼자였다면 생일에 동물원에 갔을까요?"

"당연히 아니지요." 나는 깊이 생각할 필요도 없이 바로 대답했다.

"그러니까 당신은 가족과 함께 가족이 원하는 대로 생일 파티를 했습니다. 그러고 가족이 사라지자… 집에 혼자 있게 된다는 구멍을 피하려고 일을 하러 가신 거로군요." 브라이트너 씨가 듬성듬성한 내 대답을 적절하게 요약했다.

이야기가 잘못된 방향으로 흘러갔다.

진실에 아주 가까워졌으니까.

"아니요, 파티를 했습니다."

"의뢰인들과?"

"우린 거의 친구 같은 관계입니다."

"의뢰인들 중에 몇 명이나 당신 생일을 알고 있었지요?"

정곡을 찔렀군. 한 명도 없었다.

"제가 제대로 이해했는지 모르겠군요. 마흔다섯 살 생일 저녁을 그 생일에 대해 알지도 못하는 사람들과 완벽하게 의식적으로 함께 보내려고 하셨다고요?" 브라이트너 씨가 요약해서 물었다.

"솔직하게 말하자면 제일 원하던 상황은 집에서 혼자 보내는 거였답니다."

"그런데요?"

"제 내면아이가 파티를 원했지요."

브라이트너 씨는 내 내면아이를 알고 있었다. 나에게 내면아이의 존재를 알려준 사람이 바로 그였으니까.

"그래서 절충을 하자고 생각했습니다. 제 생일을 선혀 모르는 사람들과 파티를 하기로 말이지요."

심리상담사가 보이는 직업적인 '왜?'라는 시선은 그가 멍청한 내 해명을 듣는 데 이미 익숙하다는 의미였다.

"그래요…. 저는 그냥 신중하게 좀 취하고 싶었답니다."

"그게 어떻게 가능하지요?" 브라이트너 씨가 한편으로는 당황하고 다른 한편으로는 호기심 어린 말투로 물었다.

"신중한 술 취함이란 알코올을 그 순간에 사랑을 담아 가치 중립적으로 즐기는 거지요. 오로지 취하기 위해 취하는 겁니다. 어떤 부정적인 감정을 몰아내기 위해서가 아니라요."

"그러니까 신중한 술 취함이란 사랑을 담은 매질과 같군요." 브라이트너 씨가 논쟁 행렬에 느긋하게 들어섰다.

"네?"

"첫 번째 매로는 양자 간의 기본적 믿음이 깨집니다. 마찬가지로 첫 번째 잔은 순간을 신중하게 인지하는 바로 그 기초 감각을 마비시키지요."

이런 실수는 하지 말았어야 하는데. 예술가에게 그가 직접 창조한 작품의 위조품을 팔아서는 안 된다.

"네, 알겠습니다. 그렇다면 '신중한 술 취함'이란 잘못된 표현이었네요. 저는 그것보다는 사실 '의식적으로' 취하고 싶었습니다."

"어떻게 의식적으로 취하지요?"

"진지한 계획을 통해서요. 그날 저녁에는 카타리나가 에밀리를 맡기로 했습니다. 저는 식사를 하게 될 호텔에 미리 객실을 하나 예약했지요. 술에 취해서 바로 침대로 쓰러지려고 말입니다. 한밤중에 숙취 때문에 갈증이 나면 마실 미네랄워터 두 병도 챙겼어요. 지인들에게 에워싸여 있지만 그들은 제 생일을 모르는 채, 지나온 45년을 저와 내면아이 둘만 축하하며 즐겁게 저녁 시간을 보낼 생각에 들떴었답니다."

설명을 하면서 내가 도대체 언제부터 술 취하는 것조차 세심하게 계획하는 고루한 속물이 됐는지 의아했다.

"저녁 시간을 그렇게 의식적으로 계획했는데, 오늘은 왜 파티를 망친 십 대처럼 보이시지요?"

흠, 아마 어제저녁에 바로 그런 일이 일어났기 때문이겠지.

2

친밀함과 거리

인간은 사회적 존재이다. 타인과의 친밀함은 생활에 반드시 필요하다. 자신의 영혼을 위한 거리는 먼저 일어난 친밀함을 시공간적인 거리를 두고 관찰하기 위해 자발적으로 선택했을 때만 긍정적인 관점을 지닌다.

———————— 요쉬카 브라이트너, 『내면을 향한 발걸음—자아 발견을 위한 순례』

눈에 띄는 나의 반감에도, 또는 어쩌면 바로 그 반감 때문에 브라이트너 씨는 천사 같은 인내심을 보이며 조심스럽게 나를 전날 저녁으로 인도해갔다.

"어제저녁에 무슨 일이 일어났는지 다루기 전에… 파티를 하러 자주 외출하시는 편인가요?"

"제가요? 아닙니다…. 저녁에 나가는 일은 드물지요."

"'드물다'는 건 어느 정도의 빈도를 말하는 건가요?"

"거의 없답니다."

"그러시는 이유가 있나요?"

시절은 이렇게 크게 변한다. 지나치게 잦은 파티 때문에 변명을 해야 하는 인생의 시기가 있다. 그리고 파티를 하지 않는 이유를 변명해야 하는 시기도 있다.

"음, 밤에 딸이 제 집에서 자는 게 절반이지요. 그럴 때는 당연히 외출하지 않습니다. 술조차 마시지 않아요."

"외출이나 술을 하지 못해서 아쉬운가요?"

"오히려 반대입니다." 대답이 좀 지나치게 빠르다 싶게 튀어나왔다. "아버지라는 존재를 매초 온갖 감각으로 순수하게 즐길 수 있어서 기쁘답니다."

"하지만 어려운 일이지요." 브라이트너 씨가 걱정스러운 목소리로 말했다.

"네, 다시 한번 말하지만… 그렇답니다! 아버지 노릇이 가끔 힘들 때도 있어요. 바로 그 이유에서 다른 한편으로는 그 외 절반의 밤을 오로지 저를 위해 혼자 보내는 게 기쁩니다."

"어떤 점이 힘드시지요?"

"어린이 수영에서 어린이 무용, 이런저런 아이들 생일 파티로 정신없이 여기저기 뛰어다니는데, 여기에 더해서 각종 행사에 따라 감정도 각각 다르게 널뜁니다. 저녁에는 너무 지쳐서 딸에게 책을 읽어주지 못할 정도인 날도 많아요. 하지만 그래도 읽어주지요. 그리고 대부분은 딸 옆에서 잠이 듭니다."

"모든 날의 절반은 딸을 위해 희생하고, 다른 절반은 재생을 위해 쓰시는군요." 브라이트너 씨는 진도를 나가기에 앞서 당황스러울 만큼 명확하게 상황을 요약했다.

"그렇다면 저녁에 외출해서 새로운 사람을 만날 기회가 많지 않네요."

"새로운 사람을 만나고 싶다는 욕구가 크지 않습니다." 나는 브라이트너 씨의 '왜?'라는 시선 때문에 곧장 덧붙여 말했다. "살면서 보니 가까이 지내고 싶지 않은 사람이 꽤 많다는 깨달음 때문에 축소됐지요. 나이가 들수록 사람을 알고 싶다는 욕구가 점점 더 좁은 영역에 집중되는 경우가 많습니다. 그 중심에 제 가족 그리고 마지막에는 저 자신이 있지요."

"당신 욕구의 중심에 있는 한, 가장 끝에 있는 것이로군요." 브라이트너 씨가 고개를 끄덕이며 중얼거렸다.

"네?" 나는 그의 혼잣말을 캐물었다.

"그러니까 가끔 뭔가 부족하다는 느낌을 받으시겠어요. 그렇지요?"

그랬다. 그게 아니라면 생일에 일부러 사실상 낯선 사람들과 술을 마시고 취하려는 생각은 하지 않았을 테니까. 나는 고개를 끄덕였다.

"아, 그러면 이제 시작입니다." 브라이트너 씨가 안심시키듯 중얼거렸다.

"무엇의 시작이라는 말인가요?"

"무엇을 위한 시작인가라는 질문이 맞겠지요. 그건 나중에 다시 설명하기로 하지요. 일단 어제저녁부터 설명해보세요. 어떤 의뢰인들이었습니까?"

드라간 세르고비츠 범죄 조직의 관리자들이었다. 나는 드라간을 살해한 후에 이들을 직접 통솔했다.

우리는 1년에 두 번 만나 멋진 분위기에서 훌륭한 음식을 먹고 술을 마시며 많이 웃었다. 그러면서 직업상의 주제들을 편하게 이야기했다.

이 모임은 충성심과 효율성을 증가시킬 뿐 아니라 개인적으로는 훨씬 더 좋은 효과를 주었다. 이런 만남이 나에게는 그저 즐겁고 감동적이었기 때문이다.

은둔하는 아버지의 낯익은 일상에서 가볍고 안락하게 벗어나는 일이었다.

콜걸 사장이나 무기와 마약 거래업자와 유치원 원장에 대해 세간에 어떤 선입견이 있든 전혀 관계없이 나는 칼라와 발터,

스타니슬라브와 사샤와 함께 있는 게 즐거웠다. 이들과는 대학생 시절의 밤, 또는 군대 시절에나 알던 허무맹랑하고 어리석은 짓을 하며 관례를 벗어나 거의 유치하다시피 한 즐거움을 누릴 수 있었다.

나는 심리상담사에게 드라간의 살해에 대해 언급하지 않고서 상황을 설명하려고 애썼다.

"제가 자문을 해주는 의뢰인 그룹이 있답니다. 우리는 편안한 분위기에서 일정한 간격을 두고 만나지요. 저는 이 모임을 좋아합니다. 그래서 이 모임을 제 생일과 엮을 수도 있겠다고 생각했어요."

브라이트너 씨는 이렇게 간결한 정보에서도 심오한 결론을 이끌어낼 수 있었다.

"그러니까 전혀 모르는 사람을 새로 사귀기보다는 관계와 역할이 정해진 사람들을 만나는 걸 선호하시는군요?"

나는 거기에 무슨 문제가 있을까 고민했지만 답이 떠오르지 않았다.

"맞습니다. 혹시 무슨 문제라도 있나요?"

"진짜 친구들과 생일 파티를 하는 사람도 있다고 하던데요."

내 교우 범위가 아주 좁다는 걸 자세히 설명하고 싶지 않았으므로 나는 파티에 반감을 느낀다는 말을 꺼냈다.

"저는 엄청나게 치장한 낯선 사람들의 보여주기 쇼에 익숙하지 않답니다. '40세 이상 파티'에서든 다른 파티에서든 말이지요. 그런 곳은 자기 집과 자동차와 보트를 뽐내며 자신의 빈 공간을 술과 디자이너 의상으로 채우는 남자들, 기괴하게 화장한 채 자신을 향한 회의와 미래에 대한 불안을 프로세코로 씻어내며 수다를 떠는 여자들로 언제나 가득해요. 그런 파티에서 이 두 그룹이 만나면 최종적인 비극이 일어나지요. 저는 그런 세상이 싫습니다."

즉흥적인 증오의 독백이 끝나고 침묵이 따라오자 나는 왠지 좀 패배한 느낌이 들었다.

그러다가 브라이트너 씨가 물었다. "어떤 점에 실망하셨나요?"

"저… 저는…."

"마흔다섯 살 생일인데, 저녁에 파티를 하자고 불러주는 사람이 아무도 없었군요. 그랬습니까?"

나는 고개를 끄덕였다.

"그러니까 그게 어제저녁의 첫 번째 부정적인 깨달음인가요?" 나는 풀이 죽은 채 되물었다.

"또는 오늘의 첫 번째 긍정적인 깨달음이지요. 민낯인 사람들을 사귀고 싶은데, 어디서 만나야 할지 모르시는 겁니다."

나는 대화가 끊긴 틈을 타서 차를 한 모금 마셨다. 브라이트너 씨도 그렇게 한 후에 다시 나를 향했다.

"우선 어제저녁 일을 이야기합시다. 당신의 내면아이든 당신이든 그건 일단 중요하지 않고, 어쨌든 둘 중 한 명이 생일 선물로 파티를 원했습니다. 평소라면 좋아하지도 않으면서 말이지요. 그리고 낯선 사람들이라는 불편함에 직면하지 않으려고 당신 생일이라는 걸 모르는 의뢰인들과 파티를 하길 원했어요. 당신은 저녁 시간을 기대했고 준비까지 했습니다. 술도 아주 의식적으로 계획했지만, 그건 빈 공간을 메우거나 미래에 대한 불안을 씻어내기 위해서가 아니었어요. 맞습니까?"

이렇게 요약하고 보니 모든 게 상당히 멍청하게 들렸다. 나는 망설이다가 고개를 끄덕였다.

"거기서 뭔가 잘못된 게 있나요?"

"없습니다. 당신의 계획이 제대로 작동하지 않았다는 사실을 제외하면 말이지요. 그게 아니라면 어제저녁이 어떤 식으로든 실패로 끝나지 않았을 테니까요. 그랬더라면 평소보다 두 배로 늦게, 그것도 택시를 타고 오지 않았을 거고 아마 기분도 좋았겠지요. 자, 어제저녁에 무슨 일이 벌어졌습니까?"

나는 이야기를 시작했다.

3

자극

스마트폰은 담배와 큰 차이가 없다. 당신이 그것의 소비를 줄이는 바로 그 순간, 타인의 소비가 더욱 큰 방해로 다가온다.

——————————— 요쉬카 브라이트너, 『추월 차선에서 감속하기─명상의 매력』

나는 비밀 생일 파티를 위해 5성급 호텔의 23층 스카이라운지 레스토랑을 예약해뒀다. 어느 자리에서든 도시 전경이 매혹적으로 내다보였다. 맑을 때면 제일 가까운 중간급 산맥도 눈에 들어왔다. 이런 전망을 이기는 것이라고는 날씨가 좋을 때 앞쪽 옥상 테라스에 있는 칵테일 바의 분위기뿐이었다.

도시의 지붕들보다 더 높은 곳에서는 맨정신에도 이미 저 아래에 있는 일상보다 황홀하고, 숭고하고, 우월하다는 느낌을 받는다.

내가 들어갔을 때 사샤는 이미 바에 서 있었다. 드라간의 전직 운전사였던 그는 보육교사 교육을 끝내고 이제 유치원 원장이 됐는데, 우리는 그 유치원을 자기애에 빠진 부모 이니셔티브로부터 완전히 이타적이지는 않은 방식으로 빼앗았다. 사샤와 나는 새로 얻은 이 유치원 위층에 있는 각자의 집에서 살았다.

나는 사샤와 거의 친구 같은 관계였다. 그는 나에 대해 많은 것을 알고 있었지만 내 생일은 몰랐다.

의식적인 술 취함에는 미리 확실하게 정해둔 술 마시는 순서도 포함됐다. 나는 식사 전에 식욕 촉진용으로 진토닉과 샴페인 한 잔을, 식사를 하면서는 화이트 와인 두 잔을, 그 후에 마지막으로 더블 보드카를 한 잔 마실 계획이었다. 그러면서 물 2리터도 함께 마시면 내 체중과 비교할 때 알코올이 적당해서 기분 좋게 취한 상태로 침대에 쓰러지고, 다음 날 아침 활기차게 다시 일어날 수 있을 터였다.

술에 전혀 단련되지 않은 내 위장이 혹시 이 모든 걸 시큼하게 다시 뱉어낼 경우에 대비해서 위장약도 두어 알 챙겼다.

나는 진토닉을 손에 든 채 그 후 15분 내에 도착한 칼라와 스타니슬라브와 발터를 즐겁게 맞았다.

전직 콜걸이었던 칼라는 내가 드라간의 홍등가를 점잖게 바꾼 덕분에 이제 고급 에스코트 서비스 회사인 '에스 익스클루시브S-Exclusive'의 사장이 되었다. 칼라를 외모만으로 판단하자면 5성급 호텔에서 흔히 보이는 리셉션 매니저 같지만 거친 유머와 그 직후에 따라오는, 삶을 긍정하는 요란한 웃음소리는 이런 외모와 대조를 이루었다.

전직 직업군인이었던 발터는 '에스 프로텍션S-Protection'이라는 회사를 운영한다. 공식적으로는 경호업체지만 비공식적으로 발터의 남녀 직원들은 이윤이 많이 남는 소총 거래와 말이 잘 통하지 않는 사업 파트너들에게 근육적인 오락을 보여주는 일을 담당한다. 발터는 건축 자재상에서 앞마당에 깔 우드 칩 무더기를 혼자 힘으로 차에 싣지 못할 때 누구라도 도움을 청할 수 있는 사람이다. 그러나 돈만 받는다면 우드 칩이 깔려 있는 누군가의 앞마당을 아무런 감정의 동요 없이 잿더미로 만들 수 있는 사람이기도 하다.

스타니슬라브는 드라간 일당의 관리자였던 토니가 사망한 후에 마약 거래 사업을 넘겨받았다. 마약은 일련의 클럽과 디스코텍에서 유통됐고, 그곳을 찾은 여성 방문객들 중 몇몇은 칼라가 운영하는 에스 익스클루시브의 신입사원으로 보충됐다. 스타니슬라브의 사업은 '에스 이벤트S-Events'라는 이름으로 이루어졌다.

사샤는 '바닷물고기처럼' 유치원 원장으로, 우리가 섹스나 마약이나 폭력만으로는 충분히 억누르지 못하는 모든 사람들을 유치원 자리를 통해 고분고분하게 만들었다.

옥상 테라스 한쪽 구석에는 회사들의 행사를 위해 따로 구분된 구역이 있었다. 태양열 패널을 생산하는 중국인 사업가가 고객들을 위해 이곳에 소소한 술자리를 마련한 것 같았다. 예약할 때 안내원이 이미 알려줬듯이, 요 며칠 재생 에너지 박람회가 열리는 중이라서 호텔 객실은 대부분 예약이 찬 상태였다.

발터는 지난 주말에 바로 이 회사에서 태양열 패널을 몇 개 사서 지붕에 직접 조립했다고 자랑스럽게 이야기했다.

진토닉을 잔의 4분의 3 정도 마시자 나는 벌써 편안하게 취하는 느낌이었다. 자유로운 기분도 들었다. 예약된 안쪽 식탁으로 자리를 옮기자고 말을 막 꺼내려는데 칼라의 휴대폰이 울렸다.

나는 모임 중에 휴대폰이 어떤 식으로든 울리는 게 싫었다.

명상 때문에 휴대폰 소비는 최소로 줄였다. 나는 전화기가 두 대였는데 하나는 사업상 사용하는 스마트폰이고 다른 하나는 개인용 '빈티지' 폰이었다. 내 디지털 디톡스 전략 중 하나는 반드시 필요할 때만 스마트폰을 켠다는 것이었다. 그러나 급할 때 가족들과 연락이 닿을 수 있게 구형 노키아 휴대폰은 언제나 켜두었다. 이 전화번호를 아는 사람은 카타리나와 나뿐이었다.

지속적인 연락 가능성에 대한 견해, 즉 그 정도로 연락될 필요는 없다는 내 생각은 나 자신과만 연관이 있는 게 아니었다. 다른 사람들과 시간을 함께할 때는 최소한 무음으로 해두는 게 상대방을 향한 존중이었다.

칼라는 그렇게 생각하지 않는 모양이었다.

내 얼굴은 표정을 통해 마음속 소원을 바깥으로 드러내는 능력이 없었으므로 칼라는 옆으로 몸을 돌리긴 했지만 어쨌든 전화를 받았다.

내 소통의 법칙을 타인들이 중요하게 여기지 않는다면 나도 무시할 수 있다. 나는 계획에 없던 진토닉을 한 잔 더 주문하고, 바람이 불지 않을 때 풍력 발전용 터빈 공장을 가동하려면 과연 몇 제곱킬로미터의 태양열 패널이 필요할지 발터와 이야기를 나누었다. 전문 지식의 부족으로 아무 결과도 얻지 못한 이 토론은 칼라가 아주 큰 목소리로 나누는 조각난 대화를 들으면서 끝났다. "…그렇다면 당장 객실을 나와서 옥상 테라스로 올라와. 그래… 급하면 목욕 가운 차림으로 그냥."

칼라가 전화를 끊고 다시 우리에게 몸을 돌렸다.

"방금 하이에네가 전화했어. 우리 회사 신입이야."

하이에네라는 이름을 좋아할 사람은 없다. 누군가 하이에네라고 불린다면 이유는 세 가지뿐이다. 모터 두 개짜리 프로펠러 비행기거나 부모가 이름 짓는 취향이 미심쩍어서다. 나머지 하이에네들은 창녀로 일할 때 가명이 얼른 하나 필요했기 때문에 그렇게 지은 것이다.

"하이에네는 오늘 저녁에 여기 호텔에서 예약이 있었어. 그런데 손님이 그녀에게 요구한 게… 그러니까…. 어쨌든 난 하이에네에게 당장 객실을 나와 여기로 올라오라고 말했지. 내 직원들이 그런 대우를 받아서는 안 돼! 하이에네를 여기로 오라고 한 거, 혹시 반대하는 사람 있어?"

내가 뭐라고 반대하겠나?

나는 너무 겁쟁이라서 동료들에게 생일에 혼자 있기 싫었다고 말하지 못했다. 그러는 대신 그들을 상여금 명목으로 식사에 초대하여 뭔가 좋은 일을 하는 척했다. 그러니 동료들이 자기 직원에게 좋은 일을 하지 못하게 막는다는 것은 앞뒤가 전혀 맞지 않는 행동이 될 터였다. 다시 말해 하이에네가 옥상에 오는 걸 반대할 이유가 없었다. 새로운 사람이 끼어들지 않는 평화로운 비밀 생일 파티가 망가질 위험을 빼고는.

몇 분 후에 여전히 분이 풀리지 않은 20대 중반 여성이 옥상 테라스에 도착했다. 호텔 옥상에서 이루어지던 모든 대화가 순식간에 잠잠해진 이유는 두 가지였다. 하나는 하이에네의 외모가 환상적이라는 것, 다른 하나는 속옷 위에 아주 느슨하게 걸친 목욕 가운이 몸매를 이보다 더 나을 수 없게 강조한다는 점이었다. 원래 입었던 옷은 겨드랑이에 끼고 있었다. 칼라는 하이에네를 품에 안고 언니처럼 쓰다듬었다.

나는 더 많은 관심이 우리에게 쏟아지는 걸 막으려고 친구들과 하이에네를 레스토랑 안쪽의 예약된 식탁으로 안내했다.

걸어가면서 내 재킷을 하이에네의 목욕 가운 위에 걸쳐줬고, 그 결과 우리는 나란히 앉게 됐다. 앉은 모습만 봐서는 옷을 제대로 갖춰 입은 것 같았고, 여전히 이루 말할 수 없이 매혹적이었다.

하이에네는 객실에서 무슨 일이 있었는지 우리에게 이야기했다. 중국인 사업가인 그녀의 손님이 (아마도 재생 에너지 박람회에 참가하는 듯했다) 사전 협의에서 변태적인 요구를 두어 가지 했다.

"그놈이 나에게 뭘 요구했는지 상상도 못 하실 거예요."

그러고는 몇 가지 성적 요구가 이어졌는데, 나라면 아무리 판타지를 동원해도 절대로 생각해내지 못했을 일들이었다. 그중 어느 것도 나를 흥분시키지 않았다. 하기야 내 딸 유치원의 많은 엄마들도 나를 흥분시키지 않기는 매한가지였다. 그런데도 누군가는 그들과 잠자리를 한 게 확실했다. 섹스에는 일반적으로 관용에 대해 같은 생각을 품은 사람이 최소한 두 명 포함된다. 하이에네가 (내가 듣기에는 당연하게도) 중국인 손님의 소원을 들어주기에 필수 불가결한 관용을 보일 수 없다면 섹스는 이루어지지 않는다.

"난 싫다고 대답하고 칼라와 전화하려고 욕실에 들어가서 문을 잠갔어요. 칼라가 당장 옥상 테라스로 오라고 해서 짐을 챙겨 나왔죠. 내 빌어먹을⋯ 핸드백을 두고 왔나 봐요⋯."

하이에네는 손님에게 싫다고 말하고 객실을 나왔다. 이걸로 일이 마무리될 수도 있었다.

나는 이 저녁의 소소한 방해 요소가 해결됐다고 공식적으로 선언하려고 샴페인 잔을 들어 올렸다.

하지만 스타니슬라브가 한발 빨랐다.

"그 남자가 '뭘' 넣으려고⋯?"

"이봐, 제발 좀!" 나는 곧장 말을 끊었다. "이 일은 해결됐어. 이제 하이에네는 여기 왔어. 그 남자는 아니고. 그러니 이 주제는 끝난 거지."

모두 나를 빤히 바라봤다. 아무도 잔을 들어 올리지 않았다.

"미안하지만 잠깐 끼어들어야겠다." 칼라가 이목을 자기에게 집중시켰다. "나는 우리가 여기서 그냥 다음 순서로 넘어갈 수 없다고 생각해. 누군가 이런 식으로 행동하는 건 완전히 여성 혐오야. 우리가 지금 방향을 제시하지 않는다면 그놈은 그런 짓을 해서는 안 된다는 사실을 절대 배우지 못할 거라고."

"하지만 중국 사업가들을 교육하는 건 우리 임무가 아니야." 나는 여전히 잔을 높이 든 채 반박했다.

"사샤, 교육 전문가로서 어떻게 생각해? 그런 놈들은 어떻게 해야 하지?" 스타니슬라브가 물었다.

"사샤는 유치원 원장이야. 아시아인 성 매수 고객 전문가가 아니고." 들고 있던 잔은 여전히 내 입 앞에 떠 있었고, 사샤의 입 앞에는 대답이 떠 있었다.

"흐음, 그러니까." 유치원 원장은 자신이 갖고 있는 지식을 우리에게 알려줬다. "싸우는 당사자들에게 상대방의 입장이 되어보게 하는 방법이 늘 의미가 있지."

"좋아…." 칼라가 이 정보를 손질했다. "자기가 원하지 않는 뭔가가 항문에 들어온다는 게 어떤 기분인지 그놈이 직접 경험하면 어떨까?"

이게 바로 내가 동료들에게서 좋아하는, 형식에 얽매이지 않는 유머이긴 했다. 하지만 도덕적인 부담이 좀 컸다. 특히 이 유머는 내가 신중하게 짜둔 저녁 계획을 망칠 위험을 품고 있었다.

나는 의미 없이 여전히 허공에 떠 있는 샴페인을 단숨에 마시고 끼어들었다.

"난 그게 반드시 필요하다고는 생각하지 않아. 하이에네가 이미 말했듯이, 그 남자는 본인도 생크림 스프레이를…."

발터가 나를 앞질렀다. "스프레이 폼(단열이나 소음 방지를 위해 건물 시공에 사용하는 스프레이형 화학 물질—옮긴이)은 어때? 그가 원하지 않는 게 바로 그런 걸 텐데."

식탁에 둘러앉은 사람들이 흥겹게 고개를 끄덕였고 나는 망연자실했다.

수상쩍은 비주류 사람들과는 무척 재미있는 일들을 경험할 수 있다. 하지만 이들과 몇 년이나 함께 일하면서도 나는 이들의 거칠고 유치한 유머를 완전히 즐기지는 못했다. 게다가 나는 발터의 유머가 진담일 뿐 아니라, 그게 도덕적으로 정당하다고 믿는다는 걸 알 만큼 충분히 오랫동안 그와 일했다. 생일을 달콤하게 만들려고 내가 계획했던 신선한 다른 유머는 이제 짠맛이 날 위험에 처했다.

"다들 이러면…." 내가 입을 뗐다.

칼라는 이 사건을 호의적으로 끝내려는 내 노력을 무시했다.

"좋은 생각이야. 하지만 이 시간에 스프레이 폼을 어디서 구하지?"

흥미롭게도 칼라는 발터의 제안에서 그저 병참학적 문제만 발견했다.

"내 트렁크에 있어. 태양광 패널이 방수가 되도록 지붕틀에 조립할 때 사용했지. 나중에 강철처럼 딱딱해져."

"스프레이 폼이 거품을 내고 딱딱해질 정도로 그 중국인의 몸 안에 공기가 충분할까?" 이것이 스타니슬라브의 유일한 걱정거리였다.

"거품은 아마 기압 하강을 통해 일어날 거야. 미네랄워터 병을 돌려서 열면 탄산이 방울방울 생기는 것과 같아."

이제는 내가 끼어들어야 했다.

"이봐, 중국인 사업가의 항문에 정말로 스프레이 폼을 넣으려는 건 아니겠지? 우리 콜걸에게 두어 가지 이국적인 욕망을 이야기했다고 해서 말이야." 나는 합리적으로 일을 처리하고 싶었다.

"여성 혐오를 드러내는 이국적 욕망이지." 스타니슬라브가 내 말을 고쳤다.

"완벽한 성차별주의야." 칼라가 보충했다.

"우린 고용주로서 사회적 책임도 있어." 발터도 거들었다.

이제 더는 내가 예전에 알고 좋아하던, 형식에 얽매이지 않는 유머가 아니었다. 내 시간제 친구들은 도덕에서의 순결을 잃었다.

딸깍, 하는 소리가 들렸다. 상자의 자물쇠가 열리는 소리였다. 판도라의 상자였다.

4

자기 주도

당신의 직원들이 자기 주도를 보여준다면 당신도 신뢰를 보여줘야
한다. 혹시 일어날지도 모르는 위험을 생각하고 초조하게 봐서는 안
된다. 거기서 신중하게 용기를 창조하라.

———————— 요쉬카 브라이트너, 『추월 차선에서 감속하기─명상의 매력』

나는 손님이 창녀에게 돈을 주며 어떤 행위를 할 수 있는지 물
어보는 것과 지금 식탁에 앉아 있는 우리처럼 콜걸이 그 행위
를 하고 벌어온 돈으로 살아가는 것 중에 뭐가 더 여성 혐오적
인지 확실하게 알 수 없었다. 하지만 자기가 직접 일으키지 않

은 문제를 해결하는 편이 항상 더 간단했다.

어쨌든 이 사람들과 성차별주의에 관한 논쟁을 벌이고 싶지 않다는 점은 아주 확실했다. 내 생일에는 아니었다. 술에 취해 시대정신에 영감을 얻은 홍등가의 거물들과는 더더욱 아니었다.

상황을 건너뛰려고 샴페인을 한 잔 더 따른 다음, 그사이에 누군가 판도라의 상자를 다시 닫기를 바라며 단숨에 들이켰다. 하지만 그런 일은 일어나지 않았다.

토론의 방향이 이때부터 달라진 이유가 어쩌면 내가 마신 진토닉 두 잔과 샴페인 두 잔 때문일 수도 있다. 어쨌든 내가 느끼기에는 방향이 바뀐 것 같았다.

"이제 그 미스터 노랑에게 내려가서 본때를 보여줘야 해. 젠더 정의를 위해서 말이야." 발터가 격정을 섞어 열광했다.

사샤는 이 의견에 회의적인 듯했다.

그는 유치원 원장으로서 여러 종류의 평생교육 코스에 참가했다. 아이들이 사회문제에 관심을 갖게 하려면 교육을 담당하는 어른이 거기에 필요한 감수성을 갖추고 있어야 하니까.

예전에는 두 살에서 다섯 살 사이의 아이들에게 사랑을 담아 '내 것과 네 것', '깨물기와 이야기하기' 또는 '기저귀를 차거나 차지 않고'의 차이를 가르치는 것만으로도 충분했다. 요즘은 (이렇게 하는 게 완전히 옳다) 다양성과 젠더 정의, 잠정적인 인종차별주의에 대한 튼튼한 지식이 전면으로 나섰다. 사샤는 평생교육을 통해 이 모든 주제에 대한 최신 지식을 갖추고 있었다. 최소한 발터의 표현과 관련하여 이제 여기서 우리도 사샤의 지식 덕을 좀 봐야 했다.

"확실하지는 않지만, 이건 인종차별적일 수도 있어…" 사샤가 의견을 냈다.

"스프레이 폼이 왜 인종차별적이지?" 발터가 물었다.

"스프레이 폼은 문제가 없어." 사샤가 구체적으로 말했다. "하지만 '미스터 노랑'이라는 표현은 인종차별적이야. 인종을 이유로 사람들을 경멸하는 거니까."

"스프레이 폼이 항문에서 일으킬 수 있는 것보다 더 심하게?" 내가 너무 나지막하게 묻는 바람에 하이에네는 내 말을 듣지 못했다.

"왜요? '미스터 노랑'은 그냥 사실을 표현한 거잖아요. 미소의 나라에서 온 498호 남자는 분명히 페니스가 있으니 미스터가 맞을 텐데."

"그렇지. 그런데 중국인은 유색인종이기도 하잖아. 아니라면 우리가 그를 '미스터 노랑'이라고 부르지 않을 테니까." 사샤가 생각의 빌미를 제공했다.

상황이 너무 복잡해졌다.

"이봐, 피부색 따위는 아무 상관 없어." 내가 입을 열었다.

"그래, 맞아." 이야기에 끼어든 발터가 완전히 다른 방향으로 전진했다. "피부 색깔이 성차별을 해도 된다는 변명이 될 수 없어. 그놈은 혼나야 해."

그가 스타니슬라브를 툭 밀쳤다. 둘은 스프레이 폼 계획을 행동에 옮기기로 합의한 듯했다. 둘이 나를 빤히 바라봤다.

나는 횡격막에서 목구멍 쪽으로 올라오는 불쾌한 냉기를 느꼈다. 이런 식의 행동은 너무 극단적이었다. 여기에 대항하여 뭔가 해야 했다. 그게 불쾌한 냉기에 대항하는 것에 불과하더라도.

요쉬카 브라이트너는 구체적인 어떤 상황이 문제가 아니라 이 상황을 내가 어떻게 정리하는지가 문제임을 알려줬다.

나는 완전히 낯선 남자가 자신의 성적 애호 사항을 말로 표현했다는 이유로 그에게 심각한 신체적 상해를 입히는 일은 도덕적으로 비난받아야 한다고 정리했다.

내 안에서 불편한 냉기가 일어난 이유는 바로 이 때문이었다.

그래서 나는 이 상황을 일단 정리하지 말고, 사랑을 담아 가치 중립적으로 관찰해보려고 애썼다.

직업상 등장한 문제를 자기 주도적으로 해결하려는 동료 몇 명이 여기 식탁에 앉아 있었다.

이들은 더 나은 세상을 만들기 위해, 자기들 눈에 도덕적으로 비난받을 만한 행동에 보복하려고 했다.

그 자체로는 소름이 끼칠 이유가 없었다.

오히려 반대였다. 나는 동료들에게 스스로 창의력을 계발할 기회를 주는 편이었다. 요쉬카 브라이트너의 명상 규칙 덕분에 완전히 새로운 리더십을 발전시킬 수 있었다.

개인적으로는 마음에 들지 않더라도, 중국인에 대한 처벌 허용은 최신 리더십의 관점에서 볼 때 전혀 잘못이 아니었다.

브라이트너 씨는 동료들이 독자적 행위를 할 때의 위험과 기회를 신중하게 비교하여 검토할 수 있도록 리더십의 네 가지 이론을 알려줬다.

인정과 경계, 만회와 온기였다.

이 4단계에 걸쳐 언제나 신중한 해결책에 이른다.

첫 번째 단계에서 일단 나는 동료들이 지금까지 보인 행위를 인정했다. 인정이란 내 동료들이 직업상의 이득에 나를 동참시킨 것을 고맙다고 평가하는 것이다.

지금까지 칼라와 발터와 스타니슬라브는 섹스와 폭력에 기반을 둔 사업 분야를 내 조언 없이도 아주 잘 이끌어왔다. 나는 법적인 영역만 담당했다. 전선에 서 있는 사람들은 그들이었다. 나는 무기나 마약, 성적인 서비스를 팔아본 적이 평생 단 한 번도 없었다. 그들은 수없이 팔았다. 그것도 아주 성공적으로. 그러니 내가 그들의 해결 성향에 대해 개인적으로 무슨 생각을 하든 그 해결책의 효율성과는 아무런 관련도 없었다.

그러니 인정이라는 면에서 볼 때 스프레이 폼은 주장의 근거가 확실했다.

경계란 동료들이 독자적으로 행동할 때 발생할지도 모르는 앞으로의 문제를 조심스럽게 사랑을 담아 관찰하는 것이다.

아무리 사랑을 담아도 스프레이 폼을 성 매수자의 몸속에 넣는다면 당연히 신체 상해가 벌어질 터였다. 이는 형법상의 문제로 이어질 수도 있었다. 가치 중립적으로 살펴보면 '반드시' 그런 건 아니었다. 특히 성 매수자가 사건을 고소하지 않는다면 문제는 일어나지 않을 것이다.

중국인 사업가가 창녀에게 성적 요구를 한 일로 인해 항문을 다치고 공공연하게 체면도 잃는다면 그는 아마 항문 사건이 타인의 관여 없이 그저 유감스러운 실수로 일어났다고 매우 소심하게 조서를 작성할 터였다.

그러니 두 번째 단계도 어느 정도 선심을 쓰면 무승부로 평가할 수 있었다.

내 동료들이 처음 두 단계에서 큰 잘못을 하지 않았다면, 만회라는 세 번째 단계는 문제 자체가 성립하지 않는다.

결국 나는 동료들의 계획이 아무리 달갑지 않아도 네 번째 단계인 온기로 실행에 옮기게 할 수 있었다.

네 가지 이론은 효력을 발휘했다. 내 어깨에서 냉기가 사라지는 게 느껴졌다.

나는 남은 샴페인을 잔에 따르고 한입 가득 벌컥 마셨다.

시대정신이 성차별주의에 대항하는 명백한 신호를 요구한다면, 선한 의지로 이루어지는 내 동료들의 자기 주도적 행위를 어찌 반대할 수 있을까?

샴페인을 마시면서 아마도 내 머리가 끄덕임과 약간 비슷한 고갯짓을 한 모양이었다.

발터와 스타니슬라브가 자리에서 일어나 레스토랑을 나갔다. 처음에는 스프레이 폼을 가지러 지하 주차장으로, 그 후에는 중국인 사업가에게로.

나는 칼라와 사샤, 하이에네와 식탁에 남았다.

5

명상을 무기로

명상은 방패이다.

무기가 아니다.

방공호이지

탱크가 아니다.

——————————— 요쉬카 브라이트너, 『추월 차선에서 감속하기—명상의 매력』

나는 브라이트너 씨에게 어제저녁 일을 무척 솔직하게 이야기
했다. 성 매수자와 스프레이 폼과 관련해서만 창의적으로 돌
려서 설명했다.

"그러니까 당신 의뢰인들이 여자 동료의 반항적인 애인을 폭력을 써서 호텔에서 몰아내려고 했군요." 브라이트너 씨가 내가 설명한 버전을 요약해서 말했다. 나는 고개를 끄덕였다.

"그런데 계획된 신체 상해에 대한 양심의 가책을 최소화하느라, 제가 알려준 명상 훈련을 사용하셨다고요?" 그가 놀라서 물었다.

"예…. 혹시 틀렸나요?" 나도 그에 못지않게 놀라 되물었다. 그의 훈련은 완전히 다른 행위에서도 이미 내 영혼의 균형을 유지시켜주지 않았던가.

"'옳다'와 '틀리다'는 가치판단이지요. 명상에서 우리는 바로 이걸 피하려고 합니다. 저는 그저 좀 놀랐답니다…."

"왜죠?"

"저는 명상을 무기가 아니라 방패라고 이해합니다. 방공호이지 탱크가 아니에요."

"하지만 탱크가 효율적인 무기인 유일한 이유는 군인을 위한 방공호가 되기 때문이지요."

내 반박에 브라이트너 씨가 미소를 지었다.

"앞으로 상담할 때 그 관점을 보충해야겠군요. 자, 그러니까 당신은 명상 탱크에 앉아, 발터와 스타니슬라브가 대포를 장전하는 모습을 지켜보고 있었습니다. 이제 다시 옳은 그림이 됐나요?"

내가 고개를 끄덕이자 브라이트너 씨가 요점을 이어갔다.

"원하지 않았지만 당신은 어제 동물원에 갔습니다. 원하지 않았지만 전 부인과 케이크를 먹었고요. 원하지 않았지만 낯선 여자 동료 한 명을 식탁에 앉게 했습니다. 그리고 원하지 않았지만 의뢰인들이 폭력적인 해결책을 쓰도록 허락했고요. 맞습니까?"

"그런 식으로 본다면…."

"당신이 뭘 원하는지는 아십니까?"

나는 어깨를 으쓱했다.

브라이트너 씨가 고개를 끄덕이고 말을 이었다. "좋습니다. 그건 나중에 다시 다루지요. 두 의뢰인이 나간 뒤에 어떤 일이 일어났습니까?"

"제 전처가 등장했답니다."

다시 어제저녁 이야기로 돌아갔다.

마흔다섯 번째 생일에 나는 그곳에 앉아 있었다.

고급 호텔 안의 전망 좋은 레스토랑에.

노출 정도가 서로 다른 홍등가의 매력적인 여성 두 명과 유치원 원장과 함께. 그리고 기분이 안 좋은 상태였다.

인생 한복판에 이렇듯 누구에게도 얽매이지 않아서 아무런 비난도 받을 필요가 없다는 사실에 어쩌면 기뻐해야 했는지도 모른다. 하지만 내 기분은 그렇지 않았다. 그저 그 순간 내가 지금 여기 말고 뭘 바라는지 몰랐다. 내가 도대체 뭘 원하는지 그냥, 전혀, 완전히, 눈물겹도록 몰랐다.

바로 그 점 때문에 불행했다.

나는 화이트 와인을 주문했다.

입을 다물고 차가운 피노 그리 한 모금을 처음 꿀꺽 넘기는 바로 그 순간, 레스토랑의 유리문 맞은편 승강기가 열리더니 승객들을 쏟아냈다.

그때 매혹적인 내 전처 카타리나가 시야에 들어왔다.

우아하면서도 짧은 검정 드레스 차림이었다. 한 손은 핸드백을, 다른 한 손은 조금 덜 매력적인 액세서리를 붙잡고 있었다. 현재 남자친구인 하이코였다.

카타리나와 나는 서로 아주 좋은 관계를 유지했다.

우리는 한참 전에 우연한 기회에 파트너로서 제대로 작동하지 않는다는 사실을 깨닫고 서로에게 용서라는 선물을 했다. 그때 이후로 우리는 우정으로 묶였고, 그 덕분에 어느 정도 솔직할 수 있었다. 우리는 이 솔직함을 에밀리를 위해서 사용했고, 각자의 생활에서 우리 딸의 삶에 영향을 끼칠지도 모르는 모든 일을 공유했다. 여기에는 단순한 연애를 넘어서는 새로운 파트너에 관한 이야기도 포함됐다.

카타리나는 하이코 이야기를 하면서 내가 그를 만나보길 원했고, 그래서 이미 직접 만나기까지 했다.

카타리나도, 그리고 하이코를 만나기 전에 나도 몰랐던 사실은 그와 내가 이미 아는 사이라는 점이었다. 하이코는 오래전에 내 의뢰인이었다.

하지만 당시에 그의 이름은 하이코가 아니었다. 우리 둘 모두 이 비밀을 발설하지 않을 이유가 있었다.

이제 하이코라는 이름으로 불리며 승강기에서 막 나온 남자는 반년쯤 전에 데이팅 앱을 통해 카타리나를 만났다. 모든 디지털이 그렇듯이 가상의 낭만적인 앱의 내용도 실제로는 0과 1이라는 이진 코드로 축약됐다. 카타리나는 1이고 하이코는 꽝이었다.

디지털 디톡스를 통해 얼마나 많은 괴로움을 벗어날 수 있는지에 대해 누군가 의문을 갖는다면, 데이팅 앱에 유료로 가입한 후에 회원들의 프로필을 쭉 훑어보면 된다.

아니면 하이코를 보거나. 니켈 테 안경을 쓰고 탈모가 이마에서 시작되는, 맞춤 정장을 입은 작고 쭈글쭈글한 남자였다.

하지만 관대한 전남편인 나는 그를 카타리나의 남자친구로 존중했다.

이런 관대함은 내가 하이코를 알고 있다는 사실에 기반을 두고 있었다. 카타리나가 현재의 거짓 광채로 눈부신 남자보다는 그의 수상쩍은 과거를 내가 이미 아는 파트너와 함께하는 게 나로서는 더 좋았다.

그의 수상쩍은 과거 시절에 나는 변호사치고 꽤 크게 손을 댔다. 에밀리에게 부정적인 영향을 끼치지 않는 한 카타리나가 누구에게 눈이 멀든 상관없었다.

하이코에 대한 카타리나와 나의 견해는 이렇듯 이미 아는 것의 차이 때문에 서로 달랐다. '그와 함께'와 '그에 대해'라는 말로 가장 잘 요약할 수 있었다.

카타리나는 그와 '함께' 웃을 수 있다고 생각했다.

새 남자친구에 관한 최근 자료로 카타리나는 그가 인터넷 언론 에이전시를 운영하며 생식 능력이 없다고 말했다.

이 두 가지 정보는 서로 인과관계가 전혀 없었다. 하지만 후자는 그가 이제 더는 아이를 원하지 않는 여자들에게 관심을 보이는 이유를 설명해줬다. 그는 전자를 통해 이 여자들의 마음을 얻고자 했다.

하이코는 라틴어로 진실을 뜻하는 '베리타스'라는 아름다운 이름으로 이른바 '팩트 체크' 서비스 업체를 운영하는 중이었다. 그와 그의 직원들은 소셜 미디어 제공업체로부터 위임을 받아 유저들이 올린 글에서 '혐오 선동 글'이나 '가짜 뉴스'를 점검했다.

나는 디지털 디톡스 철학 때문에 소셜 미디어와 아무런 관계도 없었다. 나에게 소셜 미디어란 화장실 문과 같은 정보 전달의 가치가 있을 뿐이다. 화장실 문이란 묘사할 수도, 그냥 놔

둘 수도 있다.

어쨌든 그가 화장실 문을 교정하면서 돈을 번다고 상상하니 재미있었다.

보아하니 하이코는 일과 사생활을 잘 구분할 줄 아는 듯했다. 나는 하이코가 인터넷에서 자기 자신을 어떻게 묘사했는지 전혀 모른다. 하지만 만약 사진이 포함된 자기소개를 사용했다면, 그 반대급부로 '재정적인 문제가 없는'이나 '내면의 가치' 또는 '유머'처럼 사실과는 거리가 먼 개념을 분명히 많이 섞었을 것이다.

하지만 나는 이 모든 일에 관심이 없었다. 카타리나는 자기가 원하는 사람과 만나고 함께할 수 있다. 그녀는 독자적인 욕구를 지닌 어른이다. 이유는 모르겠지만 어쨌든 하이코와 잘 지낸다면 나로서도 기쁜 일이었다.

나는 하이코가 에밀리와 연결되는 범위 내에서만 관심이 있었다. 그는 내가 자기 과거를 알고 있으니 나와 불미스러운 일이 벌어지는 걸 분명히 피하려고 할 터였다.

카타리나와 하이코가 승강기에서 내리는 순간, 내가 궁금한 것은 도대체 오늘 저녁에 누가 우리 딸과 함께 있느냐는 점이었다.

카타리나도 나를 발견하고 우리 식탁으로 왔다. 하이코는 아니었다. 사샤와 함께 있는 나를 보더니 입구 쪽에 그대로 남아 카타리나를 기다렸다. 나는 그의 행동을 이해했다.

"안녕, 비요른. 이렇게 다시 만나네."

자그마한 우리 가족 파티는 불과 몇 시간 전의 일이었지만 마치 다른 세상에서 벌어진 느낌이었다.

"파티를 계속하는구나?" 카타리나가 우리를 쭉 둘러보며 물었다.

나는 함께 있는 사람들을 전처에게 소개했다. 카타리나는 우리 딸 유치원 원장인 사샤를 물론 알고 있었다. 또 일과 관련해서 칼라에 대해서도 들은 적이 있었다. 호텔 목욕 가운 위에 내 재킷을 걸친 뇌쇄적인 속옷 미인은 나와 마찬가지로 전처에게도 낯선 사람이었다. 카타리나는 내가 하이코에게 기이한 관용을 보이는 것과 비슷하게 하이에네를 받아들였다.

"하이에네는… 칼라의 지인이야. 객실에 문제가 생겼대." 나는 쓸데없이 설명을 덧붙였다. 카타리나는 내 뺨에 입을 맞추며 속삭였다. "나에게 설명할 필요 없어." 전처가 떠나기 전에 나는 에밀리가 지금 어디 있는지 물었다.

"엄마가 에밀리 옆에 계셔. 오늘 밤 내내 함께 계실 거야. 하이코가 이 호텔로 나를 초대했어. 내일 다시 엄마랑 교대해야지." 카타리나가 설명했다. 그러고는 "해피 버스데이!"라고 속삭이고서 나만 알아볼 수 있게 하이에네를 가리킨 다음, 하이코와 함께 다른 쪽 끝에 자리를 잡았다.

그 손짓이 내가 창녀와 생일을 보내는 걸 도덕적으로 허락하겠다는 뜻인지 아닌지 확실히 알 수 없었다. 또 그녀가 나에게 그걸 허락할 수 있다고 감히 생각하는 것과 질투하지 않고 그렇게 하는 것 중에 뭐가 더 짜증 나는 일인지도 알 수 없었다.

하지만 한 가지는 확실했다. 나는 오늘 저녁에 혼자 호텔에서 숙박하기 위해 카타리나에게 양심의 가책을 느끼며 에밀리를 부탁했는데, 그녀는 아무 고민도 없이 우리 딸을 자기 엄마에게 넘겼다. 같은 날 밤에 같은 호텔에서 하이코와 섹스를 하거나 아니면 하이코 옆에서 그냥 잠이나 자려고. 이게 도대체 무슨….

"생일이라고? 생일이라고 왜 말하지 않았어?" 사샤가 말을 거는 바람에 생각이 끊겼다.

"해피 버스데이 투 유…." 칼라가 노래하자 하이에네도 동참했다.

나는 얼굴을 양손에 묻었다. 너무나도 부담스러웠다. 지금까지 마신 진토닉과 샴페인과 와인의 효과가 나타났다. 나를 에워싼 사람들은 내가 당황해서 이런 몸짓을 하는 줄 알았을 것이다.

그러는 사이 합창에 베이스 목소리 두 개가 끼어들었는데, 그중 하나는 크로아티아 악센트였다. 발터와 스타니슬라브가 돌아왔군. 그런데 새로 끼어든 젊은 여자 목소리는 누구지? 나는 양손을 눈에서 떼었다.

눈앞에 목욕 가운 차림을 하고 옷을 겨드랑이에 낀 또 한 명의 미인이 서 있었다. 노래가 끝나자 남자들은 나를, 칼라는 새로운 여자를 얼싸안았다.

"샌디, 여기서 뭐 하는 거야?" 칼라가 젊은 여자에게 물었다. 현실 세계에서는 하이에네가 하이에네가 아니듯이 아마 이 여자도 샌디가 아닐 터였다.

"489호 객실에 손님이 있었어요. 욕실에 있다가 나왔는데… 발터랑 스타니슬라브가 방에 서 있더군요."

"재미있네." 하이에네가 말했다. "난 498호 객실에 있었어. 숫자가 거의 똑같다….'

그러나 서 있든 앉아 있든, 그곳의 모든 사람이 저 아래에서 무슨 일이 벌어졌는지 불현듯 깨닫는 걸 지켜보는 일은 전혀 재미있지 않았다. 발터가 내 불안이 사실임을 알려줬다.

"그래. 아이고, 숫자가 뒤섞였어. 우린 498호실을 노크하려고 했는데 489호실을 두드렸지. 하지만 그걸 깨달았을 때는 스프레이 폼이 이미 튜브를 벗어난 후였어."

"이봐, 미안하지만 말이야." 사샤도 비난하는 목소리로 끼어들었다. "늦어도 그 남자가 문을 열었을 때는 하이에네가 묘사한 중국인 사업가가 아니라는 걸 알았을 거 아니야!"

"그게 문제였어. 489호실 남자도 중국인이었지. 그러니 뭐 큰 잘못은 아니야." 스타니슬라브가 그다지 큰일이 아니라는 듯이 말하려고 시도했다.

"자네들, 설마 이 호텔에 투숙한 모든 중국인을⋯." 내가 말을 꺼내는데 발터가 다시 끼어들었다.

"숫자 뒤섞기가 이 계획에서 유일하게 빗나간 점이야. 그것 말고는 모두 이야기한 대로 이루어졌어."

"이야기한 대로라니? 뭐야, 둘이 방금 아무런 잘못도 없는 사람을⋯." 칼라가 입을 뗐다.

"잘못이 없다고? 우리가 일을 끝냈는데, 샌디가 비명을 지르며 욕실에서 달려 나오더군. 그래, 좀 놀라기는 했어."

우리가 모두 자기를 바라보자 샌디는 비명을 지른 이유를 설명했다.

"복면을 쓴 남자 두 명이 객실에 불쑥 나타나서 비명을 질렀어요. 하지만 둘은 조심스럽게 나를 복도로 당기더군요. 그러고서야 발터와 스타니슬라브를 알아봤어요."

"샌디를 봤을 때 우리는 객실을 잘못 찾아왔다는 걸 당연히 깨달았어. 하지만 그놈도 전혀 무죄는 아니었지." 발터가 장담하자 스타니슬라브도 보충 설명했다.

"489호실 중국인도 498호실 중국인이 하이에네에게 한 것과 똑같은 행위를 샌디에게 요구했대."

식탁에 둘러앉은 사람들은 충격을 받은 채 모두 입을 다물었다.

"어때?" 나는 연민의 눈길을 보이며 샌디에게 물었다. "지금 괜찮아?"

당혹스럽게도 정작 샌디는 연민을 받을 필요가 전혀 없어 보였다.

"음, 재미있었어요. 물론 상당히 기괴하긴 했죠. 하지만 가끔은 새로운 것도 괜찮아요." 그녀가 활기차게 대답했다.

그 직후에 흐른 침묵은 사샤가 바탕에 놓인 문제를 철학적으로 요약함으로써 끝났다.

"변태란 손발을 맞추어 함께하는 사람이 아무도 없을 때만 성립하지."

이때 내가 첫 번째 위장약을 먹을 수도 있었을 텐데.

아니면 집에 가거나.

하지만 나는 아무것도 하지 못했다.

도주하려는 내 생각은 하이에네의 공격적인 질문 때문에 끊겼다.

"498호실 개자식은 어떻게 되는 거죠? 여성 혐오적인 태도를 보이고도 그냥 이렇게 빠져나가는 거예요? 응?"

어떻게 할지 묻는 듯한 하이에네와 칼라, 발터와 스타니슬라브, 사샤와 샌디의 시선이 식탁 한가운데에서 만났다가 모두 나에게로 향했다.

좋아, 내 위장은 기다릴 수 있어. 나는 생각에 잠겼다.

네 가지 이론에 의거하여 새로운 상황을 다시 신중하게 끝까지 생각해야 했다. 이렇게 취한 상태로는 정말 어려운 일이지만.

지금까지 동료들이 거둔 업적을 '인정'한다고 하더라도, 이들이 숫자를 뒤섞는 실수를 한 것은 분명했다.

하지만 '경계'를 담아 살펴볼 때, 위험 평가 면에서 변하는 건 없었다. 두 사람이 혼동한 489호실의 중국인은 원래 대상자였던 498호실의 중국인과 마찬가지 이유에서 이 사건에 이목이 집중되는 걸 원하지 않을 것이다.

하지만 이제 처음으로 '만회'라는 문제가 생겼다. 내 동료들의 실수가 우리 관계나 그들의 자신감을 해치지 않으려면 그들에게는 이걸 만회할 수 있는 기회가 필요했다.

498호실의 중국인이 그 기회를 제공했다.

그래서 나는 질문을 던지는 동료들의 시선을 '온기'로 맞으려고 애썼다. 하지만 나도 질문이 하나 있었다.

"489호실에서 일어난 일을 그냥 실수로 처리하고 498호실은 내버려두면 안 될까?"

"실수라니? 489호실도 중국인이었어!" 스타니슬라브가 항의했다.

"그리고 498호실의 난봉꾼이 왜 우리가 숫자를 뒤섞은 일로 이득을 봐야 해? 그러면 정의는 어디 있지?" 발터도 되물었다.

나는 지금 정의에 관한 토론만큼은 절대 벌이고 싶지 않았다.

내 의뢰인들처럼 누군가 일단 개별적인 법률이 자기와는 상관이 없다고 여기기 시작하면 그는 순식간에 상당히 많은 자유를 얻는다. 그중에는 정의라는 추상적인 개념을 무척 유연하게 사용하는 엄청난 자유도 있다. 거리의 예술가가 길쭉한 풍선을 사용하는 방식과 비슷하다. 풍선은 필요에 따라 강아지도, 망아지도 될 수 있다. 이와 마찬가지로 법률의 타당성이라는 틀을 벗어난 정의는 내용은 텅 빈 채 부풀어 올라서 숭고한 이상 또는 이런저런 살인의 논거로 매듭을 짓는다.

이제 더는 규정이 아니라, 각 개인이 정의롭다고 간주하는 것이 정의가 되어버린다.

"게다가 누군가 내 핸드백을 498호실에서 가지고 와야 해요." 추상적이고 철학적인 나 혼자만의 토론에 하이에네가 구체적이고 이기적인 논거를 보충했다.

내가 아무리 법학 국가고시 두 개를 뼈에 새겼다지만 지금은 혈액에 알코올이 너무 많았다. 국가의 권력 독점처럼 이미 오래전에 정해진 자명함에 대해 마피아나 창녀와 함께 새로 협상할 힘이 없었다. 아이고, 마음대로 하라지. 겨우 핸드백 때문이라고 해도.

화이트 와인을 한 번 더 삼키는 내 행위는 재차 끄덕임으로 해석됐다. 발터와 스타니슬라브가 다시 자리에서 일어났다.

칼라가 하이에네와 샌디와 함께 화장실 쪽으로 향했다.

"카타리나와 함께 있는 남자 말이야…. '눈사람 올라프' 아니야?" 식탁에 우리 둘만 남았을 때 사샤가 물었다. 사람을 기억하는 그의 놀라운 능력 때문에 하이코는 그와 맞닥뜨리지 않으려고 했다.

"예전에는 그랬어. 지금은 하이코야. 카타리나의 남자친구지."

"카타리나는 그의 과거에 대해 전혀 몰라?"

"누구나 파트너에게 속을 권리가 있어. 그걸 사람 보는 안목이라고 해."

"자네 생각이 그렇다면야 뭐." 사샤는 내가 어떤 주제를 자세히 말하고 싶은 기분이 아니라는 걸 항상 재빨리 알아챘다. "오늘따라 왠지 비밀이 많아 보이는군. 생일이라고 왜 말하지 않았어?"

"요란하게 주목받고 싶지 않았으니까. 그냥 편안한 저녁을 보내고 싶었지."

"흐음, 그런데 이제 두 가지 모두 반대로 된 것 같군." 사샤가 아무런 감정의 동요 없이 말했다. "자네 생일이니 내가 충고 하나를 선물해도 될까?"

나는 어리벙벙했다. 에밀리의 돛단배 그림과 카타리나의 케이크에 이어, 이날 세 번째로 받는 선물이었다. "그럼, 되고말고."

"자네는 본인 생각을 너무 안 해. 오늘 저녁조차 하이에네와 샌디의 소원이 자네 소원보다 더 중요했잖아."

나는 이번에도 내가 원하는 게 뭔지 정말 모른다는 사실을 다시 한번 확인했다.

그 직후에 발터와 스타니슬라브가 다시 우리에게 왔고, 웃으며 박수를 받았다. 둘은 하이에네에게 핸드백을 돌려줬다. 하이에네와 샌디는 식탁에 그대로 남았다. 우리는 고급 스테이크를 함께 먹었다. 의뢰인들은 나에게 생일 케이크와 차갑게 식힌 보드카 한 병을 후식으로 사주겠다고 고집을 부렸다. 케이크 촛불의 반짝임이 갑자기 앞쪽 유리창을 파고든 깜박거리는 청색등 불빛과 아름다운 조화를 이루었다. 구급차 두 대가 동시에 호텔 앞으로 온 듯했다. 나는 술에 취한 채 앉아, 그저 남은 시간이 아무 흔적 없이 나를 스쳐 지나가기만 바랐다.

하지만 그런 일은 일어나지 않았다.

후식을 먹은 후에 나는 사람들과 헤어져 객실로 가기 전에 먼저 화장실에 들러 좀 씻고 드디어 위장약을 먹으려고 자리에서 일어났다.

화장실에 도착하기 전에 승강기 앞에서 또 카타리나와 하이코를 만났다. 나는 그에게 악수를 청했다.

"하이코, 잘 있었어?" 내가 지금 혀 꼬부라진 소리를 내고 있나? "어떻게 지내?"

"음, 고마워." 하이코는 아주 짤막하게 대답했다. 이 남자가 지금 기분이 안 좋은 건가? 내가 손을 놓아주자마자 그는 곧장 승강기 버튼을 눌렀다. 나는 이 만남이 불편하게 끝나는 걸 원하지 않아서 다시 한번 대화를 시도했다.

"여기 전망이 정말 환상적이지. 안 그래? 카타리나에게서 눈을 돌려봐도 말이야."

"그래, 멋지군." 그는 이렇게 대꾸하고 또 버튼을 눌렀다. 나는 그가 (나와 마찬가지로) 카타리나와 전망을 '함께' 염두에 두고 대답한 건지 알 수 없었다.

카타리나가 고집 센 아이를 대하듯 하이코를 슬쩍 툭 치며 말했다.

"그러지 좀 마."

카타리나는 새 남자친구가 지금 왜 뿌루퉁한지 솔직하게 설명했다.

"하이코가 방금 나에게 청혼했어!"

나는 어리둥절했다. 카타리나가 설마…? 나는 그녀와 하이코를 번갈아 봤다. 둘은 이제 막 사랑에 빠진 사람들처럼 보이지는 않았다.

"그래서? 뭐라고 대답… 했어?" 나는 뜸을 들이며 물었다. 말할 때 망설인 이유는 금방이라도 구역질이 날 것 같아 억눌

러야 했기 때문이다.

"고맙다고, 천천히 생각해보겠다고 했지. 가족과도 말해보겠다고 말이야. 내가 뭐 십 대도 아니고 임신을 한 것도 아니니까."

카타리나의 감탄할 만한 객관성이 다시 모습을 드러냈다. 그녀는 가장 감정이 풍부해야 할 상황에도 현실의 잿빛 베일을 뒤집어씌울 줄 알았다. 베일 내부에 있는 게 틀림없는 나는 이제 처음으로 베일 안쪽이 그래도 꽤 분홍빛이라는 사실을 깨달았다.

내가 만약 베일 외부에 있는 하이코였더라면 카타리나의 대답 때문만이 아니라 나에게 보이는 솔직함 때문에 두 배로 모욕을 느꼈을 것이다.

나는 카타리나가, 그리고 그녀가 우리 가족에게 부여하는 의미가 한없이 자랑스러웠다.

"으음… 그럼 나중에 더 이야기하자." 마음을 놓은 내가 대답했다.

"그래. 난 이제 객실로 내려가서 뿌루퉁한 이 소년의 얼굴에 혹시 감동을 불어넣을 수 있는지 좀 봐야겠어." 카타리나가 약간 교양 없이 음탕하게 말하고는 승강기에 탔다.

"125호실이야?" 그녀가 터덜터덜 뒤따라 들어서는 하이코에게 물었다.

"215호실이야." 하이코가 중얼거리고 버튼을 눌렀다.

"아이고, 숫자가 뒤섞였네." 카타리나가 웃음을 터뜨리고는 닫히는 승강기 문 사이로 나에게 "잘 자"라고 속삭였다.

친구 사이라도 모든 정보를 알릴 필요는 없다.

215호실. 객실 번호가 낯설지 않았다. 바로 내 옆방이었으니까.

비밀 생일 파티가 낯선 손님들 때문에 깨지고, 명상으로 견뎌낸 학대 때문에 중단되고, 함께 있던 모든 사람에게 들통이 난 후에 전처가 남자친구의 안 좋은 기분을 열성을 다한 섹스로 몰아내는 소리까지 벽 너머로 들을 필요는 없었다.

이 생일이 지겨웠다.

나는 화장실로 가지 않았다. 식탁으로 돌아가지도 않았다.

이날 저녁 나에게 주어진 최종 생일 선물은 돌아가는 길에 아무도 자동차로 치지 않고 경찰에 잡히지도 않았다는 행운이었다.

이 두 가지 행운은 그때까지 말짱하던 랜드로버 디펜더를 우리 건물 벽에 너무 가까이 모는 바람에, 오른쪽 앞바퀴가 지하실 유리창에 부딪쳐 빠지고, 앞차축이 부러지는 결과로 이어졌다.

6

영감

어떤 문제에서 일단 영감을 본다면 이제 더는 해결책을 찾느라 안간
힘을 쓰며 고민하지 않아도 된다. 해결책 스스로 모습을 드러내게
하라. 영감에 대해 명상하고, 당신의 행동에서 무엇을 바꿀 수 있는
지 살펴보라. 이렇게 하면 '문제―고민―해결책'이라는 부자연스러
운 3중주는 '영감―명상―변화'라는 느긋한 3화음이 된다.

────────── 요쉬카 브라이트너, 『내면을 향한 발걸음―자아 발견을 위한 순례』

나는 불필요한 질문을 피하기 위해 심리상담사에게 두 번째
중국인 이야기는 완전히 감추었고, 하이코와 얽힌 과거도 언

급하지 않았다. 나머지는 사실에 상당히 부합하게 말했는데 그것만으로도 이미 아주 불편했다.

"자, 좋습니다." 브라이트너 씨는 차를 한 모금 마시고 컵을 탁자에 내려놓은 다음 깍지를 꼈다. 그의 검지 두 개가 도발하듯 나를 향해 있었다. "당신이 보기에 결산이 어떻습니까?"

"어제저녁 말씀인가요?"

"지나온 45년의 결산 말입니다."

위장이 쪼그라지는 느낌이 들었다.

사실 나는 오늘 영혼의 요철 두어 개를 찾아내어 반듯하게 펴기만 할 예정이었다.

어제저녁이 이런 요철의 존재를 가리키고 있었다.

그러나 이제 브라이트너 씨는 요철을 없애는 대신 내 영혼 전체를 철저하게 살펴보려고 했다.

나는 마음에 들지 않아서 주제를 돌리려고 했다.

"하이에네의 친구에게 무슨 일이 일어났는지 알고 싶지 않으신가요?"

"저는 당신 동료의 커플 상담사가 아닙니다. 당신의 상담사지요. 자, 지난 45년의 결산이 어떻게 되나요?"

"왜 지난 45년이 문제가 되지요?"

"어제저녁에 모인 동기는 당신의 마흔다섯 번째 생일이었습니다. 당신이 자유롭게 결정한, 인생 전반기를 평가하는 방식이었지요. 어제의 폐허가 당신 삶의 기념비라면 거기에는 그럴 만한 이유가 있을 겁니다."

내가 보기에 지나치게 격정적인 말이었다.

"잠깐만요! 그저 작은 파티 하나가 실패했다고 제 인생의 중간 결산표를 의심할 필요는 없습니다."

"제가 당신이 한 말을 제대로 이해했다면, 오래전부터 파티는 그것 하나뿐이었습니다. 그러니 오래전부터 모든 파티가 망가진 거지요. 아마도 당신이 삶의 결산표를 의심했기 때문에 이 저녁을 망친 것인지도 모릅니다."

"제가 왜 제 삶을 의심하나요?"

"흐음, 당신이 이야기한 어제저녁 일에서 저는 몇 가지를 추측합니다. 당신은 아버지나 전남편으로서 가족들의 소원을 만족시키지 않으면 구덩이에 빠져요. 45년을 살았는데 당신을 축하해줄 친구들이 없습니다. 일탈을 하고픈 명백한 욕구를 스스로 부인하고 내면아이 핑계를 댑니다. 자신이 주체가 되어 파티도 주관하지 못하고 그저 사창가 변호사의 역할로 하지요. 분 단위로 계획한 즉흥성은 그렇게 세밀한 준비에도 불구하고 본인의 소망보다 낯선 사람의 소망을 더 중요하게 여기는 바람에 망가집니다. 그리고 전 부인과 관계를 완벽하게 정리하지 못한 게 분명해 보입니다. 마흔다섯 살에 뒤늦은 사춘기를 맞은 청소년처럼 술에 취한 채 직접 집으로 차를 운전해 가는 엄청나게 무책임한 태도에 대해서는 말할 필요도 없겠지요."

평범한 숙취를 훨씬 넘어서는 피로감이 몰려왔다. 이런 식으로 요약하니 실제로 내 삶의 전반기 결산은 좋지 않아 보였다. 하지만 나는 이 상황을 잘 알고 있었다. 브라이트너 씨는 그저 나 스스로 삶에서 긍정적인 것을 생각해내도록 자연스럽게 유도하는 중이었다.

"잠깐만요! 그렇게 일방적이지는 않습니다. 그래요, 자동차 사건은 내 인생에 전무후무하게 어처구니없는 짓이었습니다. 하지만 그것 말고는? 마흔다섯 살인 저는 딸에게 삶을 선물했고 전처와 편안한 관계를 맺고 있으며 직업도 상당히 괜찮습니다."

"당신의 인생을 희생해야 하는 아이에게 삶을 선물하는 것, 결혼에 실패하는 것, 직업적으로 완전히 밀려나지는 않는 것, 그러니까 이게 인생 전반기 결산표군요? 그렇다면 저라도 이 날을 축하하기 위해 집에 웅크리고 있거나 낯선 사람들과 술에 취할 것 같습니다."

"딸과 아름다운 관계를 맺는 것, 전처와 편안한 관계를 유지하는 것, 범죄를 저지르지 않고 충분한 돈을 버는 것, 게다가 의뢰인들과 친구처럼 지내는 게 뭐가 잘못됐습니까!"

"그러니까 당신이 인생에서 바라는 것은 그게 전부인가요?"

만약 치아 스케일링 중이었다면 지금은 환자가 조금 전만해도 치석이 있던 자리에 이제는 치아 하나가 완전히 빠져버린 걸 혀로 더듬어 확인하는 순간일 것이다.

"당신은 제 긴장 해소를 위한 상담사라고 생각했는데요." 나는 속으로 도움을 애원하며 말했다.

"맞습니다. 그건 당신이 완화해야 할 긴장이 무엇인지 제가 솔직하게 알려줘야 한다는 뜻이지요. 제가 정형외과 의사라면 깁스를 만들기 전에 당신에게 일단 다리가 골절됐다는 것부터 알려줘야 할 겁니다."

"무슨 말씀을 하시려는 건가요? 제가 루저 생일 파티에 마땅한 루저라고요?" 나는 내 영혼의 폐허를 어떤 식으로든 해석해보려고 했다.

"오히려 반대랍니다. 당신이 어제저녁의 깨달음에 감사해야 한다는 말을 하고 싶은 겁니다."

"어떤 깨달음 말인가요? 제가 해결하지 못한 문제들을 잔뜩 끌고 다닌다는 깨달음?"

"일단 문제를 문제가 아니라 영감으로 보도록 노력하세요. 그러면 금방 훨씬 더 긍정적인 의미를 얻게 될 겁니다."

"심리적인 마케팅 개그처럼 들리는군요."

브라이트너 씨의 얼굴에 미소 비슷한 게 슬쩍 떠올랐다. "무거운 짐을 끌고 다닌다는 것은 수천 년 동안 인류의 문제였습니다. 어떤 사람이 이 문제에서 영감을 얻어 바퀴를 발명하기 전까지는 말이지요. 그렇다면 바퀴가 심리적인 마케팅 개그일까요?"

"뭐, 알겠습니다. 문제가 저에게 영감을 준다고 치자고요. 그러면 해결책을 고민하는 게 더 간단해지나요?"

"문제가 영감을 보여준다면 해결책을 찾으려고 안간힘을 쓰며 고민할 필요가 없습니다. 해결책 스스로 모습을 드러내게 하세요. 영감을 명상하고, 당신이 뭘 바꿀 수 있는지 살펴보십시오. '문제—고민—해결책'이라는 부자연스러운 3중주는 '영감—명상—변화'라는 느긋한 3화음이 될 겁니다."

"으음…." 나는 회의적으로 말했다. "어제저녁의 일 중에 어떤 게 영감을 주나요?"

"어제저녁에 당신은 예술의 온갖 규칙에 따라 벽에 부딪쳤습니다. 자동차와 함께 말이지요. 그걸 영감으로 받아들여서 곰곰이 생각하고 명상하세요. 딸을 위해 희생하고, 그 외에는 웅크리고 있고, 그러다가 이를 보완하려고 1년에 한 번 의식적으로 술에 취하는 현재 생활이 정말로 인생에서 기대하는 전부인지 말입니다. 아니면 뭔가 변화를 원하는지."

어제저녁의 진수인 진실의 창으로 세 번 찌르기는 모두 과녁의 정중앙을 맞혔다. 브라이트너 씨는 내 얼굴에서 자기가 정곡을 찔렀다는 걸 확인하고는 계속해야겠다는 자극을 받은 모양이었다.

"어제저녁에 대해 이야기한 걸로 볼 때, 당신은 생일날조차 자신의 소망을 방어하기는커녕 밝히지도 않았습니다. 이건 영감을 주는 깨달음이지요. 어제저녁을 인생 후반기의 소망에 대해 아주 의식적으로 고민해보는 기회로 삼으세요."

나는 어깨를 으쓱했다. "혹시 제가 더 바랄 것 없이 행복한지도 모르지요…."

"소망은 미래가 새겨지는 목재입니다. 그러니 더 바랄 것 없이 행복한 상황이란 드물지요. 대부분의 사람들은 더할 나위 없이 불행합니다. 인생 후반기의 소망을 의식하세요!"

"그러지 않으면?"

"그러지 않으면 언젠가는 우울증에 걸린 채로 포르셰 매장에서 20년 된 리스 차량을 들여다보고 있게 될 겁니다."

"네?"

"그런 걸 중년의 위기라고 부릅니다. 중년의 위기란 '이게 전부였다고?'라는 정당한 질문에 만족할 만한 대답을 얻지 못한다는 뜻이지요. 당신은 '인생 후반기에 기대하는 게 무엇인가'라는 질문을 이미 차단하고 있어요."

브라이트너 씨의 말을 듣자, 내가 인생 후반기에 뭘 기대하는지 정말 모른다는 사실을 불현듯 깨달았다.

그런 생각을 해본 적조차 없었다.

오늘은 확실히 소소한 영혼의 요철이 문제가 아니었다.
남은 내 인생의 의미가 중요했다.

7

순례

자기 자신을 향한 길은 첫걸음으로 끝난다. 스스로를 발견한다는 것
은 새 땅에 들어서는 일이다.

──────── 요쉬카 브라이트너, 『내면을 향한 발걸음─자아 발견을 위한 순례』

나는 아주 오래전부터 현재에 너무나 만족하지 못해서 미래에
대해서는 아무 생각도 하지 않고 산 게 분명했다. 나는 그 점에
서 영감을 보려고 했다.

"제가 인생 후반기에 뭘 기대하는지 어떻게 알아내지요?"

브라이트너 씨는 이에 적합한 명상을 안내했다.

"일단 당신이 누구인지부터 알아내야 해요. 그걸 안다면 뭐가 필요한지도 알게 될 겁니다. 그것으로 인생 후반기를 채울 수 있지요."

이보다 단순한 게 어디 있을까. 나는 내가 누구인지 안다.

"비요른 디멜, 마흔다섯 살, 이혼했고 딸 하나를 둔 아비지, 변호사입니다."

브라이트너 씨가 보기에는 충분하지 않은 듯했다.

"이름과 나이, 가족 상황과 직업. 당신이라면 사과를 이렇게 묘사하시겠습니까?"

"네?"

"으음, 그러니까 제가 당신에게 2주 전에 수확했고, 바라부에서 왔고, 독신이며, 슈퍼마켓 사과 상자에서 반짝반짝 빛나는 과일 모델로 일하는 사과 하나를 어제 봤다고 말한다면… 당신은 이 사과에 대해 뭔가 아는 게 있나요?"

"아니요."

"그렇지요. 사과에 대해 정말 뭔가를 알고 싶다면 사과 상자에서 꺼내 자세히 관찰해야 합니다. 그래야 사과를 진정으로 묘사하는 사항들을 철저하게 볼 수 있어요. 이 사과나무는 어떤 토양에 뿌리를 내리고 있었나? 사과를 자라게 한 것은 어느 하늘의 태양인가? 뿌리가 빨아들인 물을 공급한 구름은 어떤 길을 지나왔나? 사과에 무엇이 들었는지 정말 알기를 원한다

면 나이와 가족 상황, 직업은 그다지 큰 역할을 하지 않는다는
걸 확인하게 될 겁니다."

"좋습니다. 하지만 저는 사과가 아니에요."

"그래요, 당신은 사과보다 복잡한 생명체입니다. 당신이 누
구인지 정말 알고 싶다면 우선 스스로를 다른 사람과의 관계
를 통해 정의하는 것을 멈춰야 합니다. 오직 자기 자신으로 스
스로를 정의하세요. 뿌리가 어디에 있는지, 어떤 빛이 당신을
따뜻하게 해주는지, 어떤 생각이 당신을 자라게 하는지 살펴
보십시오."

"어떻게 말인가요?"

"과일 바구니를 떠나세요. 당신의 역할에서 떠나세요. 몇 주
만 아버지와 전남편, 변호사 역할을 하지 마세요. 그리고 자신
이 누구인지 관찰하세요."

"그러니까 캡슐 안에 들어가서 세상을 등지라는 소린가요?"

"반대입니다. 스스로를 풀어놓으세요. 나가십시오. 떠나세
요. 몇 주만 일상을 벗어나세요. 공간적으로, 내용상으로도, 감
정적으로도."

내가 보기에는 삶의 실제 의무와는 아무 관련도 없는 순진
한 소망의 상상이었다.

"죄송하지만 현실적으로 생각해보죠. 일상에서 어떻게 몇 주
동안 시간을 낼 수 있습니까? 변호사 사무실 때문에라도…."

"급한 업무에는 대리인을 구하고, 다른 상담 일정을 바꾸는 변호사가 당신이 처음은 아닐 텐데요. 미룰 수 없는 일정이 예를 들어… 3개월 후에 얼마나 있습니까?"

지금은 4월 말이었다. 3개월 후면 7월이다. 나는 독립한 이래로 실제 업무라기보다는 스스로 짜내는 핑계 가능성에 더 가까워 무척 알아보기 쉬운 일정표를 떠올리며 고민하는 척했다.

"7월이라… 후우… 고민을 해봐야겠군요."

더듬거리는 내 말투는 의도한 것과 전혀 다른 결과를 가져왔다.

"자, 지금 당장 처리해야 할 만큼 중요한 일은 없군요. 아주 좋습니다. 7월에 혼자만을 위해 생활하면 안 되는 다른 이유가 또 있나요?"

이제 감정적인 일들이 문제였다. 변호사 사무실이야 당연히 한 달 동안 닫을 수 있지만 한 달 내내 딸과 헤어져 지낼 수는 없다. 여기서도 나는 소망이 아니라 의무에 대해 말하는 실수를 저질렀다.

"딸을 한 달 동안 혼자 내버려둘 수 없습니다. 돌보는 시간 구성상 가능하지 않아요."

"시도해본 적은 있으신가요? 전 부인과 관계가 아주 좋잖아요. 딸은 유치원에 다니고, 전 부인 집에서도 무척 잘 지냅니다. 그러니 당신이 없어도 딸을 돌보는 일은 구성상으로 불가능하지 않아요. 한번 말을 꺼내 시도해보시지요."

좋다…. 시도해볼 수야 있겠지. 늦어도 카타리나가 나더러 정신이 살짝 나간 게 아니냐고 묻는다면 구성상의 주제는 끝나는 거니까. 그리고 감정상의 문제는 말을 꺼낼 필요도 없다.

"확신이 서지 않는 모양이군요." 브라이트너 씨가 말했다.

"전… 저는 한 달 동안이나 딸을 못 본다는 걸 상상할 수 없어요. 견디지 못할 것 같습니다." 아주 솔직한 말이 터져 나왔다.

"왜죠?"

"제 딸은… 좀 유치하게 들릴지도 모르지만… 저에게 딸은 태양입니다. 한 달 동안 딸의 햇살 없이 지낸다는 게 상상이 되지 않아요."

"멋진 그림입니다. 계속 생각해보지요. 딸이 태양이라면 당신의 삶 전부는 딸 주위를 빙빙 회전하겠군요. 맞습니까?"

나는 그가 무슨 말을 하려는지 몰라서 망설이다가 고개를 끄덕였다.

"그렇다면 당신은 이 그림에서 지구입니다." 브라이트너 씨가 단호하게 말했다.

다시 망설이며 끄덕끄덕.

"지구가 일단은 자전하고, 부수적으로 태양 주위를 공전한다는 걸 아실 테지요. 안 그렇습니까? 지구가 자전을 멈춘다면 아무도 살지 못할 겁니다. 한쪽 면은 불타고 다른 한쪽 면은 얼어붙을 테니까요. 다른 사람들 주위로 공전하는 게 의미를 지니려면 당신 삶에서 자전도 이루어져야 한다는 걸 이해하셔야 합니다."

"그건 그림에서는 분명히 훌륭한 논거입니다. 하지만 딸에게 손해를 입히며 한 달 동안 늘어질 수는 없어요."

"딸을 '위해서' 그러시는 거라면요?"

"아빠를 4주 동안 못 보는 게 에밀리에게 어떤 점에서 좋은가요?"

"아주 많지요. 당신은 4주 동안 에밀리에게 전부인 사람을 돌보게 됩니다. 다시 말해서 당신 자신이지요. 딸을 위해 이보다 더 멋진 일을 할 수 있을까요?"

"하지만 지금도 딸을 위해 이미 모든 것을 하고 있는데요."

"어쩌면 그게 당신의 인생 후반기에 바꿀 수 있는 중요한 일인지도 모릅니다. 당신 딸이 나중에 모든 것을 소유했지만 아버지가 없다면 어떨까요? 일단 자기 자신에게 필요한 모든 것을 취하고, 딸을 위해 희생하는 대신 딸과 나눈다면 에밀리는 더 많은 것을 소유하게 될 겁니다."

그런 관점에서 보니 저항심은 이미 줄어들고, 호기심 섞인 회의가 커져갔다.

"좋습니다. 어떤 식으로든 시간을 낸다고 가정해보지요. 그런데 4주라는 자유 시간 동안 뭘 하나요?"

"꼭 필요한 것만으로 활동을 축소하고 자기 자신을 발견하십시오."

자기 자신을 발견하기. 이것 역시 진부한 문구였다. 방금 우리는 내가 생일에 어디에 있었는지 정확하게 알았다고 말하지 않았던가. 나는 명백하게 내 옆에 있었다.

"지극히 현실적인 측면에서 말입니다. 저를 찾으려면 어디로 가야 하지요? 제 문제… 아니, 영감에 대해 명상하려면요? 스파? 수도원? 치즈를 제조하는 알프스 목장?"

내가 정말 한 달이라는 시간을 낼 수 있다면, 소원이 없는 이 상태에 영감을 주는 경험을 명상으로 몰아내는 데 적합한 마사지와 엄청나게 비싼 요리를 포함한 웰니스 상품이 분명히 몇 개는 있을 터였다.

"순례를 하세요."

"뭘… 하라고요?"

그 순간 자아 순례라는 단어가 내 인생길에 처음으로 등장했다.

너무 갑작스러워서 이 상황을 제대로 정리하는 데 시간이 조금 필요했다. 어쨌든 내가 예상했던 자아 발견용 웰니스 상품은 아니었다.

"멍청한 교인들과 터덜터덜 걷기 위해 제 딸과 떨어져 지내라고요?" 나도 모르게 이런 말이 튀어나왔다.

브라이트너 씨가 찻잔을 내려놓고 나와 눈을 맞추더니 친근한 음색으로 물었다.

"순례자가 어떤 사람인지 알고 있나요?"

당연히 알지. TV 다큐멘터리가 얼마나 많은데.

나는 아는 걸 요약해서 대답했다. "순례자란 파키스탄 방직공들보다 몇 배나 많은 연봉을 받으면서 이들이 생산한 통기성 신발과 고어텍스 바지와 트레킹 배낭을 사고, 선진국의 사치스러운 문제를 없애려고 제3세계의 등에 올라타고 걷는 사람들입니다."

브라이트너 씨는 여전히 사랑을 담은 눈길로 나를 바라봤다. "순례자라는 용어는 라틴어 '페레그리누스'에서 왔습니다. 낯선 곳에 있다는 뜻이지요. 순례자는 과일 바구니를 떠난 사과랍니다."

나는 소심하게 그의 시선을 마주했다.

"그리고 언젠가는 다른 사과들이 모두 가는 곳으로 굴러가지요. 오래된 뼈가 들어 있는 상자로 말입니다." 내가 보충해서 말했다.

"순례는 외적인 목적지로 가면서 내적인 목적지를 발견하려는 시도지요." 브라이트너 씨가 더 보충했다.

"압니다. '길이 곧 목적지다'라거나 '가장 긴 길도 첫걸음부터 시작한다' 등등이지요." 나는 달력에 적혀 있는 격언을 아주 싫어했지만 놀랍도록 많이 기억하고 있었다.

브라이트너 씨는 고집스러운 내 비관주의 태도에도 여전히 차분하게 대했다.

"그렇지 않습니다." 그가 반박했다. "외적인 목적지는 외적인 목적지입니다. 그 목적지는 오래된 뼈가 들어 있는 상자일 수도 있어요. '성유물'이라는 말이 더 위엄 있게 들리긴 합니다. 그건 별로 중요하지 않아요. 외적인 목적지는 틀입니다. 내적 목적지는 당신이지요."

"그러니까 저 자신을 향한 길이 목적지이군요."

"아닙니다. 자기 자신을 향한 길은 첫걸음으로 끝나지요. 자기 스스로를 발견한다는 것은 새 땅에 들어서는 일이랍니다. 큰 모험이지요. 당신은 이루 말할 수 없이 비범한 무언가를 발견할 수 있습니다. 바로 당신 자신이지요."

나는 이 모험에 정말 발을 들여놓는다는 상상에 점점 감동했다.

"그런데 왜 오래된 뼈인가요? 왜 어떤 관을 향해 순례해야 하지요?"

"강림절 달력에는 왜 항상 12월 24일에 가장 큰 초콜릿이 들어 있을까요?"

나는 지금 느끼는 감정 그대로, 그러니까 전혀 모르겠다는 눈길로 브라이트너 씨를 바라봤다.

"목표를 갖기 위해서지요." 그가 설명했다. "이른바 성인의 뼈에 어떤 효력이 있다고 당신이 믿든 아니든 그건 전혀 중요하지 않습니다. 12월 24일에 그 앞의 23일보다 두 배로 큰 초콜릿이 필요한 사람도 전혀 없지요. 하지만 외적인 목적지가 거기 있다는 사실은 당신의 여정에 구조를 부여합니다. 시작과 끝이지요. 당신은 외적 목적지에 매일 더 가까워진다는 걸 입증할 수 있습니다. 다음 날 아침 일어날 이유가 있고, 저녁에 피곤한 몸으로 침대에 쓰러질 권리가 있어요. 당신은 이 틀 안에서 움직이고, 이 틀 안에서 자신을 발견할 수 있습니다."

나는 이제 그림을 이해했다. 하지만 구체적으로 실천하기에는 여전히 너무 멀었다.

"구체적으로 무슨 뜻인가요? 어디로, 언제, 어떻게 순례해야 하지요?"

그러자 브라이트너 씨는 내 삶을 바꾸게 될 길에 나를 징신적으로 처음 데려갔다.

"아주 구체적으로요? 야고보의 길을 가시지요. 전형적인 프랑스 길은 생장피에드포르에서 산티아고데콤포스텔라로 이어집니다. 800킬로미터쯤이지요. 7월 1일에 출발해서 7월 31일에 돌아올 수 있습니다. 31일이면 하루에 25킬로미터예요. 시속 5킬로미터로 순례한다면 하루에 다섯 시간 걷는 겁니다. 이제 충분히 구체적인가요?"

"무척 고루하게 들리네요."

"맞습니다. 하지만 당신이 구체적인 예를 부탁했지요. 조금 전에 당신이 하루 저녁에 마실 음료 계획을 체중과 물의 균형과 관련하여 얼마나 고루하게 계산했는지 진지하게 설명하는 걸 듣고는, 편협한 통계로 유인할 수 있다고 생각했답니다."

어리둥절한 내 얼굴을 본 브라이드니 씨가 미소를 지었다. "물론 31일 내내 시속 5킬로미터 속도로 하루에 다섯 시간을 걷지는 않습니다. 시속 6킬로미터로 여덟 시간을 걷기도 하고, 어떤 도시에 이틀 정도 그냥 머물러 있기도 하겠지요. 원한다면 한두 여정은 버스를 타기도 하고요. 어쩌면 산티아고데콤포스텔라를 지나 피니스테레까지 계속 걸어서, 사람들이 예전에 세상의 끝이라고 여기던 장소에서 순례를 마치려고 할지도 모릅니다. 다 괜찮습니다. 모든 것은 걷다 보면 저절로 이루어질 테니까요. 이런 게 모험의 일부지요. 이 모험에서 확실한 것은 한 가지뿐입니다…. 길이 끝나면 당신은 더 이상 술에 취한 채 지하실 유리창으로 차를 몰지 않을 거라는 점이지요."

나는 그 순간 이미 마음속으로는 프랑스 길에 서 있다는 걸 깨달았다.

8

결과

당신이 숲으로 순례해 들어간 것과 똑같은 상태로 다시 나올 수는 없다.

———————— 요쉬카 브라이드너, 『내면을 향한 발걸음―자아 발견을 위한 순례』

나는 아마 4주가 걸릴 순례의 자유에 대한 조직적인 문제를 다음 상담 시간에 이야기하기로 약속하고 브라이트너 씨와 헤어졌다. 그사이에 프랑스 길에 대해 좀 더 자세히 알아볼 생각이었다. 800킬로미터에 이르는 그 길은 프랑스 피레네산맥에서 여러 고개를 거쳐 스페인 산티아고데콤포스텔라로 이어진다고 했다. 어쩌면 나에게 중년의 위기를 벗어나는 에움길이라는 가능성을 제공할지도 모른다.

집에 도착하니 어제저녁과 관련된 또 다른 영감이 나를 기다리고 있었다. 현관문을 닫는데 나무 계단이 삐걱거리는 소리가 들려왔다. 내가 돌아온 걸 사샤가 알고 올라오는 모양이었다.

나는 하루 종일 그를 피해 다녔다. 내 랜드로버는 오전에 자동차 정비소에서 가지고 갔다. 망치질하는 듯한 두통이 좀 나아져서 겨우 정비소에 전화를 할 수 있었다. 하지만 유감스럽게도 이미 유치원생과 부모 모두 내 차가 지하실 구덩이에 빠진 걸 본 후였다. 사샤는 실용주의자였다. 그는 어떤 문제가 자기와 관련이 있을 때만, 그리고 해결책이 있다고 생각할 때만 언급했다.

어제저녁, 나 자신의 소망에도 관심을 기울이라는 그의 조언은 청하지도 않았는데 내 사생활에 끼어드는 최대치였다. 그는 음주 운전 때문에 나에게 설교를 하지도, 내 영혼 상태에 대해 알아보려고 하지도 않을 터였다. 그러니 무슨 일로 오는 걸까?

"어제저녁 이야기를 해야 해." 내가 문을 열자마자 사샤가 대뜸 말했다.

"자네에게 와인을 권하고 싶지만 내가 아직도 두통이 심해서 말이야." 나는 이 상황을 조금 느긋하게 만들려고 애썼다.

"그럴 것 같아. 어제저녁에 자네는 몇 가지…."

"자동차 건은 유감이야." 나는 얼른 사과했다. "유치원이 문을 열기 전에 차를 가져가라고 하지 못했어. 외벽 손상은 내일 내가…."

사샤가 손을 내저었다. "차 문제가 아니야. 중국인들 때문이지."

내 배가 쪼그라들었다. 명상을 통해서이긴 하나 술에 취한 채 허락한 스프레이 폼 장난이 처리해야 하는 부정적인 결과를 또 불러온 게 아니어야 할 텐데?

"중국인들이 어떻게 됐는데? 혹시… 죽었나?"

"완전히는 아니고."

"완전히 죽지 않는 게 어떤 거지?"

"두 명 중 한 명은 죽고 다른 한 명은 살았어. 둘을 합치면 완전히 죽은 건 아니지. 그게 문제야."

수학적으로 그럴듯한 사샤의 논거는 내 마음에 무거운 그늘을 드리웠다.

비관적으로 보면 어제 생일 파티에서의 반인종차별주의 표현은 한 사람이 사망하는 결과를 가져왔다.

나는 책임감이 강한 사람이었다. 타인의 죽음에 책임을 지려는 내 욕구는 지금까지 살면서 충족되고도 남았다.

하지만 사샤도 인간적 감정을 어느 정도 느낄 수 있는 사람이었다. 그는 목숨의 가치를 존중했다. 가격의 단계가 다양하긴 했다. 가장 값비싼 것은 자기 자신의 목숨이었다. 그가 중국인 한 명의 죽음을 받아들이고 다른 중국인 한 명이 생존한 것을 유감이라고 생각한다면 그 이유는 오로지 후자가 자신의 생존에 부정적인 영향을 끼칠 수도 있기 때문이었다.

"정확하게 문제가 뭐야?" 내가 물었다.

"아까 슈퍼마켓에서 라우라를 만났어. 어젯밤에 응급실에서 근무하느라 밤을 새서 아주 피곤해 보이더군."

라우라는 무척 멋진 여자였다. 그녀의 아들은 지난해에 이른바 유치원 고학년이 되었다. 라우라와 나는 유치원 학부모 모임 대표로 만났다. 라우라도 나처럼 별거 중이었다. 우리는 짧고 뜨거운 연애를 했다. 길게 봤을 때 서로 어울리지 않는다는 사실을 둘 다 금방 깨달았다. 그래도 그 상황이 나쁘다고는 둘 다 생각하지 않았다.

라우라는 의사였고, 예전과 마찬가지로 유치원과 사샤와 나와 모두 좋은 관계를 맺고 있었다.

"라우라가 두 중국인과 무슨 상관이지?"

"어제 그 둘에 대해 우연히 들었다고 하더군. 라우라의 동료인 젊은 비뇨기과 의사가 어젯밤에 두 중국인을 수술대에서 만나게 됐대. 둘 중 나이 많은 사람은 아랫배 통증 외에 흉곽이

답답하다고 호소해서, 그 젊은 의사가 혹시 발생할지도 모르는 심근경색 때문에 니트로 글리세린 스프레이를 예방 차원에서 줬다고 해.”

내 안에서 한 줄기 희망의 불꽃이 피어났다.

“그럼 그 남자가 심근경색으로 죽었다는 말이야?” 내가 물었다. 심근경색으로 사망했다면 스프레이 폼 학대로 인한 위험이 실현된 게 아니었다. 그렇다면 나는 양심의 가책을 명백하게 덜어낼 수 있었다.

“그렇지. 니트로 스프레이 때문이었어.” 사샤가 설명했다.

“왜? 그건 심근경색 위험 때문에 준 거 아니었나?”

“니트로 스프레이는 심근의 부담을 덜어 혈압을 낮추지. 하지만 환자가 그 전에 비아그라를 먹었다면 두 약품의 상호작용 때문에 혈압이 한없이 떨어져서 심장에 피가 더는 충분히 통하지 않아 결국 심근경색으로 사망해.”

신중하게 생각한 끝에 이제 중국인 두 명 중 한 명이 엊그제까지 성 기능 장애도 겪었다는 걸 알게 됐다.

그리고 엊그제부터 이제 더는 겪지 않는다는 것도.

법률적으로 볼 때 스프레이 폼과의 인과 관계는 비아그라와 니트로 스프레이의 독자적 요소 때문에 (나는 두 가지 요소에 모두 책임이 없다) 사라졌다.

“그러니까 1번 중국인은 스프레이 폼 때문이 아니라 젊은 비뇨기과 의사의 의료 과실 때문에 사망한 거로군." 내 말에 사샤가 동의했다.

"그렇지."

"그러면 응급실에서 2번 중국인을 돌볼 시간이 더 많았겠네. 안 그래?" 내가 물었다.

"그렇지. 하지만 두 번째 중국인의 태도는 그 의사가 할 일을 별로 줄여주지 않았어."

"왜?"

"스프레이 폼에 대해, 그리고 자기 동료가 병원에 오게 된 진짜 이유에 대해 한마디라도 하는 사람은 모두 죽여버릴 거라고 협박했기 때문이지. 자기에게 이런 짓을 한 사람도 마찬가지고. 또 기필코 현금으로 병원비를 내려고 했다더군."

그 중국인이 체면을 잃을까 봐 불안해하는 건 좋은 징조였다.

하지만 그의 분노는 좋지 않았다. 어떤 게 더 우세한지는 아직 확실하게 알 수 없었다.

"그래서 라우라의 동료는 어떻게 했어?"

"돈을 받았고, 스프레이 폼을 제거했고, 심근경색 사망진단서를 썼고, 병원의 모든 사람에게 '스프레이 폼 중국인들' 이야기를 했대. 라우라에게도 말이야."

"그렇다면 스프레이 폼 이야기는 공식적으로 절대 나오지 않을 테고, 라우라는 그 일화를 응급실에서 비공식적으로 들은 거잖아. 문제 될 게 어디 있어?"

"그 둘이 삼합회 문신을 하고 있었대."

"중국 마피아?" 배 속에서 시작된 꺼림칙한 느낌이 불쾌하게 움직였고, 목구멍이 바짝 말랐다.

"그렇지. 그냥 잔챙이가 아니야. 객실 번호 기억하나?"

그걸 어떻게 잊을까. 광란의 혼동 파티 때문에 나는 두 개 모두 아주 잘 기억하고 있었다.

"489호실과 498호실이잖아. 왜 그래?"

"삼합회는 회원들에게 번호를 부여해. 모든 숫자는 4로 시작하지. 삼합회 우두머리의 번호가 489야."

"혼동에 희생된 그 객실?"

"그렇지."

"그러니까 우리가 재미로 중국 삼합회 우두머리의 항문을 스프레이 폼으로 채웠단 말이야?"

"재미로… 그리고 성차별주의에 반대한다는 신호를 보이기 위해서였지."

"그건 아주 제대로 이루어진 것 같군. 살아남은 남자는 이제 다시는 괴상한 성적 요구로 창녀를 괴롭히지 않을 테니까. 나중에 그녀를 죽이지 않는다면 말이지. 이제 우리가 삼합회 중국인에게 인종차별적인 발언을 해서 모욕했을지도 모른다는 자네의 걱정도 사라졌기를 바라." 나는 솟아오르는 불안감을 감추려고 이렇게 말했다.

"모든 중국인이 삼합회 회원인 건 아니야. 그거야말로 인종 차별적인 선입견이지."

"하지만 우리가 어제저녁에 성차별주의 때문에 따끔하게 훈계한 중국인들은 모두 그랬잖아."

"그렇게 본다면… 그렇지."

"이제 우리에겐 그게 무슨 뜻이야? 중국인들이 보복할 위험이 어느 정도일까?"

"지금 현재로는 상당히 적어. 보복하려고 해도… 누구에게 해야 할지 모를 테니까. 그는 이 일과 우리를 연결 지을 수 없어. 발터와 스타니슬라브는 복면을 썼잖아."

"삼합회 회원 두 명이 같은 에스코트 서비스에서 콜걸을 예약하고, 그 후에 복면을 한 남자 두 명이 그들을 찾아가서 똑같은 성폭력을 행한다… 그러면 누구라도 예상을…."

"성폭력이 아니라… 성적인 폭력이야." 사샤가 내 말을 고쳤다. 나는 당황하고 어리둥절해서 그를 바라봤다.

"성폭력… 성적인 폭력…. 완전히 똑같은 거 아닌가?"

"아니야. 성적인 폭력에서 성은 폭력을 행사하려고 사용돼."

이 순간 나는 사샤가 정말 모든 평생교육 코스에 참가해야 하는지 의문이 생겼다.

"뭐, 어찌 됐든." 내가 말을 이었다. "에스코트 아가씨들과 스프레이 폼 남자들 사이에 연관이 있다는 지혜에 이르려고 포춘 쿠키를 너무 많이 먹을 필요는 없을 것 같아. 안 그래도 금방 알아낼 테니까."

"내가 이미 조사해봤어." 사샤가 나를 안심시키려고 했다. "호텔 안내원을 통해 하이에네와 샌디를 예약했다더군. 그러니 콜걸이 어느 에이전시에서 왔는지는 전혀 몰라."

"하지만 안내원은…?"

"발터가 이미 심도 있게 이야기했어. 안내원은 그날 저녁 일을 전혀 기억하지 못할 거야. 그리고 발터에게 두 중국인이 포함된 그룹이 예정대로 오늘 오전에 호텔에서 이미 체크아웃했다고 알려줬어. 그러니 한 명은 하늘에 앉아 있고, 다른 한 명은 하늘나라에 있을 거야."

"그게 아니라면? 하이에네와 샌디는 어때? 절대로 두 사람이 위험에 처하면 안 돼."

"칼라가 안전상의 이유로 그 둘을 일단 프로그램에서 제외했대."

콩팥으로 들어간 긴장감이 그곳에서 냉기의 형태로 정착하는 것 같았다. 분노한 창녀 한 명과 즐거운 창녀 한 명 대신 이제 죽은 중국인 한 명과 보복할지도 모르는 중국인 한 명, 뼛속까지 불안해하는 호텔 안내원 한 명과 일자리를 잃은 창녀 두 명이 남았다. 성차별주의에 반대하느라 발터와 스타니슬라브가 보여준 신호는 너무 복잡한 결과를 가져왔기에 차라리 원래 문제가 다시 생기는 게 나을 것 같았다.

9

중년의 위기

중년의 위기는 중년의 기회가 되기도 한다. 자기 삶을 비판적으로 캐묻는 사람만이 결국 삶을 의심하기를 멈출 수 있다. 삶을 그 상태 그대로 사랑할지 아니면 원하는 대로 바꿀지 결정하는 바로 그 지점 으로 당신을 데리고 온 것은 오로지 지금까지의 삶이다.

———————— 요쉬카 브라이트너, 『내면을 향한 발걸음—자아 발견을 위한 순례』

"당신 랜드로버가 어제 유치원 지하실 유리창에 박혔다고 에 밀리가 말하던데… 정말이야?" 다음 날 카타리나가 나에게 던 진 첫 번째 질문이었다. 어제는 카타리나의 엄마가 에밀리를 유치원에 데리고 왔었다.

카타리나가 에밀리를 유치원에 데려다줄 때면 우리는 함께 에스프레소를 마시곤 했다.

에밀리 없이.

부모이자 친구로서 차분하게 이야기를 나누려고.

카타리나가 보험회사에서 법률가로 다시 일하기 시작한 지 이제 1년이 넘었다. 성인으로서 다시 완전한 노동을 인정받는 일은, 예전에 성공적인 비즈니스 우먼이었다가 나무 장난감들이 늘어선 어린이 무용학원 대기실에 있어야 하는 엄마의 씁쓸함을 아주 많이 덜어줬다.

이제 우리는 역할을 바꾸었다.

나는 프리랜서라서 시간을 조정할 수 있었으므로 카타리나가 직업 세계에 다시 진입하는 데 필요한 시간 외 근무의 충격을 잘 흡수하며 에밀리를 돌봤다. 에밀리와 함께 수백 시간 동안 미온수 수영장이나 놀이터에 가거나, 학교에 아직 들어가지 않은 아이들이 다니는 온갖 학원의 대기실에 앉아 있었다.

카타리나가 예전에 느꼈던 씁쓸함을 나도 이제 아주 잘 이해할 수 있었다.

부모 중 한쪽이 아이들과 함께 있는 자리에서 그 부모의 인생 업적은 전혀 중요하지 않다. 대신 놀고 있는 어린이들의 미래 업적과 옆에 없는 파트너의 현재 업적이 훨씬 중요하다.

엄마들이 있는 장소지만, 동시에 아버지들도 어쩌면 함께 있는 장소이기도 하다.

"내 남편은 지금 출장 때문에 함부르크에 있어요." "내 남편은 어제 회사 차량을 새로 주문했답니다." "남편이 여름 휴가지로 마요르카에 농장을 예약했어요." 따위의 말들이 계속 귀를 어지럽힌다.

"남편이 이제 곧 와서 교대할 거예요"라는 말은 한 번도 들은 적이 없다.

유치원 놀이터는 성차별을 조사하기에 아주 탁월한 장소다.

내가 남자라는 것, 그런데도 지금 아이와 함께 놀이터에서 시간을 보낸다는 것, 이 두 가지 사실에서 놀이터의 엄마들은 내가 함부르크로 출장을 갈 만큼, 회사 차를 새로 주문할 만큼, 마요르카에 농장을 예약할 만큼 성공을 거둔 사람이 아니라는 세 가지 결론을 냈다.

나는 이들에게 남자로 인정받기에는 경력이 부족했다.

완전한 가치가 있는 부모의 한쪽으로 인정받기에는 출산 경험이 없었다.

지금까지 내가 스스로를 전업주부라고 생각한 적은 없지만, 다른 사람들이 그렇게 보는 게 어떤 기분인지 이제 알게 됐다.

예전의 카타리나처럼 이제 나도 놀이터에 오는 성인이 되어 직업상의 경력을 박탈당했다는 사실은 카타리나와 내 사이를 조금 더 가깝게 해주었다.

"자, 당신 차에 무슨 일이 생긴 거야?" 카타리나가 캐물었다.

"앞 축에 문제가 생겼어." 나는 지나가듯 대답하고 에스프레소 캡슐을 머신에 넣었다. 그러고는 유감이라는 듯이 덧붙였다. "아마도 가까운 미래에 디펜더를 웨딩 카로 빌려주지는 못하겠다."

"나도 가까운 미래에 결혼할 생각은 없어. 그러기에는 하이코와 내가 알고 지낸 시간이 길지 않아."

카타리나의 이성적인 면이 이제 다시 나타났다. 그녀에게 애착의 강도를 결정하는 것은 감정이 아니라 상대방에 대한 지식이었다. 이런 성격상의 특성은 지금 이 순간 나를 무척 안심시켰다. 나는 하이코를 오래전부터 안다는 걸 카타리나에게 말하지 않았다. 그에 대해 알고 있는 사실은 그를 더욱 부적합한 구혼자로 만들었다.

"엊그제 엘리베이터에서 솔직하게 청혼 이야기를 해줘서 고마워." 내가 말했다.

"고맙긴. 난 무엇보다도 나랑 결혼했던 남자가 얼마나 지쳐 보이는지 하이코가 알기를 바랐어."

나는 카타리나에게 에스프레소를 건네주고, 분명히 절반쯤은 농담이었을 이 모욕을 구체적인 결혼 계획을 묻는 데 이용하기로 했다.

"그래서? 그걸 알게 된 하이코가 먼 미래에 스스로에게 그 지식을 적용하겠대?"

"생각할 시간을 3개월 달라고 부탁했어. 내가 뭘 원하는지 차분하게 생각해봐야 하니까."

그러니까 자기가 뭘 원하는지 확실하게 모르는 사람이 나만은 아니군.

카타리나는 생각할 시간이 3개월 필요했다. 내가 원하는 건 3개월 중에 한 달뿐이었다.

대화 주제를 자아 발견을 위한 순례 계획으로 바꾸기 알맞은 기회였다.

"소망과 의도에 관한 이야기가 나왔으니 말인데…."

나는 중년의 위기를 피하기 위해 4주 동안 작전타임을 가져보라는 브라이트너 씨의 아이디어를 대략 설명했다.

"좀 늦었는지도 모르겠다. 내가 보기에 당신은 이미 중년의 위기에 빠진 것 같으니까." 그녀가 내 말을 듣고 가장 먼지 보인 반응이었다.

나는 당황했다. 카타리나는 지금까지 이런 말을 한 번도 한 적이 없었다.

"왜 그렇게 생각해?"

카타리나가 검지를 들어 올렸다. 위협적으로 보였다. 좋은 징조가 아니었다.

"당신이 아이 낳는 걸 오랫동안 거부하지 않았더라면 딸의 나이일 수도 있는 여자와 생일을 같이 보내는 게 신호 중 하나라고 할 수 있지."

서로 연관이 없는 두 가지 비난을 단 하나의 문장으로 만드는 건 카타리나의 특기 중 하나였다. 나는 이런 논거의 딜레마를 아주 잘 알고 있었다. 두 가지 비난 중에 내가 어느 쪽을 먼저 반박하든 다음에 대뜸 날아올 비난은 "말 돌리지 마!"가 될 테니까. 그래서 나는 포괄적으로 "당신이 생각하는 것과는 달라"라고 스스로를 변호했다. "나는…."

카타리나에게 중국인들과의 사건을 말하지 않으려면 어쨌든 엊그제 저녁을 설명하기에 적당한 핑계였다.

하지만 나는 설명을 할 수 없었다.

"나랑은 상관없는 일이야." 카타리나가 내 말을 막았다.

그러고서 검지 외에도 중지를 들어 올렸는데, 그러니 안정감이 느껴졌다. 협박하려는 게 아니라 그저 숫자를 세려던 모양이었다.

"당신이 엄청나게 취해서도 너그러운 전남편 역할을 하려는 게 또 하나의 신호가 될 수 있어. 혀가 꼬인 채 승강기에서 하이코와 수다를 떨려고 했잖아. 당신이 하이코를 완전 멍청이라고 간주한다는 걸 아니까 한편으로는 고맙기도 해. 하지만 꾸며낸 관용은 솔직하게 경멸을 드러내는 것보다 그에게 더 모욕적이야. 경멸한다면 최소한 그를 제대로 받아들인다는 뜻이니까. 그건 그렇고, 청혼 얘기를 꺼냈을 때 당신이 토하려고 했던 거 난 알아봤어."

꾸며낸 관용이 중년의 위기랑 무슨 관계가 있담. 하지만 카타리나는 아직 말을 끝낸 게 아니었다. 이제 약지 순서였다.

"그리고 중년의 위기를 드러내는 아주 명백한 신호는 사춘기 같은 행동이야. 술 취해서 유치원 담을 자동차로 박는 일이지. 게다가 문짝마다 '중년의 위기'라고 커다랗게 쓰여 있는 자동차 말이야. 시내에 사는 이성적인 사람 중에 마흔 살이 넘어서 랜드로버 디펜더를 타는 사람이 어디 있어?"

나는 항복의 표시로 양손을 들었다. 하지만 카타리나는 아직 끝난 게 아니었다.

"당신이 책임감 있는 사람이었다면 술을 많이 마신 저녁 식사 후에는 그냥 호텔 객실을 빌렸을 거야. 하이코는 그렇게 했어. 자족하는 사람들은 그렇게 해."

하이코는 물론 그날 밤 자족한 게 아니라 카타리나에게서 만족을 얻었을 것이다. 그것도 내가 이미 그보다 훨씬 먼저 예약해둔 객실 바로 옆방에서. 하지만 그 말은 물론 할 수 없었고, 내가 사용하지 않은 객실보다 몇 층 더 위쪽에서 중국인들에게 일어난 일에 대해서도 말할 수 없었다. 말했더라면 카타리나는 그 일에서 유추할 수 있는 중년의 위기 신호를 헤아릴

손가락이 모자랐을 테니까.

그 순간 아마 나는 삶의 근본적인 문제를 해결하는 건 고사하고 그걸 이해하기만 하는 데도 4주보다 훨씬 더 긴 시간이 필요한 사람처럼 보였을 것이다.

카타리나가 손가락 세 개를 다시 접더니 손을 내리고 나에게 다가와 미소를 지었다.

"그렇게 해."

나는 어리둥절해서 그녀를 바라봤다.

"이게 내 대답이야!" 카타리나가 내 어깨를 잡았다. "당신은 당연히 마음대로 시간을 쓸 수 있어. 에밀리는 내가 알아서 돌볼게. 급할 때는 엄마도 계시니까 괜찮아. 당신은 지난 몇 달 동안 에밀리를 위해 희생했고, 내가 야근할 때면 늘 에밀리를 돌봤어. 내가 이 시간에 보답하고자 당신의 자아 발견을 위해 뭔가 해줄 수 있다면 이게 바로 최소한의 일이야."

나는 카타리나의 아량을 의심해야 할지 처음에 잠시 고민했지만 곧 감사하기로 마음먹었다. 어쨌든 감사하기로 시도해볼 수는 있겠지.

"에밀리에게는 뭐라고 말해야 할까?"

"당신이 출발하자마자 네 아버지는 가족을 버린 이기주의자라고 말할게. 나중에 혹시 당신이 유치원에서 아이를 데려올 때는 좀 더 나은 아이디어가 떠오를지도 모르지."

카타리나가 돌아간 후에 나는 한동안 앞만 노려보며 부엌에 서 있었다. 아래에서 건물 문이 닫히는 소리가 들리고서야 마비 상태에서 깨어났다. 나도 집에서 나가 제일 가까운 서점으로 향했다. 그리고 여행서 책장에서 프랑스 길에 대한 책을 뒤졌다.

10

야고보의 길

야고보의 길은 인생의 기타 모든 것과 마찬가지다. 매혹을 불러일으
키는 것은 사실이 아니라 믿음이다. 구원에 대한 믿음은 이미 절반
의 구원이다. 그런데 사실 야고보의 길은 여기에 더해 경치도 아주
아름답다.

——————— 요쉬카 브라이트너, 『내면을 향한 발걸음─자아 발견을 위한 순례』

이제 두 달 후면 아빠가 4주 동안 집에 없을 거라고 딸에게 알
리는 일은 힘들었다. 다행스럽게도 이 시간 단위가 언제, 얼마
나인지 에밀리가 구체적으로 이해하기에는 아직 너무 추상적

이었다. 하지만 무척 보고 싶을 거라는 사실은 우리 모두에게 더욱 또렷해졌다.

곧 오랫동안 못 보게 될 상황에서 우리에게 주어진 시간을 아주 특별하게 즐긴다는 긍정적인 측면도 있었다.

다음번 상담까지 나는 여름 순례 여행의 가능성과 어려움을 집중적으로 분석했다.

여행 안내서에서 순례자에게 꼭 필요한 하드웨어인 장비와 짐 목록, 여행 노선, 숙소와 순례자 여권을 알아봤다.

브라이트너 씨는 그다음 상담 시간에 야고보의 길 역사와 순례자의 정신 상태, 내 내면의 입장과 같은 소프트웨어에 대해 이야기했다.

나는 야고보의 길에 처음부터 완전히 사로잡혔다.

"그 길에 이름을 준 야고보가 누구인지 아시나요?" 브라이트너 씨가 물었다.

"으음… 성인인가요?" 입교식을 한참 전에 치른 개신교도의 변변찮은 대답이었다.

"아주 정확합니다. 하지만 그건 야고보의 길이 생겨난 경위에 대해서 알려주는 게 없지요."

그 후에 이어진 역사 개요는 매혹적이었다. 시대정신과 권력, 믿음이 만나면 어떤 일이 벌어질 수 있는지에 대해 많은 것을 알려줬다.

단체 숙소에서 모두 함께 묵는, 즐겁고도 즐거운 교인들의 소풍 목적지라는 선입견과는 전혀 상관이 없었다.

야고보는 예수의 제자 중 한 명이었다. 예수가 사망한 후에 제자들은 세상을 여러 개의 활동 영역으로 나누었다. 나는 마약 거래 지역의 분배를 통해 이런 행동 방식을 아주 잘 알고 있었다. 야고보가 퍼트린 마약이 기독교 신앙이라는 점만 달랐다. 야고보에게는 스페인이 담당 지역으로 분배됐다. 그곳에서 성공을 거두었는지 여부는 관점에 따라 다르다.

야고보는 스페인 기독교 포교에서 200퍼센트 증가라는 영광스러운 수치를 보여줬다. 그렇게 된 이유 중에는 그가 스페인에 도착했을 때 유일한 기독교인이었다는 사실도 있었다.

그러니까 정확하게 계산하자면 야고보는 스페인 사람 두 명을 기독교로 개종시킨 것이다.

그는 경력상의 이유 때문에 예루살렘으로 돌아왔다. 그곳에서 승진, 다시 말해서 돌에 맞아 순교해야 했기 때문이다. 개인적으로는 물론 유감이지만 경력 면에서는 흡인 요인이었다. 제자에서 순교자까지의 거리는 돌 몇 개 던질 만큼 아주 가까웠다. 일단 스페인에 남았던 야고보의 두 동지는 그의 시신을 배에 실어 이베리아반도로 가지고 돌아왔다. 도착했을 때 배는 야고보 조개, 즉 가리비로 덮여 있었다고 한다.

야고보의 시신은 북부 스페인에 매장됐다. 이제 더는 젊지 않은 제자는 죽은 후에 일단 800년 동안 쉬었다. 푹 쉬고 회복한 후에 유럽 이주 정책의 거물이라는 두 번째 이력을 제대로 시작했다.

기원후 812년에 어떤 은둔자가 별의 발현을 통해 야고보의 유해를 다시 발견했다. 우연히도 그때는 스페인의 넓은 지역이 무어인에게 정복당한 시기였다.

당시 사람들은 서로 닿으면 연좌제로 벌을 받는 게 아니라 오히려 상을 받았다. 기독교인으로서 예수 제자의 유해에 가까워질수록 유해는 그의 영혼 구원에 긍정적인 영향을 끼쳤다.

발견된 유해는 수많은 기독교인을 이베리아반도로 끌어들여, 정착한 무어인들과 균형을 맞추기에 이상적이었다.

야고보의 시신은 당시 유럽인들이 두려워하던 서양의 이슬람화를 피할 재생 가능한 정신적 에너지를 감추고 있는 것처럼 보였다.

북부 스페인을 담당한 기독교 주교는 야고보의 유해 발견이 지닌 엄청난 파급력을 잘 알고 있었다. 그는 사람들이 유해가 진품임을 의심하는 것을 막기 위해, 발견된 유해를 당시의 과학적 기준에 따라 검사했다. 다시 말해서 자세히 들여다본 것이다.

그리고 진짜 예수 제자의 유해임을 확인했다.

성 야고보(스페인어로 산 티아고)는 새로 매장되었고 그의 묘지는 순례지로 선포됐다.

기대한 대로 이제 유럽 전역에서 기독교인들이 그들을 보호하는 기사와 함께 밀려왔다. 일단 현장에 온 기독교인과 기독교 기사들은 함께 무어인 이주 문제의 해결책에 전투적으로 집중할 수 있었다. 이들은 전투를 위해 무덤을 떠나는 것도 마다하지 않는 성 야고보의 도움을 직접 받았다.

이렇듯 유해 발견은 스페인에서 무어인 통치의 종말이 시작됐음을 알렸다.

야고보는 수백 년 동안 9세기 이주 문제에 대한 전 유럽의 첫 번째 대답으로 간주됐다. 다시 말해서 야고보는 무어인의 학살자였다.

그러나 이런 이미지는 그사이에 완전히 바뀌었다. 이주자를 쫓아내던 사람은 이주자를 몰아오는 사람이 됐다. 야고보는 온갖 이방인들이 스스로를 발견할 수 있게 끌어당겼다.

나는 이 이야기가 마음에 들었다. 완벽한 진실이 상대화되는 데 무엇이 필요한지 멋지게 보여주기 때문이었다. 그저 약간의 시간이었다.

이런 깨달음은 프랑스 길을 비교적 빠른 시간 내에 걸어가야겠다는 확신을 주었다. 역사가 지속되면서 누군가 또 다른 진실을 고집하여 야고보의 길이 800년 동안 지속된 유럽의 인종차별주의 증거라며 없애야 한다고 생각하기 전에. 또는 최소한 무어인 의무 할당제를 도입하거나, 이러는 김에 '카미노

프랑세즈'를 여성형인 '카미나 프랑세자'로 성을 바꾸기 전에.

어쩌면 사실은 야고보가 독자적 이력을 시작하기 수백 년 전에 예수가 미리 그와 거리를 두지 않았기 때문에 기독교 전체가 금지됐는지도 모른다.

카미노의 미래가 어떤 방향으로 진행되든… 나는 꼭 그 길을 걸어보고 싶었다.

브라이트너 씨는 야고보의 길이 수백 년 전부터 풍기는 매력을 무척 간결하게 요약했다.

"야고보의 길은 인생의 기타 모든 것과 마찬가지입니다. 매혹을 불러일으키는 것은 사실이 아니라 믿음이지요. 구원에 대한 믿음은 이미 절반의 구원입니다. 그런데 사실 야고보의 길은 여기에 더해 경치도 아주 아름답지요."

브라이트너 씨는 순례를 시작하자마자 나타나는 이바녜타 고개의 어려움에 대해 열광적으로 이야기했다. 와인이 흐르는 샘과 사람들이 모두 떠난 마을과 수백만 명의 순례자들이 격정의 상징인 돌을 내려놓는, 나무줄기에 조립된 철제 십자가 '크루스데페로' 이야기도 했다.

내면에서 생겨난 장면들과 더불어 나는 카미노에 대한 나만의 느낌을 키워나가기 시작했다. 그리고 야고보의 길에서 정말로 자아 발견을 하게 될 거라고 믿게 됐다.

11

짐

순례란 하루의 구조를 짜고 짐을 최소화함으로써 새로운 것을 위해 더 많은 시간과 공간을 확보하는 일이다.

———————— 요쉬카 브라이트너, 『내면을 향한 발걸음─자아 발견을 위한 순례』

여행서를 보니 순례자들은 짐을 완벽하게 최소화하는 걸 숭배하는 듯했다.

내가 이 말을 꺼내자 브라이트너 씨는 그 뒤에 숨어 있는 원칙을 명확하게 설명했다.

"옷장에 팬티가 몇 장 있습니까?" 그가 대뜸 물었다.

서랍장 제일 아래 칸에 대한 질문이 의도하는 바는 알 수 없었지만 나는 그냥 대답했다.

"아마… 열두 장쯤?"

"한 번에 몇 장을 입으시지요?"

"하나죠."

"그러니까 생활에 필요한 팬티 숫자는 1과 12 사이 어디쯤이겠군요. 만약 팬티가 여섯 장밖에 없다면 당신의 삶이 달라질까요?"

"팬티를 두 배로 자주 세탁해야겠지요."

"매일 세탁한다면 몇 장이 필요할까요?"

"두 장이지요. 입고 있는 것 하나, 세탁하는 것 하나."

"세탁한 팬티를 말리는 데 하루가 걸린다면?"

"그럼 세 개가 필요하군요."

"구조에 대해 조금만 생각해보고서도 당신은 순례 여행을 시작하기 전에 이미 팬티 세 장이면 살아가는 데 충분하다는 결과를 얻었습니다. 그러니까 현재 상대적으로 무의미한 팬티 아홉 장을 끌고 다니며 사는 거지요. 티셔츠와 양말도 마찬가지예요. 구조가 양을 이깁니다."

내 눈앞에서 옷장이 쪼그라들었다.

"훌륭한 생각이군요."

"순례에서 기본이 되는 생각입니다."

"팬티 수를 줄이는 게?"

"아니요. 하루의 구조를 짜고 짐을 최소화함으로써 새로운 것을 위해 더 많은 시간과 공간을 확보하는 것. 당신은 새로운 것을 받아들이고 다시 놓아줄 수 있습니다. 매일 다른 곳에서 잠을 잘 겁니다. 똑같이 흘러가는 날은 하루도 없을 거예요. 수많은 우연한 만남을 경험할 테지요. 하지만 매일 아침마다 짐을 싸야 합니다. 매일 저녁에는 빨래를 해야 하고요. 변화와 틀에 박힌 일의 결합은 당신의 영혼에 아주 새로운 영역을 열어줍니다. 언젠가 당신이 지닌 문제와 필요의 일부를 계속 끌고 다니는 대신 안심하고 그냥 포기하면 된다는 확신에 저절로 이르게 될 겁니다."

4주 동안의 순례에 정말 최소한으로 필요한 게 뭔지 나 자신에게 대답하는 것이 순례가 준다고 약속하는 깨달음의 일부였다.

나는 순례하는 동안 디지털 디톡스 전략도 다시 한번 개선할 계획이었다. 휴대폰은 한 대만 가지고 순례를 떠나기로 했다. 급한 일이 생겼을 때 에밀리에게 연락할 수 있게 구형 노키아 휴대폰을 가지고 가야지. 스마트폰은 끈 채 집에 둬야겠군. 나 자신을 발견하려면 도중에 현대식 의사소통 수단에 푹 빠지지 않게 준비를 갖추어야 했다. 나는 카타리나에게 일주일에 한 번, 매주 토요일에 전화하겠다고 약속했다.

뭘 가져가지 않을지와 마찬가지로 뭘 가지고 가야 할지 계획하는 일도 중요했다. 나는 마지막에 나와 동행하게 될 몇 가지 안 되는 물품을 자연스럽게 느끼고 싶었다. 많은 안내서들이 첨단과학기술이 적용된 직물 옷과 수건을 권했다. 영원한 영혼의 구원을 찾는 사람이 왜 그것처럼 영원히 수명이 긴 옷을 입어야 하는지 이해할 수 없었다.

나는 기대 수명이 최대한 나와 똑같은 장비를 가져가기로 아주 의식적으로 결정했다. 내 옷이 나보다 그다지 더 오래 살아남지 않을 거라는 느낌이 중요했다. 그래서 심리적 균형이라는 이유로 폴리아크릴 대신 면섬유를, 고어텍스 대신 가죽을, 플라스틱 대신 철제를 선택하기로 했다.

그로 인해 늘어난 무게는 영혼의 균형을 위해 예상되는 긍정적 부수 효과라는 점에서 기꺼이 감수했다.

지하실에 아직도 낡은 군대 장비가 남아 있어서 쓸 만한 것을 뒤졌다. 성 야고보도 전투복 차림으로 관에서 이미 여러 번 나왔으니, 내가 전투복을 입고 관 앞에 나타난다고 해도 예의가 없다며 돌아눕지는 않을 터였다.

나는 낡은 군화와 군용 배낭을 골랐다.

이 두 가지를 마지막으로 사용한 때는 20년 전 예비군 훈련에서였다. 군화는 깔끔하게 닦여 있었고 돌처럼 딱딱했다. 배낭은 주름이 많고 먼지가 쌓여 있었다. 군화는 신어서 일단 길

들여야 할 터였다.

군용 배낭은 최신식 트레킹 배낭보다 조금 작았다. 작은 크기 덕분에 군대에서 배운 기술이 기억났다. 장비를 여러 층으로 나눔으로써 짐을 최소화하는 기술이었다.

첫 번째 층은 생존에 중요해서 당장 손을 뻗을 수 있는 모든 물품이 포함됐다. 그날그날 필요한 물품과 약, 서류와 돈이었다. 이것들은 카고 등산 바지나 재킷에 넣을 생각이었다.

두 번째 층은 상황에 따라 얼른 찾을 수 있는 모든 물품으로 방수용품과 갈아입을 옷, 물병이었다. 이것들을 넣기 위해서 어깨에 메는 작은 가방을 가져갈 예정이었다.

나머지 세 번째 층은 완전히 사치품으로 올리브색 배낭에 넉넉하게 들어갈 터였다. 침낭과 세탁물, 수건과 세면도구였다.

유년기에서 성인의 삶으로 넘어오면서 생긴 물품들을 인생 후반기의 자아 발견을 위한 걸음에 초대할 생각을 하니 왠지 모르게 내면의 평화가 풍성해졌다.

12

생각의 회전목마

생각의 회전목마를 바로 멈출 수 없다면 최소한 의미는 제거하라.
부정적인 회전목마를 돌리는 대신, 같은 판타지를 이용하여 즐거운
음악과 반짝이는 색깔과 환상적인 무늬가 풍부한 새로운 두 개의 긍
정적 회전목마를 그 옆에 세우라. 그러면 당신을 괴롭히는 회전목마
는 최소한 잠깐이나마 빛을 잃을 것이다.

_____ 요쉬카 브라이트너, 『추월 차선에서 감속하기─명상의 매력』

26년이나 된 군화를 다시 길들이기 위해 나는 일주일에 최소
한 세 번은 길게 오전 산책을 하기로 마음먹었다. 군화 끈을 단

단히 묶고 두 시간씩 사유림을 걸었다.

군화의 높은 발목은 땅에 닿는 느낌과 안전하다는 느낌을 주었다. 나는 낡은 가죽이 새 생명을 빨아들이는 걸 느꼈다.

첫 산책은 예전에 한 쌍이었다가 헤어진 후에 아주 오랫동안 만나지 못한 두 사람의 만남 같았다. 가죽의 시각적인 변화 때문만이 아니었다. 익숙한 신발이었지만 처음 몇 걸음은 뻣뻣하고 서툴렀다. 발은 오래진의 상처들을 곧장 기억해냈다.

첫 시도는 삐걱거렸다. 하지만 한 걸음씩 걸을수록 다음 걸음은 쉬워졌다. 처음의 고통스러운 마찰이 지나자 온기가 생기고 신발이 부드러워졌다. 얼마 지나지 않아 이런 만남이 왜 중단됐는지 의문이 들었다. 하지만 두 시간 후에 신발을 다시 벗자 이유를 알게 됐다. 이 신발은 삶의 특정한 시기에 어울렸다. 일상생활에 적합하지는 않았다.

생일이 한 달쯤 지난 후 어느 날 산책을 하고서 에밀리를 데리러 유치원에 들렀다.

나를 본 사샤가 사무실로 들어오라고 하더니 문을 닫았다. 낯선 모습이었다.

"문제가 하나 생겼어."

사샤에게서 처음 듣는 말이 아니었다. 나는 서류장 모서리에 몸을 기대고 기다렸다.

"중국인 중 한 명이 다시 나타났대."

심근경색이 없는 그 사람을 말하는 거겠지. 우리는 한 달 동안 중국인들에 대해서 전혀 듣지 못했다. 나는 이 문제가 저절로 해결됐기를 바랐다. 하이에네와 샌디도 이미 오래전부터 에스 익스클루시브에서 다시 일을 시작했다.

"다시 나타났다니, 그게 무슨 뜻이야? 응급실 비뇨기과 의사에게?"

"아니, 호텔 안내원에게. 안내원이 방금 칼라에게 전화를 걸어서 우리 중에 누군가와 당장 만나게 해달라고 했대."

"정확하게 무슨 일이지?"

"중국인이 다시 나타났다고 했다더군. 당황한 목소리였대. 발터가 지금 가는 중인데, 30분 후에 호텔 뒤쪽 공원에 있던 예전 노점에서 만날 예정이야."

나는 그 공원과 노점을 알고 있었다. 손님이나 설비 면에서 이웃한 5성급 호텔과는 완벽하게 반대였다. 마약 주사를 놓거나 은근하게 문제를 논의하기에 적당한 장소였다.

하지만 나는 발터도 알고 있었다. 문제 해결책에 대한 그의 이해가 이 문제를 불러일으켰으므로 또 다른 문제 해결책을 제시하라며 그에게 부담을 주는 일은 목표 지향적이 아니라고 생각했다. 서둘러 문제를 축소하는 일이 중요했다.

"지금 시간 있어?" 내가 묻자 사샤가 고개를 끄덕였다. "그럼 발터에게 전화해서 안내원을 함께 만나자. 누군가 입에 스프레이 폼을 문 채 라우라의 동료에게 질문하는 건 막아야 하니까."

나는 니모 반에 잠깐 들러 에밀리에게 한 시간 후에 데리러 오겠다고 말했다. 딸은 다리미 비즈로 유니콘을 만드는 중이라서 완전 오케이였다.

그사이에 사샤가 발터에게 연락했다.

안내원은 닫힌 노점 앞의 좁은 땅에 서 있었다. 30미터 떨어진 곳에서도 그의 오른손에 거즈 붕대가 감겨 있는 모습이 보였다. 다른 사람이라면 새끼손가락이 있을 자리에 안내원은 하얀 천에 붉은 흔적만 있었다.

나는 피를 잘 보지 못했다. 어쨌든 살아 있는 사람의 피는 못 본다. 죽은 사람의 피는 사물의 한 요소에 불과하지만, 살아 있는 사람의 피는 놀라운 영약이었다.

이런 영약이 낭비되는 걸 견딜 수 없었다.

구역질이 났다. 내 뇌가 중국인의 등장과 사라진 손가락 사이에 무슨 관계가 있을지 곧장 상상했기 때문이기도 했다.

머릿속에서 생각의 회전목마가 움직이기 시작했다. 좋은 신호가 아니었다.

맑은 상태로 대화를 나누고 싶었기에 더더욱 그랬다.

나는 안내원과 30미터 떨어진 곳에서, 브라이트너 씨가 알려준 간단한 명상 훈련에 집중했다.

생각의 회전목마를 바로 멈출 수 없다면 최소한 의미는 제거하라. 부정적인 회전목마를 돌리는 대신, 같은 판타지를 이용하여 즐거운 음악과 반짝이는 색깔과 환상적인 무늬가 풍부한 새로운 두 개의 긍정적 회전목마를 그 옆에 세우라. 그러면 당신을 괴롭히는 회전목마는 최소한 잠깐이나마 빛을 잃을 것이다.

좋아. 안내원과의 거리가 25미터 남았을 때 나는 첫 번째 대안인 생각의 회전목마를 상상했다. 붉은 얼룩이 사라진 손가락 때문이 아니라 완전히 다른 이유에서 생겼을 수도 있다는 상상이었다.

어쩌면 그 중국인은 안내원에게 붉은색 소스와 스프링롤과 젓가락을 가져다준 것인지도 모른다. 안내원이 미끄러지면서 젓가락에 손을 찔려 붕대를 감았고, 실수로 그 붕대를 소스에 담근 게 아닐까.

그럴 가능성은 희박했다.

그래도 어쨌든 안내원과의 거리가 이제 15미터인데도 나는 공황 상태에 빠지지 않았다.

그다음 생각의 회전목마. 중국인이 체크인할 때 안내원은 지인을 만난 게 너무 반가운 나머지 실수로 컴퓨터 마우스 전선에 새끼손가락이 끼었다. 중국인에게 악수를 하려고 손을 들어 올리는 바람에 그의 손가락 피부가 벗겨졌다.

이것 역시 내가 정말로 짐작하는 상황은 아니었다.

그러나 두 가지 대안을 상상하니, 잘린 손가락에서 충분히 관심을 돌릴 수 있어서 이제 불안감 없이 안내원을 마주하는 긍정적인 상황이 됐다.

안내원은 전혀 그렇지 못했다. 그는 완전히 공포에 질려 있었다.

"말할 수밖에 없었어요! 그랬어요! 그러니 나에게 아무 짓도 하지 말아요!"

이런 말은 보통 발터에게는 당장 뭔가를 하라는 도발과도 같다. 나는 그를 막았다.

사샤는 원래 사려 깊은 사람이었다.

나 역시 차분해지려고 최대한 노력했다. 이 경우에는 내 역할을 하는 게 가장 손쉬운 방법이었다.

"비요른 디멜입니다. 에스 익스클루시브 변호사예요. 듣자 하니 당신이 내 의뢰인에게 소개한 손님과 관련하여 새로운 상황이 생겼다지요?"

"새로운 상황이라고요? 당신네 에이전시 이름과 주소를 묻길래 모른다고 했더니, 그 정신 나간 모과 대가리가 고기용 가위로 내 새끼손가락을 잘랐어요!"

사샤가 한 발 앞으로 나가더니, 안내원을 공포의 고리에서 꺼내기 위한 최선의 행동을 했다.

"말을 끊어서 미안합니다만, '모과 대가리'라는 용어는 이런 상황에서 인종차별적이 될 수도 있답니다."

제대로 먹혔다. 안내원은 사샤의 이의 제기에 너무 어리벙벙해서 잠시 공황 상태를 벗어났다.

내가 다시 말을 이었다.

"그러니까 그 남자가 중국인이었다는 말씀이지요?"

"그 짐승이 내 새끼손가락을…."

내가 발터를 흘깃 보자 안내원은 다시 정신을 차렸다.

"자," 나는 끓어오르는 감정을 사실로 바꾸려고 애썼다. "아마 그 중국인은 어느 에이전시에서 에스코트 아가씨들이 왔는지 알려고 했겠지요. 안 그렇습니까? 당신은 말하기를 거부했고, 그래서 새끼손가락이 잘렸고요. 대략 맞나요?"

"그가 다른 손가락도 모두 자르려고 했습니다. 그래서 말하지 않을 수 없었어요."

발터가 앞으로 한 걸음 나섰다. "우리에 대해 알려주면 내가 당신 손가락을 모두 부러뜨리겠다고 했지."

"훨씬 덜 끔찍한 대안이군." 사샤가 말했다.

"이봐들!" 나는 중재하려고 노력했다. "이제 손가락 이야기에서는 손 떼자고. 자, 차례대로 말해봅시다. 정확하게 무슨 일이 일어난 겁니까?"

전날 저녁 중국인 사업가들이 호텔에 체크인했다. 내 생일에 옥상 테라스에서 파티를 하던 태양열 패널 회사에 소속된 사람들이었다. 나중에 알고 보니 이 중국인들은 독일 지부 동료들과 회의를 하느라 4주에 한 번씩 이곳에 왔다.

안내원은 그 중국인을 곧장 알아봤다. 하이에네의 손님인 498호실 투숙객이었다. 삼합회에서 지위가 낮은 사람이었다.

그러나 이제 489호실에 묵는 걸로 미루어 승진한 게 분명했다. 그가 승진한 이유는 내 생일 파티와 적지 않은 관련이 있을 터였다. 이런 관점에서 보면 우리에게 감사할 만도 했지만 그는 그러지 않았다.

그 중국인 또한 안내원을 알아봤다. 그러나 재회의 반가움을 바로 드러내지 않고 나중에 안내원을 찾아왔다. 잊지 못할 스프레이 폼 사건을 가능하게 해준 에스코트 에이전시 이름을 묻기 위해서였다.

안내원이 아무 기억도 나지 않는 척하자, 중국인은 예고도 없이 그의 오른손을 꽉 잡아 쥐고 호텔 접수대에 고정시켰다. 그리고 고기용 칼을 꺼내 안내원의 새끼손가락을 자른 후에 질문을 반복했다. 그러자 안내원의 새끼손가락 그루터기에서 흐르는 피보다 더 빠른 속도로 정보가 새어 나왔다.

이 모든 일은 전날 늦은 저녁에 일어났다. 그러니 중국인이 정보를 이용할 수 있는 시간은 12시간도 넘었다.

발터는 칼라에게 전화하려고 휴대폰을 꺼냈다. 그가 하이에네와 샌디 안부를, 그리고 뭔가 낯선 일이 벌어지지 않았는지 묻는 소리가 들려왔다. 발터는 잠시 귀를 기울이더니 전화를 끊었다.

"어제 하이에네와 샌디 둘 다 예약할 수 없었대. 하지만 광둥 지방 억양이 섞인 영어를 쓰는 사람이 전화해서 두 사람에 대해 물었다는군."

나는 새로운 상황에 대해 의논하려고 발터와 사샤를 노점 차양 아래로 잡아당겼다.

"발터, 당장 하이에네와 샌디의 개인 경호를 시작해. 중국인의 다음 목표는 그 둘이 될 테니까."

"중국 삼합회가 우리 조직을 목표로 한다면 문제는 개인 경호만이 아닐 텐데." 발터가 말했다.

"자네가 스프레이 폼을 트렁크에 그대로 뒀더라면 아무 문제도 없었을 텐데." 조화를 염두에 둔 평소의 지도 유형과는 전혀 달리 나도 모르게 이런 말이 나왔다.

발터가 우울해 보여서 나는 좀 더 부드럽게 말을 이었다.

"하지만 내 생각에 우리가 지금 삼합회 전체와 문제가 있는 것 같지는 않아."

"왜 그렇게 생각해?" 사샤가 물었다.

"4주 동안 아무 일도 일어나지 않았으니까. 스프레이 폼 사건이 공식적으로 다루어졌다면 다른 중국인들이 훨씬 더 일찍 안내원을 찾아왔겠지. 하지만 아무 일도 없었어. 489호실 남자는 응급실 의사에게 명령한 것과 똑같이 행동한 거야… 아무에게도 그 사건에 대해 입을 열지 않은 거지. 그랬다가는 체면을 잃는 민감한 문제가 생길 테니까. 그의 보스는 심근경색을 당했지만 그는 승진했어. 고기용 가위를 쥔 남자는 일단 오로지 사업상 이유로 호텔에 묵게 된 거야. 하필 이날 저녁에 안내원이 근무를 한 건 중국인에게 보복 의욕을 불러일으킨 운 나쁜 우연이겠지. 내가 보기에 지금 이건 삼합회 회원의 개인적인 보복이지 삼합회 전체의 공식적인 전쟁이 아니야."

사샤가 곰곰이 생각에 잠겼다.

"그 중국인이 독자적으로 행동한다면 여기에 있는 동안만 그렇게 하겠군. 안 그래?"

나도 생각에 잠겼다.

"아마 그럴 것 같아."

발터는 생각이 아니라 행동을 했다. 그는 안내원에게 가서 붕대를 감은 손을 잡아 줘었다.

"그 중국인이 며칠 동안 예약했지?"

안내원은 잠시 생각하는 척했다.

"정확하게 모르겠어요. 어차피 개인정보보호 때문에…."

발터가 붕대의 붉은 곳을 눌렀다. 그 얼룩은 진실의 단추였다.

"이틀 더 머뭅니다! 중국 대표단은 언제나 매달 마지막 주 월요일부터 사흘 동안 우리 호텔에 묵어요…. 약 2년 전부터 늘 그렇게 하는데… 이름은 융 쿠앙이고 우리 호텔에는 이제 두 번째 온 겁니다!"

"개인정보보호는 여기까지, 고맙군." 발터는 그의 손을 놓고 우리에게 돌아섰다. "이제 그 남자를 찾아가서 자기 태양광 패널을 위에서 내려다볼 수 있는 기회를 주자고."

나는 인생 후반기의 소망을 야고보의 길에 가서야 찾아볼 생각이었다. 하지만 더 많은 죽음이 내 소망에 포함되지 않는 다는 것은 지금도 이미 알고 있었다. 나는 생일에 했어야 할 일을 이제야 했다. 내가 바라는 바를 표현한 것이다.

"우린 그렇게 하지 않아. 삼합회 회원의 개인적 보복이 불편한 상황으로 이어질 수는 있어. 하지만 삼합회 회원 한 명이 사라지면 나머지 기업에 대한 공식적인 전쟁 선포가 돼. 그건 불편한 정도가 아니겠지. 우리가 피하려는 게 바로 그런 거잖아."

"그럼 그 대신 뭘 해야 하지?" 발터가 물었다.

나는 이렇게 말하고 싶었다. '나도 몰라. 내가 모르는 한 아무것도 하지 말자고. 그게 제일 좋겠어. 중국인의 분노는 아마 저절로 가라앉을 거야. 그리고 사창가의 삶에 어느 정도의 위험은 다 포함된 거니까.'

하지만 나는 운영자로서 행동하라는 기대의 압박에 시달렸으므로 일단 미사여구를 시도해봤다.

"중국인이 일으킬지도 모르는 위험을 최소화해야 해. 동시에 그 위험에 대한 불안 때문에 우리 일상이 마비되어서도 안 되겠지."

"구체적으로 말하면?" 발터가 캐물었다.

능력의 무게중심이 어디에 있는지 알 수 없는 발터 같은 사람에게 내 지도력을 확신시키려면 뭔가 생각해내야 했다. 표제어가, 긴 설명 대신 하나의 표제어가 필요했다. 중국인이 복수심과 작별할 방법을 내가 전혀 모른다는 사실을 사소한 단어로 어떻게 표현해야 할까? 그의 증오에 안녕을 고하는 법은? 분노에 바이 바이라고 말하는 법은? 고통에 아듀라고 인사하는 법은 뭐지?

"우린… 차오 규칙을 지켜야 해." 내 입에서 즉흥적으로 말이 쏟아졌다.

"그게 뭐야?" 발터가 물었다.

자, 일단 시작은 했다. 관심을 일깨웠다. 이제 즉흥적으로 내용만 지어내면 된다.

"C—I—A—O는 중국인Chinese, 격리Isolation, 주의Attention, 감시Observation의 머리글자야."

발터와 사샤가 무슨 소리냐는 눈길로 나를 바라봤다. 이제 이 네 개의 표제어에 대한 방책을 짜내야 하는데, 과연 효력이 있을지 내가 전혀 모른다는 걸 최대한 감춰야 했다.

"C는 중국인. 에스 익스클루시브 직원들은 지금부터 중국인 손님을 받지 말아야 해."

발터는 고개를 끄덕였고, 사샤가 논평을 냈다. "다른 상황이었다면 차별 행위였을 테지만 위험에 맞서 함께 싸우려면 어쩔 수 없지."

"중국인에게 맞서서 투쟁!" 발터가 의지를 보였다.

"I는 격리. 쿠앙 씨가 이곳에 오는 매월 마지막 주 월요일부터 사흘 동안 하이에네와 샌디는 에이전시 고객들에게 서비스를 제공하지 말아야 해."

다시 끄덕끄덕.

"A는 주의. 그 중국인이 이곳에 올 때마다 발터의 직원들은 스프레이 폼 사건이 있던 날 저녁, 식탁에 함께 있던 모든 관리자를 개인 경호 해야 해."

또다시 끄덕끄덕.

"마지막으로 O는 감시. 중국인이 나타나자마자 발터의 직원들이 감시해야 해. 여기까지 이해되지?"

"알겠어. 차오 규칙. 간단하군." 발터가 대답했다.

"그 규칙을 언제까지 지속해야 하지?"

"위험이 더는 없다고 확신할 때까지. 그거야 나중에 알게 될 거야."

나는 스스로가 자랑스러웠다. 아무 일도 일어나지 않는다면 내 차오 규칙이 효과가 있는 것이다. 반대로 상황이 심각해진 다면 규칙을 지키지 않은 사람이 누구인지 밝혀질 테고.

우리는 매달 사흘 정도의 위험은 감수할 수 있을 것이다.

순례 여행을 떠나기 전에 계획된 중국인의 방문은 어차피 한 번뿐이었다. 어쩌면 그때까지 이 주제는 저절로 해결될지도 모른다.

유치원으로 돌아가면서 앞으로 내가 없는 동안 처리해야 할 몇 가지 세부사항에 대해 사샤와 이야기를 나누었다. 사샤도 내 결심을 무척 긍정적으로 받아들였다. 하기야 그는 나 자신의 소망에 좀 더 관심을 기울이는 게 좋을 거라는 사실을 나보다 먼저 알아챈 사람이었다.

나는 그사이에 내가 없는 동안 의뢰인들의 법적 관심사를 돌보고, 기한이 걸려 있는 급한 사건과 응급 형사사건을 넘겨 받을 동료 변호사와 연락을 취했다. 조직의 일상 업무는 사샤가 진두지휘하기로 했다. 나는 의식적으로 가족을 제외하고는 누구와도 연락이 닿기를 원하지 않았으므로 사샤에게도 휴대폰 번호를 알려주지 않았다. 그는 섭섭해하지 않았다.

나는 사샤에게 혹시 연락이 불가피한 문제가 갑자기 발생하면 (예를 들어 중국인이 나타나는 경우) 카타리나에게 전화를

걸어 나에게 '부엔 카미노'라는 문자를 보내라고 부탁하라고
말했다.

당시에는 그 문자를 받게 될 거라고 예상하지 않았다.

13

생장피에드포르

모든 것을 타인과 나누려는 사람과 모든 것을 타인에게 알리려는 사람은 큰 차이가 있다. 전자는 타인에게 자신의 부를, 후자는 가난을 나누어준다.

——————— 요쉬카 브라이트너, 『내면을 향한 발걸음—자아 발견을 위한 순례』

순례자들 대부분에게 야고보의 길은 생장피에드포르 승강장에서 제대로 시작된다. 단순하고 운치 없는 자그마한 역은 레벨 나무 블록 같았다. 무슨 이유에서인지 세 개였던 입구 중에 하나는 절반이 담으로 막혀 있었다.

역에 대한 건축학적 인상은 이것으로 끝난다. 택시를 타고 지나가면 그저 흘깃 볼 수 있을 뿐이니까.

나는 비아리츠에서 택시를 탔다. "이제 시작이다!"라는 순간을 지극히 의식적으로 생장피에드포르 성문에서 첫걸음을 떼며 맞이하고 싶었다. 그곳으로 가는 붐비는 완행열차 안에서가 아니라. 진짜 야고보의 길에서 첫발을 떼는 곳까지 혼자가고 싶었다.

비행기가 비아리츠 공항에 멈춰 섰다. 통로를 지나 비행기에서 내리자 익히 알고 있는 휴가 기분이 갑자기 솟아올랐다. 모든 감각을 동원하여 명상하며 공기를 들이마셨다. 공회전하는 엔진 날개깃이 윙윙거리는 소리가 귀로, 뜨거운 아스팔트 위에서 떨리는 공기가 눈으로, 등유 냄새와 소나무 향기가 섞여서 코로 들어오고, 뜨거운 한 줄기 바람이 피부에, 가까운 곳이 해변임을 알려주는 미세한 소금 맛이 혀에 느껴졌다.

나는 눈을 감았다. 이 세상의 온갖 휴가지 낙원의 공항에 있는 듯했다.

요쉬카 브라이트너는 "소망이란 미래가 새겨지는 목재"라고 말했다. 하지만 공항 건물을 나올 때 이미 그게 내 소망만을 말한 게 아닐 수도 있다는 걸 알게 됐다. 다른 사람들도 내 미래를 조각할 칼을 가지고 있는 모양이었다. 야고보의 길에서 첫걸음을 시작할 때까지 혼자 있고 싶다는 소망은 아주 금방 깨졌다.

택시 승강장에서 누군가 뒤에서 말을 걸었다.

"탁월한 구형 모델이군요. 군용 배낭에 필요한 물품이 다 들어가던가요?"

뒤로 돌아서자 60대 중반의 작은 남자가 서 있었다. 깔끔하고 친근하며, 기분이 살짝 들뜬 것처럼 보였다. 퇴직이 아직 앗아가지 못한 예전 직업의 탁월성이 여전히 엿보이는 연금 생활자 같았다.

그가 파리에서 나와 같이 비행기를 환승했던 게 기억났다. 구입한 지 얼마 안 된 게 분명한 장비를 걸친 그는 고령임에도 어딘지 모르게 어린 고아처럼 보였다. 종아리 부분이 분리되는 파란색 고어텍스 바지, 지도를 넣을 수 있는 큰 주머니가 달린 빨간색 고어텍스 재킷, 방수가 되면서도 통기성은 좋은 재질의 등산화. 처음으로 친구 생일 파티에 가는 다섯 살짜리 아이에게 엄마가 옷을 입혀준 것처럼 보였다. 깔끔하게 옆 가르마를 탄 듬성듬성한 머리카락도 침을 발라 반듯하게 빗은 것 같았다.

"배낭이 너무 작으면 소망은 너무 큰 법이지요." 내가 싹싹하게 대답했다.

"군용 배낭을 멘 지도 벌써 40년이 넘었네요." 곰곰이 생각하다가 이렇게 말하는 그의 머리 위쪽에서 갓 장만한 트레킹 배낭의 형광노란색 뚜껑이 반짝거렸다.

"전 아직 그 정도로 오래되지는 않았답니다. 아직 쓸 만한 뭔가를 가져오고 싶었어요."

키 작은 남자가 악수를 청했다.

"롤란트 보이머라오."

나는 그의 손을 쥐고 흔들었다.

"비요른 디멜입니다."

"당연히 생장으로 가실 예정이겠지요?"

'예, 그렇습니다. 그런데 혼자 가려고요.' 내가 곧장 머릿속으로 한 대답이었다. 하지만 야고보의 길은 우연한 만남의 연속이라는데 첫 번째 만남부터 거절할 수는 없는 노릇이었다. 어쩌면 이게 바로 "이제 시작이다!"라는 순간일 수도 있으니, 그냥 함께하는 게 맞을 터였다.

"네, 함께 가시겠어요?"

"좋습니다. 그러면 택시 요금을 절반씩 내지요."

설령 이 만남이 다른 것을 가져다주지 않는다고 해도 최소한 50유로 이상을 절약하게 됐다.

줄지어 있던 택시들 중에 제일 앞차 운전사가 우리를 보고 내리더니 배낭을 넣으라며 트렁크를 열었다. 나는 공장에서 막 나온 보이머 씨의 최신 모델 배낭 옆에 낡은 군용 배낭을 내려놓았다.

바로 그 순간 다음 만남이 이루어졌다. 긴장한 여자 목소리가 뒤에서 다가와 서툰 영어와 독일어를 섞어 물었다.

"아 유 드라이빙 택시, 야고보의 길 앞까지?"

우리는 뒤로 몸을 돌렸다. 쉰 살쯤으로 보이는 여자가 한 명서 있었다. 수수한 차림새였더라도 아마 꽹장한 덩치 때문에 바로 눈에 띄었을 것이다. 하지만 수수하지 않았다. 머리카락을 새빨갛게 염색했고, 새빨간 다기능 의류를 입고 있었다. 이 둘은 흥분해서 빨갛게 달아오른 뺨과 잘 어울렸지만 다른 것과는 아니었다. 형태와 색깔 면에서 그녀는 거대한 크기의 몽셰리 초콜릿처럼 보였다. 파란 리본 대신 무지갯빛 머플러를 목에 둘렀다는 점만 달랐다. 그녀도 비행기에서 본 기억이 났다.

"예스, 위 두. 하지만 독일어로 대화해도 됩니다." 보이머 씨가 대답했다.

"말도 안 돼요. 세상의 끝에서 독일인 두 명을 만나다니!" 여자의 눈에 감사의 눈물이 솟구쳤다. 마치 기적을 경험한 것 같은 표정이었다. 보이머 씨가 방금 독일어로 대답만 한 게 아니라 마치 흑사병에서 낫게 해주었다는 듯이.

"으음, 우리 모두 프랑크푸르트에서 파리로 왔으니, 셋 다 포르투갈 사람들이라면 그게 더 이상하겠지요." 나는 마법의 순간을 좀 가라앉히고 싶었다.

빨강 부인은 우리 배낭과 택시를 가리켰다.

"생장으로 나도 좀 데리고 가줄래?"

그다음 기적이 또 일어났다. 우리가 벌써 반말을 하는 사이가 된 것이다.

보이머 씨와 나는 일단 서로 마주 본 다음, 여름이면 녹아버리기 때문에 판매하지 않는 몽 셰리를 바라봤다. 누가 여기에 대고 안 된다고 말할 수 있을까?

"그럼, 어서 타." 내가 조수석 문을 열어주자 여자는 정말로 흐느껴 울기 시작했다. "순례 첫날에 이렇게 좋은 사람을 둘이나 만나다니 정말 놀라울 따름이야. 나는 에비라고 해."

"아, 나는 롤란트."

"나는 비요른."

택시로 한 시간쯤 이동하는 동안 우리는 서로에 대한 정보를 주고받았는데, 아무리 요쉬카 브라이트너라고 해도 사과 묘사를 이렇게까지 상세하게 하지는 못했을 것이다.

에비의 원래 이름은 엘비라 그륀, 플로리스트였다. 쉰세 살이고 25년 전부터 프랑크푸르트 인근 소도시에서 작은 꽃집을 운영 중이었다. 25주년 기념으로 직원 두 명이 에비의 오랜 꿈을 이룰 수 있게 해줬다. 한 달 동안 야고보의 길을 순례할 수 있게 된 것이다. 그동안 둘이 꽃집을 꾸려나간다고 했다.

2년 전에는 직원이 세 명이었다. 하지만 세 번째 직원은 그

사이에 에비의 남편과 함께 그녀의 인생에서 사라졌으므로, 다행스럽게도 이제 에비의 순례를 막을 요소는 전혀 없었다.

에비는 아주 솔직한 사람이었다. 심장판막이 정말로 모든 정보를 그녀의 내면에서 성대 방향으로 박동해 내보냈다. 말을 하고, 하고, 또 하다가 택시를 탄 지 40분이 지나서야 자기는 우리에 대해 아는 게 전혀 없다는 걸 깨달았다.

롤란트는 예순일곱 살이고 전직 검사였다. 다 큰 자식이 두 명 있고, 40년 전에 학업을 마쳤을 때 군용 배낭을 메고 이미 한 번 야고보의 길을 걸었다.

아하, 복고풍 순례자로군.

나는 생장피에드포르 역을 지날 때 주요 자료들을 밝히며 자기소개를 했다. 순례하는 이유로는 그냥 간단하게 '휴식'이라고만 말했다.

햇살이 환하게 빛나는 늦은 오후에 택시 운전사는 우리를 관광 안내소 앞에 내려줬다. 안내소는 유리에 에워싸인 버스 정류장처럼 보였는데, 아마 이 도시에서 그림처럼 아름답지 않은 건물은 여기뿐인 듯했다.

내가 택시 요금을 내자 청하지도 않았는데 롤란트가 절반을 냈고, 에비는 우리가 함께한 여정이 일단 여기에서 끝나니 또 눈물을 쏟았다. 나는 다음 날 아침에 완전히 느긋한 상태로 순례를 시작하려고 호텔을 미리 예약해두었다. 에비는 순례자들의 공식 숙소인 공립 레퓨지에 묵는다고 했다. 롤란트도 호텔 객실을 예약했다고 말했다.

이방인인 우리는 사랑을 듬뿍 담아 작별했다. 다음 몇 주 동안 계속 고막을 울리게 될 인사였다. "부엔 카미노!"

내가 묵을 호텔은 관광 안내소 바로 맞은편이었지만 나는 배낭을 메고 낯선 지역을 돌아다니면 과연 어떤 기분일지 느끼고 싶었다. 그래서 중년의 위기를 벗어나는 출발점이 될 낯선 도시를 짐을 잔뜩 진 채로 30분 동안 터덜터덜 걸었다.

꽉 찬 배낭을 지고 호텔에 도착하는 시간을 이유 없이 지체하는 행위는 야고보의 길을 걸으면서 다시는 하지 않을 일이었다.

이렇게 생장피에드포르 골목을 걸으면서 나는 브라이트너 씨에게서 받은 마지막 순례 상담을 떠올렸다.

14

질문

인생이 당신에게 대답을 하나 해야 한다고 믿는다면 제대로 된 질문부터 하는 게 나을 것이다.

―――――――― 요쉬카 브라이트너, 『내면을 향한 발걸음―자아 발견을 위한 순례』

늘 그렇듯이 요쉬카 브라이트너와 나는 코듀로이 깔개를 씌운 편안한 크롬 의자에 마주 보고 앉아 있었다.

"당신의 순례를 위해 영감과 명상 원칙에 구체적인 구조를 부여합시다." 그가 나에게 제안했다.

"오래된 문제와 고민의 원칙을 대체하려고요? 좋습니다."

나는 호기심이 일었다.

"당신의 외적인 목적지는 산티아고데콤포스텔라, 내적인 목적지는 자아 발견입니다."

"그러니까 걸으면서 '나는 누구인가?'라는 질문에 대답을 찾으려 명상을 하는 거지요?" 나는 내 교육에 직접 참여하고 싶었다.

"원칙상으로는 그렇습니다. 하지만 대답이 그렇게 중요하니 제대로 된 질문에 대한 생각부터 일단 좀 하는 게 좋겠습니다."

"네에?"

"당신은 형사사건 변호사입니다. 형사사건에서는 어떤가요? 알려지지 않은 범인을 찾을 때, '누가' 범인일까라는 질문만 합니까?"

나는 곰곰이 생각했다.

"일단 동기를 찾지요. 그러니까… 그게 누가 됐든 왜 범죄를 저질렀는가?"

"좋습니다. 이 기술을 자아 발견에 적용하세요. 그러면 '나는 누구인가?'를 묻는 게 아니라 뭘 물어야 할까요?"

나는 고민하며 망설였다. 그러다가 수학 기본 연산을 가르치려고 필사적으로 애쓰는 선생님에게서 배우는 서툰 학생처럼 대답했다.

"내가 '왜' 존재하나?"

"그렇습니다. 당신이 왜 존재하는지 그 동기를 찾으세요. 그러면 당신이 누구인가라는 인식에 훨씬 더 가까이 나아간 겁니다."

"내가 왜 존재하나? 이건 인생의 의미에 대한 질문이 아닌가요?"

"맞습니다."

"'제' 인생의 의미 말인가요, 아니면 일반적인 인생의 의미인가요?"

"그게 차이가 있습니까?"

"모르겠어요. 똑같은 일에 모든 사람이 충만감을 느끼지는 않지요."

"아주 좋습니다. 그렇다면 벌써 두 가지 질문이 생겼군요. 일반적인 인생의 의미는 무엇인가? 그리고… '당신'이 충만한 인생을 살려면 무엇이 필요한가?"

나는 우리가 그저 질문을 바꿈으로써 알지 못하는 대답에 단계적으로 가까워지는 기술에 흥미를 느꼈다. 하지만 다음 질문이 바로 머릿속에 떠올랐다.

"삶이 죽음과 함께 끝난다고 가정하나요? 아니면 그 후에도 충만감이 있나요?"

"당신은 사후에 삶이 있다고 생각합니까?"

"모르겠어요…."

"신을 믿나요?"

"기본적으로는 믿습니다…." 나는 이 인식을 다음 질문으로 바꾸려고 시도했다. "그렇다면 두 가지 질문이 더 생기는군요. 사후의 삶, 그리고 신에 대한 질문."

"아니면 그냥 간단하게 하나의 세 번째 질문이 생길 수도 있지요. 당신과 죽음의 관계는 어떠한가?"

나는 우리가 막 발을 들여놓은 생각의 길을 다시 요약하고 싶었다.

"천천히 받아쓰게 다시 한번 정리하지요. 중년의 위기를 피하려면 '이게 전부였다고?'라는 질문에 준비를 하고 있어야 한다지요. 그걸 위해 내가 나머지 인생에서 뭘 기대하는지 스스로에게 질문해야 하고요. 그러려면 일단 내가 누구인지 알아야 한다고요."

브라이트너 씨는 내가 소소하게나마 발전한 걸 살짝 자랑스러워하는 것 같았다. 그가 고개를 끄덕였다.

나는 말을 이어갔다. "제가 누구인지 알려면, 저 자신을 발견하려면 일단 제 삶의 동기부터 알아야 하고요. 그걸 위해서는 세 가지 질문을 스스로에게 던져야 한다는 말이지요. 인생의 의미는 무엇인가? 나와 죽음의 관계는 어떠한가? 충만한 삶을 위해서는 무엇이 필요한가?"

"정확합니다. 이 세 가지 질문은 그 전 질문의 정수지요. 그리고 800킬로미터를 걸으며 생각하기에 넘치도록 충분하고요. 당신이 이 질문에 그저 일부만 대답할 수 있다고 해도 중년의 위기는 저절로 끝날 겁니다."

"왜죠?"

"영감과 명상의 교류를 통해 깨달음을 얻게 될 테니까요." 내 상담사가 설명했다. "야고보의 길은 낯선 사람들과의 우연한 만남의 연속, 알지 못하던 상실과 예감하지 못한 충족으로 이루어집니다. 모든 영감과 관계를 맺고 여기에 대해 명상을 한다면 거기에서 삶의 변화나 삶을 향한 견해가 저절로 드러날 겁니다.

원한다면 당신의 이야기를 나누세요. 하지만 순례에서 만난 사람들을 다시 떠나보내십시오. 다시 만날 운명이라면 또 만날 겁니다.

함께 순례하는 사람들의 인생사에서 이끌어낼 수 있는, 당신의 삶을 위한 깨달음을 차분하게 생각해보세요.

마음에 드는 대로 영감과 명상을 교대하십시오. 그리고 무엇보다도 자신의 리듬을 따르세요. 순례는 산책이 아니라는 걸 알게 될 겁니다. 당신의 평소 리듬을 잃게 할 영감도 생길 테지요. 순례자의 임무는 리듬을 다시 회복하는 데 알맞은 명상을 발견하는 겁니다."

이 상담을 끝맺으면서 브라이트너 씨는 나에게 세 가지를 건넸다. 돌멩이 하나와 작은 책 두 권이었다. 한 권은 인쇄된 책이고 다른 하나는 페이지들이 비어 있었는데, 두 권 모두 얇은 가죽 장정이었다.

"배낭에 자리가 있다면 이 책 두 권을 가지고 가세요."

"어떤 내용인가요?"

"한 권은 제가 쓴 자그마한 순례 안내 책자입니다."

나는 표지 글자를 읽었다. 『내면을 향한 발걸음―자아 발견을 위한 순례』였다.

"고맙습니다. 다른 한 권은요?"

"그건 당신이 쓰세요. 원할 때 언제든지. 당신의 순례 일지입니다."

이제 돌멩이만 남았다. 재색과 흰색이 섞인 조약돌이었다. 밤보다 두 배 정도 컸다.

"이 돌멩이는 어디에 쓰나요?"

"야고보의 길에서 제일 높은 지점에 철제 십자가가 하나 있습니다. 크루스데페로라고 하지요. 순례자들은 그곳에 걱정의 상징인 돌을 놓습니다. 걱정을 없애기 위해서지요. 이걸 가지고 가세요."

브라이트너 씨가 돌멩이를 내 손에 쥐어주었다. 내가 크루스데페로에 서 있는 모습이 그려졌고, 나는 그 장면이 금방 마음에 들었다.

15

만남

경로에서 벗어나는 일 없이 완전히 평행으로 달리는 삶의 두 노선
은 절대 만나지 않는다. 순례자들은 찾는 사람들이다. 이들이 살아
가는 길은 일반적으로 직선이 아니다. 이렇게 찾는 사람들은 카미노
에서 자기 자신이 아니라, 각자 자기 자신을 찾는 다른 사람들을 무
척 자주 발견하게 된다는 사실에 놀랄 것이다.

─────────── 요쉬카 브라이트너, 『내면을 향한 발걸음─자아 발견을 위한 순례』

나는 30분 동안 도시를 돌아다닌 후에 호텔에 들어섰다. 인터
넷 리뷰에 따르면 이곳은 음식이 탁월했다. 체크인을 하고 짐

을 객실에 올린 후에 즐거운 마음으로 저녁 식사를 기다렸다.

호텔 레스토랑에 도착하자 나는 다시 한번 깜짝 놀랐다. 롤란트가 2인용 식탁에 혼자 앉아 있었기 때문이다. 낮에 입었던 순례 복장이 아니라 다림질 주름 자국이 남은 청바지와 체크 무늬 셔츠 차림이었다. 우리는 거의 동시에 서로를 알아봤고, 롤란트가 나를 자기 식탁으로 불렀다.

그러니까 카미노가 시작되기도 전에 순례자 지인을 벌써 두 번째로 만난 것이다. 나는 영감이 주는 대화에 참여할 마음의 준비가 되어 있었다. 피레네산맥의 요리사가 만든 아주 탁월한 음식을 먹으며 우리는 택시에서 나눈 이야기를 넘어서는 대화를 나누기 시작했다.

법정에서 서로 다른 자리에 앉긴 했지만, 우리 둘 모두 법률가라는 사실은 이미 알고 있었다. 롤란트는 평생 고발인이었고, 나는 지금도 형사사건 변호인이었다.

나는 명상을 통해 싸움을 전혀 좋아하지 않는다는 사실을 깨달았다. 변호사라는 직업의 무게를 가볍게 해주지 않는 뒤늦은 깨달음이었다. 하지만 이 깨달음은 내가 대형 로펌에서 형사사건 변호사로 일하면서 언제나 내적 거부감을 느낀 이유를 알려주기는 했다.

학창 시절에 법과 정의에 대해 가졌던 상상은 학업을 끝낸 후에 일상 업무에서 경험한 것과 정확하게 반대였다. 나는 세상을 더 올바르게 만들지 않았다. 나쁜 사람들에게서 많은 돈을 받고 이들이 부당하게 법망을 벗어나게 해주었다.

독립하고 나서야 직업으로부터 어느 정도 자유를 누릴 수 있었다. 나는 더 이상 범죄를 돕지 않았다. 범죄의 일부가 됐다.

적어도 이 말은 솔직하기는 했다.

나는 롤란트에게 직업상의 갈등을 설명했지만 범죄에 연루됐다는 소소한 사실은 숨겼다.

"지속적으로 싸움과 관련된 일에 몰두하면 본인의 영혼에 해가 돼. 내가 이걸 자네 나이에 깨달았더라면 좋았을 텐데." 롤란트가 한숨을 내쉬며 말했다.

"무슨 말이야? 나는 44년이나 걸려서 알게 됐어."

"너무 늦은 것보다는 좀 늦은 게 낫지. 내가 검사가 된 이유는… 자네처럼 세상을 더 올바르게 만들기 위해서였어. 하지만 실제로 그런 경험은 한 번도 하지 못했지. 범죄자들과는 싸울 수 있지만 범죄와는 아니야. 나는 검사 생활을 하는 내내 나쁜 짓을 저지르는 사람들과 함께 보냈어. 한 명을 가두면 그 직후에 바로 새로운 서류 세 개가 책상에 올라왔지. 그 일은 평생 나를 갉아먹었어."

"범죄는 자라는 암과도 같아." 나는 대화를 긍정적인 주제로 돌리려고 위선을 떨며 말했다. "하지만 이제 당신에게는 다 지나간 일이야!"

롤란트는 한동안 침묵하다가 씁쓸한 기색이라고는 전혀 없이 대답했다.

"그렇지 않아. 나는 쉰여덟 살에 암에 걸렸어."

나는 긍정적인 말이 떠오르지 않았다. 눈치챈 롤란트가 말을 이었다.

"9년 전부터 그런 눈길에 익숙해. 대화 주제로는 성병이 더 재미있을 텐데 말이야. 매독에 관한 유쾌한 일화는 유감스럽게도 들려줄 게 없어. 암 이야기로 분위기를 망가뜨려 미안하다고 사과하는 것도 그만뒀고 말이야."

작고 깔끔한 이 남자는 자기만의 유머로 나를 놀라게 했다. 씁쓸해 보이는 게 아니라 그 상황과 화해한 듯했다. 나는 용기를 내어 그의 삶으로 한 걸음 더 깊이 들어갔다.

"무슨 암이야?" 내가 물었다.

"모빌 플랫 암."

"모빌 플랫… 그게 뭐지?"

"마음껏. 어디에나. 제한 없이!"

순례자 지인의 암 이야기에 나는 미소를 지을 수밖에 없었다. 롤란트는 더 자세히 설명했다. "쉰여덟에 전립샘암이 발견됐어. 장애가 생기기 전에 전립샘을 제거했지. 2년 후에는 암세포가 방광으로 전이됐다더군. 장애가 생기기 전에 그것도 제거하고 대체 방광을 달았지. 그로부터 2년 후에는 왼쪽 신장에서 전이가 발견됐어. 그것도 예방 차원에서 제거했지."

롤란트가 이 모든 이야기를 너무나 태연하게 해서, 나는 이 솔직함을 대화에 초대한다는 뜻으로 이해하기로 했다.

"그래서 지금은? 텅 빈 느낌이야?" 내가 호기심을 드러내며 물었다.

"텅 비었다는 말은 정확하지 않아. 하지만 신이 나에게서 순례자의 배낭을 본다는 느낌이 들었어. 꼭 필요한 설 가지고 있으려면 정말로 남겨두어야 하는 게 뭔지 지금 시험하는 중이라고 말이야." 롤란트는 소고기 스테이크를 한 입 베어 물고 차분하게 씹다가 말을 이었다. "그 후 몇 년은 조용했어. 그러다가 퇴직하고 한 달 후에 폐에서 전이가 발견됐지."

"폐도 제거했어?"

"수술이 불가능하대. 그때 이후로 세 번의 항암 치료를 했지. 지금까지 암을 느낀 적은 한 번도 없어. 언제나 수술과 항암 치료의 부작용만 느끼지. 점점 더 강력해져. 이제 지겨워."

그는 와인 잔을 들고 나에게 건배했다.

"그런데… 이렇게 느긋하게 이야기한다고?"

"이 이야기에 익숙해지는 데 9년이나 걸렸어. 처음에는 다르게 설명했지."

"어떻게?"

"처음 세 번의 암 진단에서 내 주문은 '눈 꾹 감고 통과'라거나 '암은 나의 적'이라거나 '포기하면 잃는다!'였어. 아주 바보 같은 소리였지."

"뭐가 달라졌는데?"

"암이 나를 바꿨어. 내 평생 목표는 퇴직이었지. 퇴직한 지 한 달 만에 또 암 진단을 받으니 눈을 꾹 감고 이걸 통과한다고 해도 뭐가 또 올지 더는 알 수 없더군. 세 번째 항암 치료에서 토하며 변기에 매달려 있다가 변기에 머리카락이 쏟아지는 걸 보고서 처음으로 이런 의문이 들었어. '내가 지금 여기서 뭐 하는 거지? 암이 문제가 아니라 암에 대항하여 싸우는 게 문제를 일으키는군.' 예전에 지극히 실용적인 의미였던 어떤 문장이 떠올랐어. '네 인생을 날들로 채우지 말고, 너의 날들을 인생으로 채우라'라는 문장이었지. 나는 반년 또는 일 년 동안 토하면서 변기에 매달려 있는 게 아니라 한 달, 한 주, 하루라도 스스로 결정한 자유를 누리며 살고 싶었어."

"그래서 어떻게 했는데?"

"암과 평화를 맺었어. 암을 더는 적으로 본 게 아니라 내 일부로 받아들였지. 남은 인생을 암과 싸우며 보내고 싶지 않았어. 남은 시간을 암과 함께 살고 싶었지. 그래서 석 달 전에 마지막 화학 치료를 그만뒀어."

"지금은 어떤 느낌이야?"

"마음이 놓여. 암에 대항하는 싸움을 포기하자고 결정하고

서, 이렇게 싸우는 동안 얼마나 많은 죄책감을 끌고 다녔는지 깨달았어. 늘 싸워야 한다고 생각했지. 내 가족에게, 아이들에게, 나 자신에게 그렇게 해야 할 빚이 있다고. 하지만 헛소리였어! 나는 아무에게도 빚이 없어. 나 자신에게는 있지. 게다가 내 암에게 진 빚은 전혀 없어. 암의 통증을 느끼기까지 앞으로 몇 주 아니면 몇 달이 남아 있을 거야. 나는 이 시간을 순수하게 즐기고 싶어."

"매일이 마지막 날인 것처럼 살라." 나는 달력에 적힌 격언으로 대화를 풍성하게 했다.

"완전히 반대야. 매일이 첫날인 것처럼 살라."

내가 어리벙벙해서 바라보자 그가 설명했다.

"마지막 날에는 '나중에 무슨 일이 일어나든 나랑 무슨 상관이람'이라는 생각이 숨어 있어. 하지만 첫날은 호기심과 순수함이 가득하지. 통증이 없는 한 나는 매일 아침 신생아처럼 느끼고 싶어. 지난 몇 년 내내 암이 하고 있는 일을 이제 나도 매일 해…. 돌아다니는 일이지."

나는 이 질문이 부적절하다는 걸 알았지만 그럼에도 했다.

"그 후에는?"

"그 후의 일은 엄청나게 두려워." 롤란트가 솔직한 미소를 지으며 말했다. "하지만 약효가 좋은 진통제가 있다고 들었어."

"그래서 지금 야고보의 길에 있는 거야? 살려고? 불안을 마주하기 위해서?"

"나에게서 작별하려고."

롤란트는 무슨 뜻이냐고 묻는 내 눈을 마주 봤다.

"내가 사라진 후에 가족에게는 언제나 갈 수 있는 무덤이 남을 거야. 나도 나에게서 작별할 장소를 원해. 그 장소가 바로 카미노야. 40년 전에 이미 걸었던 길. 내가 산티아고까지 갈 수 있을지는 관심 없어. 한 걸음 한 걸음이 모두 삶의 한 걸음이지. 너무 힘들면 가족이 있는 집으로 돌아가서 그들과 함께 마지막 걸음을 걸을 생각이야."

심장이 꽉 조이는 느낌이 들었다.

내가 카미노에 온 이유는 아직 너무 많은 미래가 남아 있고 그 미래로 뭘 해야 할지 몰라서였다.

롤란트에게는 아주 적은 미래가 남아 있고, 그는 그 미래로 무엇을 할지 무척 구체적인 상상을 하기 때문에 카미노에 왔다.

"자네는 왜 카미노에 있나?" 롤란트가 물었다.

나는 정말 하찮다는 기분을 느끼며 다가오는 중년의 위기를 예방하고자 나 스스로에게 하고 싶은 질문들을 설명했다. 롤란트에 비해 내 순례의 목적은 지금까지 내가 늘 비웃었던 사치스러운 문제로 보였다. 배낭의 재질 따위는 완벽하게 무의미하다는 걸 깨달았다. 어떤 짐을 품고 다니는가가 중요했다.

나는 방금 깨달은 것을 솔직하게 이야기했다. 이번에는 롤란트가 웃음을 터뜨렸다. 나는 웃는 이유를 물었다.

"우리가 왜 지금 여기서 함께 식사를 하고 있을까?" 그가 되물었다.

"배가 고프고, 음식이 맛있기 때문이겠지?"

"그래. 하지만 자네가 음식을 즐기는 데 내 배고픔이나 미각 취향은 아무 관계도 없지. 순례도 마찬가지야. 자네는 자네 짐을 메고, 나는 내 짐을 메고 순례하는 거야."

짐은 더 무거워졌지만 어깨가 가벼워지는 느낌이었다.

"순례자의 편지는 썼어?" 롤란트가 화제를 돌렸다.

"뭘 썼냐고?" 나는 롤란트가 무슨 말을 하는지 알아듣지 못했다.

"순례자의 편지. 그 관습 몰라?"

말을 할 필요도 없이 내 얼굴이 대답했다.

"으음, 생장에서 2킬로미터쯤 외곽에 작은 수도원이 있어. 주님의 사자 형제단이 운영하지. 수백 년 동안 그곳 수도사들은 차분하고 조용하게 소식과 우편물을 날랐어. 이 업무는 스페인에 우편이 도입되면서 밀려났고, 휴대폰과 이메일 덕분에 이제 필요하지 않게 됐지. 하지만 전통은 남았어. 점차 잊히긴 해도 말이야. 자네도 순례 여행의 소망이 담긴 편지를 써서 그곳에 낼 수 있어. 형제단은 그걸 유치우편으로 산티아고에 도착하는 사람에게 보내지."

"그게 무슨 의미가 있어?"

"카미노는 자네를 변화시킬 거야. 곧 알게 될 테지. 그러니 원한다면 경험을 쌓은 순례자로서 이 작은 타임캡슐을 산티아고 형제단 수도원에서 가지고 와서 편지라는 거울 속에 과거의 자신을 비춰 볼 수 있어. 찾아가지 않은 순례자의 편지는 반년 후에 불태워져."

"멋진 아이디어군. 비용이 들어?"

"일반 우편은 들지. 오늘이라도 유치우편으로 자네 짐을 산티아고로 보낼 수 있어. 순례자의 편지는 무료야. 그런데 형식을 지켜야 해. 종이 한 면에만 써야 하지. 그런 다음 두 번 접어서 이름을 써."

흥미롭게 들렸다. 롤란트는 40년 전에 카미노를 걸었는데도 순례에 관한 실용적인 것들을 아주 많이 들려줬다.

알고 보니 우리 둘 다 카미노에서의 첫날을 같은 숙소에 예약했다. 순례를 차분하게 시작하기 위해 첫 여정에서는 무리하지 않으려고 생장피에드포르에서 8킬로미터도 채 떨어지지 않은 오리송 레퓨지에 예약한 것이다. 우리는 내일 함께 수도원에 들렀다가 카미노의 첫 여정을 함께 걷기로 결정했다.

한동안 더 이야기를 나누다가 내 방으로 돌아왔다.

카미노에서의 첫날 저녁은 영감으로 가득했다. 나는 일단 순례자의 편지를 쓰는 데 시간을 들이고 싶었다.

살인 여덟 번, 이혼 한 번, 직업 변호사에서 범죄 조직 우두머리로의 변화, 닥쳐오는 중년의 위기로부터 졸아들고 남은 것에서 순례에 바라는 소망을 정확하게 표현하는 추출물을 걸러내기란 쉬운 일이 아니었다. 게다가 단 한 면만 써야 한다면.

하지만 무엇보다 솔직함이 정말 중요하다는 느낌이 들었다. 이런 경우는 드물었다. 45분 후에 나는 무척 솔직하고 진실한 순례자의 편지를 마쳤다.

> 순례를 시작하면서 나는 생장피에드포르에서 너에게 편지를 쓴다. 짐에 돌멩이들이 있는데, 그걸로 뭘 해야 할지 아직 모르겠다. 내 결혼 생활의 잔해이고, 딸의 빛나는 대리석이고, 내가 끝낸 여덟 목숨의 맷돌이다. 내가 죽인 사람은 다음과 같다. 드라간, 토니, 뮐러, 말레, 이름을 모르는 공원의 남자 두 명, 쿠르트, 보리스. 내 앞에는 걸어야 할 길 800킬로미터가 놓여 있다. 네가 이 편지를 읽는다면 편지를 쓴 사람을 완전히 이해하고 사랑하길 바란다. 그리고 남은 인생에서 뭘 기대하는지 스스로 알게 되길 바란다.

서명은 하지 않았다.

종이를 두 번 접은 후에 안전상의 이유로 수신인에 내 이름을 쓰지 않고 드라간 세르고비치라고 썼다. 솔직함이 지나치면 안 되니까.

중세 이래로 의사소통 수단은 변했지만 익명을 사용하려는 욕구는 수백 년이 지나도 그대로 남았다. 나 말고는 아무도 이 편지를 나와 연관 지어서는 안 된다. 드라간은 나의 첫 살인 대상자였다. 그러니 이 이유에서라도 편지를 직접 가지러 오지는 못할 터였다.

그런 다음 브라이트너 씨가 언급한 명상에 집중한 후에 순례 일지를 처음으로 열었다. 첫째 페이지에 미리 적어 온 세 가지 질문이 눈에 들어왔다.

인생의 의미는 무엇인가?

나는 죽음과 어떤 관계를 맺고 있나?

충만한 삶을 위해 진정 필요한 것은 무엇인가?

순례 여행 전날에 이미 첫 번째 질문에 대답할 수 있을 거라고는 기대하지 않았다. 하지만 롤란트와 대화를 나누고 순례자의 편지를 쓰고 나니 다른 두 가지 질문과 관련된 몇 가지 깨달음에 영감이 생겼다. 나는 첫 메모를 했다.

충만한 삶을 위해서는 일단 삶이 필요하다.

내 삶이 충만해지기 전에 죽음의 방해를 받을까 봐 두렵다.

나는 롤란트의 실용적 관점에 감탄했다. 그의 삶은 얼마 남지 않았지만 자신의 삶을 기쁨으로 채우고 있었다. 살날이 얼마 남지 않았음에도, 아니 어쩌면 바로 그 이유에서.

16

계곡

드디어 다시 오르막길로 가기 위해서는 그 전에 먼저 계곡을 내려가
야 한다.

———————— 요쉬카 브라이트너, 『내면을 향한 발걸음─자아 발견을 위한 순례』

잠들기 직전에 나는 롤란트와 나를 구별하는 또 하나의 관점
이라는 새로운 영감을 얻었다. 롤란트에게는 생을 마치기 위
해 돌아갈 온전한 가족의 품이 있었다.

내 삶이 종말에 직면해 있는 건 아니지만 가족이라는 상상
은 이미 삶의 뒤편으로 건너간 후였다.

나에게는 훌륭한 딸이 있긴 하지만 내 결혼 생활은 실패로 끝났다. 이상 끝.

전처와 깊은 우정을 유지하긴 해도 부모님 세대가 믿었던 고전적 가정의 전통적인 끈이 지닌 탄력성과 내구성은 이미 오래전에 끊어졌다.

롤란트의 가족은 마지막까지 그의 옆에 있을 터였다.

내가 늙으면 누가 나를 돌볼까?

내가 중병에 걸린다면 누가 나를 간호하지?

내 딸이?

에밀리에게 그런 일을 시키고 싶지 않았고, 상상할 수도 없었다. 아마 에밀리가 이제 겨우 다섯 살이고 내가 아주 건강하다는 두 가지 사실 때문일 터였다.

하지만 에밀리를 빼자 늙은 나를 돌볼 사람이 전혀 떠오르지 않았다.

정말 아무도 없었다.

카타리나가 나를 돌볼 이유는 없지 않은가? 그녀는 이제 막 새로운 가정을 이룰지 고민하는 중이었다.

카타리나는 언젠가 하이코를 돌보게 될까? 아니면 하이코가 카타리나를? 두 가지 모두 소름 끼치는 상상이었다.

첫 데이트를 하면서 나중에 상대방을 침대에 끌어들이려는 생각뿐 아니라, 훨씬 더 후에 침대에서 몸을 돌려 눕히고 셋길 생각까지 하는 사람이 과연 몇이나 될까?

카타리나는 디지털을 통해 적극적으로 새 연인을 찾았다. 나는 운명이 짝지어준 파트너가 언젠가 슈퍼마켓에서 내 발뒤꿈치에 와서 저절로 부딪치는 상상을 하는 것만으로도 충분했다.

행동 양식이 이렇게나 다르긴 해도 우리는 사랑하는 딸을 위해 엄마나 아빠의 새 파트너에 대해 먼저 이야기를 나누지 않고 에밀리에게 바로 소개하는 일은 없게 하자고 서로 약속했다.

지금까지는 그저 이론상으로만 이야기하던 일이 어느 날 실제로 일어났다. 카타리나가 하이코를 단순한 연애 상대 이상으로 생각한다고 말한 것이다. 정말 사랑에 빠진 것 같았다. 그래서 그녀는 하이코가 에밀리를 만나기 전에 나더러 먼저 그와 만나달라고 부탁했다. 그것도 자기는 빠지고 아주 편안하게, 피차 같은 눈높이에서, 남자 대 남자로.

사랑의 전임자가 후임자를 만난다는 건 물론 어느 정도 기이하기는 하다. 하지만 나는 당연히 그러겠다고 했고, 이 만남을 느긋하게 생각하려고 애썼다. 사실 긴장할 이유도 없었다.

하이코가 생식 능력이 없다는 걸 카타리나에게 이미 들었으므로, 나는 이 둘이 카타리나와 에밀리와 나라는 구조로 이루어진 고전적 의미의 가정을 새로 만들어 경쟁하지는 못하리라는 사실을 알고 있었다.

처음에 하이코가 우리의 만남을 망설이는 이유가 바로 이것 때문이라고 생각했다. 카타리나는 그가 드디어 '자발적으로' 나를 만나겠다고 할 때까지 몇 주 동안 그를 거부하며 압력을 가했다. 그 시기가 되고서야 나는 하이코가 왜 그렇게 망설였는지 알게 됐다. 그는 나를 이미 알고 있었기 때문에 만나지 않으려고 했던 것이다.

나도 그를 알았다.

우리는 퇴근 후에 금융 지구의 한 술집에서 만나기로 이메일로 약속했다. 손님들의 왕래가 잦은 곳이었다. 일이 끝나고 가족이 있는 집으로 돌아가기 전에 동료들과 맥주 한잔하려고 잠깐 들르는 사람들로 북적였다.

나도 하이코와 저녁 내내 그곳에서 시간을 보낼 생각은 없었다.

나는 약속 시간보다 조금 일찍 술집에 들어서서 판매대 모퉁이 쪽에 자리를 잡았다. 카운터에서 간단하게 몇 마디 나눌 예정이었다.

화이트 와인과 물을 큰 잔으로 하나 주문했다.

유감스럽게도 회사 홈페이지에 사진이 없어서 나는 하이코가 어떻게 생겼는지 몰랐지만, 카타리나가 그의 생김새를 알려줬다.

카타리나의 묘사와 얼추 맞아떨어지는 한 남자가 술집에 들어섰다. 몸집이 빈약하고 머리카락이 성긴 쉰 살가량의 남자였다. 둥근 뿔테 안경을 쓰고 있었는데, 그 테가 마치 멸종 위기에 처한 동물의 일부처럼 보였다.

남자는 영화 '모두가 대통령의 사람들'에 나오는 로버트 레드포드와 같은 차림새였다. 연한 베이지색 코듀로이 바지, 파랑과 흰색 줄무늬 셔츠에 단색 넥타이, 양쪽 팔꿈치에 가죽을 댄 트위드 재킷을 입었다. 저널리스트의 빈티지 유니폼이었다. 이 남자와 영화에 등장하는 저널리스트 밥 우드워드의 유일한 시각적 차이는, 술집에 들어온 남자가 옷차림만 빼고는 로버트 레드포드와 닮은 점이 전혀 없다는 사실이었다. 남자의 얼굴은 강하지도, 인생 경험이 많지도, 느긋해 보이지도 않았다. 가계도가 화폐처럼 원형이라서 날 때부터 유전자보다는 돈을 더 많이 저울에 달아서 받고 태어난 사람의 얼굴 같았다.

카타리나의 묘사와 눈에 띄게 닮긴 했지만 하이코일 리 없었다. 술집에 들어온 남자는 6년쯤 전에 내 의뢰인이었는데, 이름은 올라프 폰 루케펠트였다. 그의 눈길은 나를 곧장 과거의 어떤 계곡으로 이끌어갔다.

당시 올라프 폰 루케펠트는 어느 민영 텔레비전 뉴스 방송국의 부편집장이었다. 그는 드라간의 마약 분야 관리자였던 토니의 추천으로 대형 로펌에 있던 나를 찾아왔다. 올라프는 성공을 거둔 언론인으로, 토니의 클럽에서 반갑게 맞이하는 고객이었을 뿐 아니라 코카인 소비자로서도 환영받았다. 올라프는 점점 돈이 더 많이 드는 마약 소비를 위해 토니의 제품을 주변 동료들에게 팔아서 재정을 충당했다.

그가 주목할 판매 수입을 올리자 토니는 거의 칭찬이라고 할 만한 '눈사람 올라프'라는 별명을 붙여주었다.

사업은 올라프가 사장의 아내를 코카인만으로 만족시킬 때까지는 순조롭게 이루어졌다.

텔레비전 방송국 사장은 질투를 이유로 올라프를 해고할 수는 없었으므로 편하게 마약 밀매로 고발했다. 그 후에 바로 해고하기 위해서였다.

사장은 검사에게 올라프가 8월 15일 저녁 5시에 방송국 화장실에서 세 명의 동료들에게 각각 코카인 2그램을 판매하려했다고 맹세한 증언을 제출했다. 그가 압수한 총 6그램의 코카인이 첨부됐다.

이제 올라프는 최소한 5년의 자유형을 받을 위험에 처했다. 올라프는 이를 피하기 위해 내가 예전에 일했던 드레젠과 에르켈, 단비츠의 변호사 사무실에 토니와 함께 와서 의뢰하게 된 것이다.

토니와 달리 올라프는 자신의 범죄 혐의를 자랑스러워하는 허풍선이 범죄자처럼 보이지 않았다. 오히려 반대였다. 불쌍해 보여서 거의 호감이 갈 정도였다. 그는 재미있지만 자리에 어울리지 않게 잘난 척하다가 예상치 못한 순간에 들통난 사람 같았다. 올라프의 태도에는 후회와 산만함, 엄살과 고집이 뒤섞여 있었다. 늦여름인데도 계속 코를 훌쩍거리는 것으로 보아 만성적인 문제가 있는 듯했는데, 단기적으로는 0.5그램의 코카인이 나와의 첫 상담보다 분명히 더 많은 도움이 됐을 것이다.

당시에 올라프 위임 건은 드라간의 일을 하면서 함께 잡힌 소소한 물고기에 불과했다. 내가 검찰의 낚싯대에서 풀어내어 다시 물에 던져줄 작은 물고기. 그가 헤엄을 칠 수 있는지 여부는 내가 알 바 아니었다. 나는 토니가 옆에 있는 자리에서 올라프에게 표준 절차를 설명했다. 화장실 고객 세 명에게 본인들의 이익을 위해 증언 거부권을 쓰라고 설득할 예정이었다. 그리고 아내에게 속은 사장을 복수심에 불타는 사람으로 비방하고, 그가 법정에서 인정받지 못하도록 아마추어처럼 압수한 코카인의 양에 이의를 제기할 계획이었다. 이렇게 하면 마약 거래로 인한 5년 징역형은 소규모 밀매로 집행유예나 벌금형으로 축소될 게 거의 확실했다.

여기에 동의하지 않는 사람은 올라프뿐이었다.

"하지만 난 사실 딜러가 아니야." 그가 억울하다는 듯이 항의했다.

"그럼 사실은 뭐야?" 내가 물었다.

"저널리스트라고."

나는 이런 상황에 익숙했다. 과실을 처음 들킨 사람은 이와 함께 시작되는 외부 인식의 변화에 특히 불만을 품는다. 고속도로 120킬로미터 표지판 바로 뒤, 붉은 경광등이 번쩍이는 곳에서 속도 기록계가 시속 230킬로미터를 가리키게 달리고도 광란의 폭주를 한 게 아니라 그저 약간 과속했다고 변명한다.

마약도 이와 다르지 않다. 어쨌든 처음 들켰을 때는 그렇다.

"마취제를 거래하는 사람은 사실 누구나 딜러야. 물론 부업으로 할 수도 있지. 그러니까 딜러인 '동시에' 저널리스트도 될 수 있어." 나는 거의 지루할 정도로 설명했다.

"딜러는 타인의 마약 중독에서 이익을 보며 그들을 멸망으로 이끄는 미심쩍은 존재라고. 나는 그저 업무 능률 향상을 위해 동료 두어 명에게 판매한 것뿐이야. 이건 완전히 다른 문제지." 올라프가 흥분해서 대꾸했다. 자기가 하는 말을 정말 믿는 것 같았다.

나는 어떤 자기기만이 내 의뢰인들을 감정적으로 견디게 하는지는 관심이 없었다. 나야 이 사람들을 심리적으로가 아니라 법적으로 담당하는 거니까.

미심쩍다는 묘사가 오히려 칭찬이었을 토니는 열심히 고개를 끄덕이며 올라프에게 동의했다.

"맞아. 올라프는 부편집장이야. 사실 그는 코카인으로 방송국이 원활하게 돌아가게 해. 다들 자발적으로 코카인을 하는 거라고. 사장이 올라프에 대해 하는 말은 명예 살인이나 마찬가지야!" 토니가 보충 설명을 했다.

"코카인은 마취제야. 그리고 마취제를 파는 사람은 딜러고. 나는 올라프의 형량을 낮출 수는 있지만 사실 자체를 바꿀 수는 없어. 다른 진실을 주장하려면 올라프의 사장보다 훨씬 나은 이야기를 꾸며내야 해."

"진실이 더 나은 이야기의 문제라고?" 올라프가 믿지 못하겠다는 표정으로 물었다.

"법정에서는 그렇지."

"어떤 게 더 나은 이야기야?"

변호사인 내가 의뢰인을 위해 가짜 알리바이를 조작한다면 교도소에 갈 게 뻔했으므로 일부러 가정법으로 말했다.

"이상적인 진실은 자네가 8월 15일 저녁 5시에 방송국 화장실에서 마약을 가지고 있던 게 아니라 다른 장소에 다른 누군가와 있었다는 게 증명되는 거겠지. 그런 걸 알리바이라고 하잖아. 하지만 우린 그게 없어. 오히려 반대야. 아주 믿을 만한 원고 측 증인이 있어."

"그냥 간단하게 그 시간에 나랑 같이 있었다고 하지 뭐." 증인으로 그다지 믿을 만해 보이지 않는 토니가 제안했다.

나는 어느 정도 관대한 편이어서 의뢰인이 제시하는 특정한 알리바이를 캐묻지는 않았다. 하지만 이 경우에는 유감스럽지만 이해 충돌 때문에 불가능했다.

우연히도 내 주요 의뢰인인 드라간 또한 8월 15일 5시 무렵에 채무를 이행하지 않은 사람을 병원에 실려 갈 정도로 흠씬 팼다는 혐의를 받고 있었다. 지금까지 드라간의 방어 전략은 그 시간에 토니와 함께 있었다고 주장하는 것이었다.

"토니, 자네가 같은 날 같은 시각에 드라간과 올라프와 동시에 함께 있을 수는 없어."

"빌어먹을, 그렇군." 토니도 인정했다.

올라프는 바보가 아니었다. 그가 끼어들었다.

"드라간과 토니가 만날 때 나도 그 자리에 같이 있었다고 하면 어떨까?"

"그렇지!" 토니가 흥분했다. "올라프도 함께 있었어."

"조직의 우두머리와 클럽 소유주와 저널리스트가 저녁 5시에 만났다…." 내가 침착하게 설명하기 시작했다. "검찰이 그걸 말도 안 되는 농담이라고 간주하지 않으려면 그럴싸한 이유가 있어야 해."

"인터뷰를 한 거지!" 올라프는 내가 전혀 의도하지 않은 브레인스토밍에 참가했다. "내가 조직범죄에 대한 탐사 보도를 위해 드라간과 토니를 인터뷰한 거야."

"드라간과 토니의 변호사로서 말하는데, 그 둘은 조직범죄와 전혀 관계가 없어." 내가 끼어들었다.

"어차피 그렇다고 주장하는 사람도 없어." 올라프가 나를 안심시켰다. "인터뷰 내용은 정보원 보호를 받으니까. 중요한 건 우리가 인터뷰를 했다는 것뿐이야. 내가 그 비디오에 타임 코드와 날짜를 넣어서 보여주면 충분할 테지."

"그러려면 일단 그 비디오부터 있어야 하지 않을까?" 내가 언급했다.

"타임 코드와 날짜는 내 마음대로 넣을 수 있어." 올라프가 점차 우위를 차지했다.

"바로 그 점 때문에 그것만으로는 별로 만족스럽지 않아." 내가 덧붙였다. "배경에 뭔가 더 많은 게 보여야 해. 그날에만 볼 수 있는 뭔가가. 그러니 시간 여행이 가능하지 않다면 인터뷰는 얼른 잊어버리는 게 좋아."

"방송국에 미디어 라이브러리가 있어." 올라프는 포기하지 않았다. "인터뷰 배경에 8월 15일 5시 뉴스가 지나가게 하는 건 아주 쉬운 일이지."

나는 질려버렸다. '눈사람 올라프'를 위해 내 변호사 면허를 위태롭게 할 생각은 결코 없었다.

"자자! 상담은 이제 끝났어. 나는 변호할 때 행동 방식을 이미 제안했어. 올라프, 자네가 거기 관심이 있으면 변호하는 거고 아니면 아닌 거야."

당시에 나는 토니에게서 올라프의 알리바이 제안을 들은 드라간이 엄청나게 좋아할 거라는 사실을 예상하지 못했다. 같이 포획된 소소한 물고기는 2주 후에 갑자기 커다란 낚싯바늘에서 버둥거리고 있었다. 처음부터 끝까지 조작된 올라프와 드라간과 토니의 비디오 인터뷰도 함께였다. 장면에 선명하게 찍힌 타임 코드에 따르면 정확히 8월 15일 5시에 녹화된 인터뷰였다.

올라프가 변호사 사무실로 카세트를 가져왔을 때 나는 의뢰인을 배신할 수도, 가짜 알리바이를 의도적으로 제출할 수도 없었으므로 두 의뢰 사건을 모두 내려놓아야 했다.

하지만 드라간의 의뢰가 없다면 나는 순식간에 변호사 사무실에서 해고됐을 것이다. 그리고 드라간은 변호사로서 소용이 없게 된 나에 대한 불만을 어쩌면 신체적 폭력으로 표현할지도 몰랐다.

나는 직업과 건강상의 이유로 차악을 택했다. 올라프와 토니와 드라간의 인터뷰 비디오 사진을 담당 검사 두 명에게 보낸 것이다. 두 사람은 당사자 세 명의 진술뿐 아니라, 비디오 화면 배경에 보이는 당일 5시 뉴스 방송에 의해 시간의 정확성이 확인된다는 사실에 특히 깊은 인상을 받았다.

두 소송은 즉시 취소됐다.

나는 이 성공이 전혀 자랑스럽지 않았다. 나중에 생각해보면 당시 내 행위에서 유일하게 긍정적인 점은 그게 나를 몇 계단 아래로 밀어뜨리고, 번아웃의 심연으로 이끌어 요쉬카 브라이트너의 상담실 문 앞으로 인도했다는 사실뿐이었다.

하지만 드라간은 소송에서 해방됐고, 올라프는 자기가 전업 저널리스트라고 계속 우길 수 있었다.

당사자들은 이 행위에 대해 한마디도 하지 않았다. 고소인이 없으면 재판관도 없는 법이다.

형사소송이 취소된 후에 올라프의 사장이 그의 노동 계약을 해지하려면 나와 고액의 퇴직금 협상을 하는 수밖에 없었다.

그러나 사장은 올라프의 아내에게 남편의 바람과 마약에 대한 정보를 주는 걸 잊지 않았다. 사생활에서 올라프는 소송 없이 해고됐다.

내가 올라프 폰 루케펠트를 마지막으로 본 것은 6년 전에 사장의 수표를 건넬 때였다.

나는 과거의 계곡에서 성공적으로 탈출했다. 올라프 폰 루케펠트도 그렇게 보였다. 술집에 막 들어선 남자는 로버트 레드포드처럼 보이지는 않았지만 시각적 가능성의 틀 안에서 볼 때 꽃피는 삶을 누리는 것 같았다. 올라프도 나를 보고 다가와 악수를 청했다.

"잘 있었어? 올라프⋯." 내가 말을 꺼냈다.

"나는 하이코야." 올라프가 말했다.

17

관계

어떤 사람이 당신을 무척 사적인 면에서 화나게 한다면, 일단 머릿속으로 그 사람을 당신과의 관계망에서 제거하라. 가치 중립적으로 거리 두기를 하라. 당신 사장이 아니라 어떤 사람이 시끄럽게 구는 것이다. 당신 종업원이 뻔뻔한 게 아니라 어떤 사람이 선을 넘는 것이다. 당신과 약속한 사람이 당신을 바람맞힌 게 아니라 어떤 사람이 시간 약속을 잘 지키지 않는 것이다. 일단 당신과의 연결을 끊으면 그 사람이 시끄러운 이유를, 선을 넘는 이유를, 시간을 지키지 않는 이유를 사랑을 가득 담아 물어볼 수 있다.

——————— 요쉬카 브라이트너, 『내면을 향한 발걸음—자아 발견을 위한 순례』

하이코와 만나기 전에 나는 전처의 새 연인과 어떻게 대화를 시작해야 할지 조금 고민했다. 그러다가 대화 도입부가 쓸데없이 너무 서툴게 보이지 않으려면 그냥 즉흥적으로 자연스럽게 시작하는 게 낫겠다고 결정했다.

올라프 폰 루케펠트가 카타리나의 새 연인이며, 이제 하이코라고 불린다는 걸 알게 되자 새로운 질문거리가 아주 많이 생겼다.

"난… 자네가… 뭐라고?" 내가 꺼낸 첫 질문이었다.

올라프는 판매대 구석의 빈 의자에 앉았다. 첫 문장을 연습해 온 것 같았다. 어쨌든 완벽한 문장이었다.

"자네 도움 덕분에 지난 6년 동안 삶을 완전히 바꿀 수 있었어. 지금 나는 완전히 다른 사람이야. 그래서 자네에게 한없이 고마워."

원래 올라프였던 하이코는 나쁘지 않은 이야기꾼이었다. 그건 인정한다. 나는 그의 이야기에 설득당했다.

지난 6년 동안 그는 정말 삶을 바꾸었다. 그 출발점은 우리의 마지막 만남이었다. 그의 아내는 그를 떠났을 뿐 아니라, 귀족을 나타내는 폰 루케펠트라는 성까지 가져갔다. 올라프는 원래 자기 성인 밀러로 돌아왔다.

그러니까 올라프의 유전자는 전혀 귀족적이지 않았다. 그의 얼굴은 결혼해서 얻은 성인 '천창 또는 갑판 해치'라는 의미에 아마 그저 우연히 어울렸던 모양이다.

올라프 뮐러는 이혼과 실업을 겪은 후에 마약 치료 요법을 성공적으로 마쳤다. 그러고는 기존의 이름도 이제 더는 쓰지 말고 앞으로는 그동안 쓰지 않던 두 번째 이름인 하이코를 사용하기로 했다.

하이코 뮐러가 된 그는 직업도 새로 시작했다. 아마도 그는 타인이 부러워할 실 만한 능력, 즉 위기에서 기회를 보는 능력을 지닌 듯했다.

하이코는 마약 때문에 하마터면 교도소에 갈 뻔했는데, 그 '하마터면'에서 기회를 잡았다.

하이코가 자기 사장의 위험한 진실 이야기를 반박하고 유죄 판결을 피하는 데 성공한 방식은 그에게 명성을 안겨주었다. 암암리에 이제 그는 불편한 진실을 가짜 뉴스로 만들어 세상에서 없앨 수 있는 저널리스트로 간주됐다.

하이코의 전 사장은 인맥이 넓었으므로 그 후로 그는 전통적인 언론 매체에 발을 담글 수 없었다. 하지만 하이코 역시 인맥이 넓어서 문제가 되지 않았다. 가짜 뉴스인지 아닌지 시험해야 할 현대판 매체는 너무나 많았다.

내가 그를 위해 받아준 퇴직금을 가지고 하이코는 저널리스트로 독립했다. 팩트 체커가 된 것이다. 처음에는 1인 기업이었지만 지금은 직원을 20명이나 두었다.

이제 내 앞에 서 있는 하이코는 예전의 의뢰인 올라프에게 는 없던 자부심을 내뿜었다.

카타리나가 그를 왜 좋아하는지 어느 정도 이해할 수 있었 다. 그가 펜트하우스와 전기 포르셰를 소유했다는 사실도 어 느 정도 기여했을 것이다.

"지난 6년 내내 마약을 하지 않았어. 직업적으로도 성공을 거두었고. 그리고 카타리나를 사랑해." 하이코가 대화 도입부 를 마쳤다. 그러고는 다음 질문을 함으로써 우리 만남의 중요 한 단계로 넘어갔다. "어떻게 생각해? 우리 과거가 앞으로 방 해가 될까?"

1,000분의 몇 초가 몇 분으로 늘어나는 순간이었다. 아주 짧 은 그 시간에 나는 하이코와 카타리나를 축하하기로 마음먹었 다. 하이코의 이야기가 마음에 들었다. 나는 단절이 삶의 이력 에 얼마나 유익한지 직접 경험해봐서 알고 있었다. 이미 오래 전에 값을 치른 과거의 잘못 때문에 하이코를 비난할 수는 없 었다. 그의 전직 변호사로서 어차피 비밀 엄수 의무를 지켜야 했다. 당시 나의 행위도 올바르지 못했다. 내가 내 과거를 용서 했는데, 하이코를 용서하지 못할 이유가 뭐란 말인가?

올라프는 하이코가 됐다. 그리고 카타리나는 하이코를 좋아 했다. 하이코도 그녀를 좋아하는 것 같았다. 둘은 상대방의 과 거 어느 부분이 자기의 미래에 어떤 역할을 할지 스스로 알아내게 될 터였다. 나는 하이코에 대해 알고 있는 것을 긍정적으로 이용하기로 했다. 과거를 전혀 모르는 사람을 만나듯 그를 열린 마음으로 대할 생각이었다.

"새 출발을 위해!" 내가 그에게 건배했다.

나는 하이코를 신중과 존경으로 대하기로 마음먹었다. 가치 중립적이고 사랑을 가득 담아서. 하이코도 카타리나의 다른 모든 새 연인과 마찬가지로, 싱싱한 내 눈에 의해 멍청이로 간주될 기회를 얻어야 했다.

그가 이 기회를 얼마나 빨리 사용하게 될지 그때는 알지 못했다.

나는 우리 둘 모두 안전한 땅에 서 있는, 감정 중립적인 주제로 대화를 바꾸려고 애썼다. 예를 들어 우리 직업이 그런 주제였다. 나는 하이코의 직업에 정말로 관심이 있었다.

팩트 체커라는 직업에 대해 내가 아는 거라고는 이들이 인터넷에서 플랫폼 운영자들의 위임을 받아 사용자의 게시물을 체크한다는 것뿐이었다. 게시물 내용이 옳지 않다고 판단되면 그 게시물을 표시하고, 사용자를 차단하고, 극단적인 경우에는 게시물과 사용자를 삭제했다.

표시. 차단. 삭제.

디지털 신세계에서의 자유 슬로건.

인간에 대한 나의 관념에서 유치원이나 학교 바깥에서 다른 성인을 사적인 영역에서 교정하고 가르치고 처벌하려는 욕구는 낯설었다.

자유로운 의사표시의 제한은 현실 세계에서는 기본법에 자명하게 정해져 있다. 이것의 준수를 담당하는 것은 국가 법정이지 도덕적 자경단원이 아니다.

의견에서 가장 좋은 점은 그게 옳다는 걸 증명할 필요가 없다는 것이다. 그러니까 옳거나 틀린 의견이란 없다.

인간이 지구 평균 온도를 소수점 뒷자리까지 정확하게 조종할 수 있다는 의견은 전혀 말도 안 된다는 의견과 마찬가지로 완전히 합법적이다.

내가 볼 때 이런 구조에서 의사표시를 점검하는 사적인 팩트 체커는 반드시 필요한 존재는 아니었다. 이런 관점에서 팩트 체커라는 직업은 트집쟁이와 주차 위반 밀고자의 중간쯤에 있었다. 하지만 나는 실패한 저널리스트가 인터넷에서 도덕의 본보기가 되어 두 번째 기회를 갖는 걸 진심으로 빌어주기는 했다.

그러나 이건 내가 변호사의 일원으로서 세계를 보는 관점이었다. 선입견의 거품을 벗어나기 위해서라도 나는 수수께끼 같은 이 직업에 대해 하이코에게서 직접 듣는 기회에 더욱 흥미가 생겼다.

"자네가 하는 일이 정확히 뭐야?" 내가 물었다. "하루 종일

포스팅과 블로그의 거짓 진술을 검사해?"

"그것도 하지. 하지만 더 다양해. 예를 들어 오늘 우리는 어느 문화 재단을 위해 지원자의 소셜 미디어 활동을 검사했어. 그런데 이 지원자가 7년 전에 보수 우익 블로거의 페이스북 댓글 여러 개에 '좋아요'를 누른 게 확인됐지. 우리가 그걸 밝혀내서 다행이었어. 하마터면 그가 다음 주에 계약서에 서명할 뻔했지 뭐야!"

5분 전까지만 해도 하이코는 마약 딜러였던 자신의 6년 전 과거를 내가 얼른 잊어주길 바랐다. 이런 점에서 타인의 더 오래된 과거 의사표시에 대한 그의 접근 방식은 도덕적으로 상당히 탄력적이라는 생각이 들었다. 하지만 뭐, 소셜 미디어는 내가 잘 아는 세상이 아니니까.

"그렇군…. 그러니까 우리 둘 다 의뢰인의 안녕을 책임지는 거네." 나는 우리의 공통점을 꺼내려고 애썼다.

"흐음, 글쎄. 나는 내 직업이 형사사건 변호사보다는 더 큰 사회적 맥락 안에 놓여 있다고 봐."

나는 이 말이 내 직업에 대한 평가절하라고 생각하지 않으려고 신중하게 노력했다. 하이코가 자기 직업에 자부심을 가진 사람이라는 가치 중립적인 정보를 인식하는 데만 집중했다.

"자네들 변호사와는 달리 우리 저널리스트들은 입장을 보여야 하니까."

강제로 하는 행위는 언제나 미심쩍었다.

"입장이란 무척 사적인 게 아닐까? 내가 보기에 입장은 그러니까… 마치 페니스 같은 거야! 누구든 페니스가 있거나 없지. 하지만 그걸 계속 모든 사람에게 내보이고 다니지는 않아."

하이코는 내 논거에 동의하는 대신 평가했다.

"성 정체성의 편협한 귀속은 입장이라는 것과는 완전히 반대야."

나는 이 진술이 논거와는 완전히 반대라고 생각했지만 넓은 아량으로 소리 내어 말하지는 않았다.

"그냥 예를 든 거야. 입장이란 타인에게 지속적으로 보여주지 않아도 보이는 거라는 말을 하려던 거지…."

"입장이란," 하이코가 설명하려고 애썼다. "열린 사회에서는 보여줘야 하는 거야. 성별이나 연령, 인종에는 상관없이. 이걸 명확하게 보여주는 데 다른 대안은 전혀 없어."

나는 '대안 없음'이라는 논거에 대안을 언급하는 실수를 범했다.

"신분증에 주요 자료가 적힌 사회가 장점이 있다고 누군가 생각한다면? 그것 또한 입장이야. 그저 다른 입장일 뿐이지."

"열린 사회에 반대하는 사람은 우파야."

또 궤변이로군. 얼른 주제를 바꿔야겠어. 가능한 생각 지평선의 절반을 자발적으로 못질해서 막아버린 남자와는 무엇에 대해 이야기해야 하지? 자동차! 그래, 자동차는 언제나 통해.

"자네 포르셰에 문이 있나?" 내 질문에 당황한 하이코가 어리둥절한 표정으로 나를 빤히 바라봤다. 자기 자신을 축으로 빙빙 도는 어린이용 회전목마에서 방금 곤두박질한 사람 같았다.

"당연히 있지. 왜 그래?"

"흠, 그렇다면 열린 사회에 대한 자네의 상상도 유한한 것이로군."

"무슨 뜻인지…."

"어떤 사람들은 열린 사회의 경계를 국가 주위에 둘러. 또 어떤 사람들은 자기 포르셰에 두르지. 그러니 의견 차이가 아주 큰 건 아니야. 자네는 경계를 조금 더 좁게 두를 뿐이지."

나는 이 논거로 분열이 아니라 결합한 게 무척 자랑스러웠다.

"증오는 의견이 아니야." 하이코가 보인 반응이었다.

그와는 왠지 대화가 제대로 이루어지지 않았다. 무슨 이야기를 하든 결국 내가 그에게서 보는 것은 계속 상투적인 문구를 늘어놓는 멍청이였다. 내 전처와 잠자리를 하고 있고, 그래서 필연적으로 내 딸과 만나게 될 멍청이.

나는 브라이트너 씨의 명상 훈련을 떠올렸다. 그는 이 훈련을 '가치 중립적인 거리 두기'라고 불렀다.

어떤 사람이 당신을 무척 사적인 면에서 화나게 한다면, 일단 머릿속으로 그 사람을 당신과의 관계망에서 제거하라. 가치 중립적으로 거리 두기를 하라. 당신 사장이 아니라 어떤 사람이 시끄럽게 구는 것이다. 당신 종업원이 뻔뻔한 게 아니라 어떤 사람이 선을 넘는 것이다. 당신과 약속한 사람이 당신을 바람맞힌 게 아니라 어떤 사람이 시간 약속을 잘 지키지 않는 것이다. 일단 당신과의 연결을 끊으면 그 사람이 시끄러운 이유를, 선을 넘는 이유를, 시간을 지키지 않는 이유를 사랑을 가득 담아 물어볼 수 있다.

나는 이 훈련을 하이코에게 적용했다.

내 전처와 잠자리를 하고 내 딸과 필연적으로 만나게 될, 상투적인 문구를 늘어놓는 멍청이라는 관계망에서 전처와 딸을 머릿속으로 제거했다.

가치 중립적으로 볼 때 그 후에는 그저 상투적인 문구를 늘어놓는 멍청이만 남았다.

이제 내가 할 일은 이유를 물어보는 것뿐이었다.

"그 '팩트 체크'라는 걸 왜 해?" 내가 물었다.

"사회가 진실을 알 권리가 있기 때문이지."

"누구 쪽의 진실?"

하이코는 또 당황한 표정으로 나를 빤히 봤다. 내 질문은 그의 기계적 도덕 장치에 버스럭대는 소리를 내며 꽂힌 막대기 같았다.

나는 우리가 말하는 진실의 불일치가 하이코의 세계상에 너무 고통스러운 변형을 가져오기 전에 질문을 취소했다.

"잊어버려. 그건 그렇고 자네들은 팩트 체크를 어떻게 해?"

나는 낯선 세계를 보여주는 하이코의 말에 흥미진진하게 귀를 기울였다. 그는 자기와 동료들이 에이전시에서 증오 선동 발언과 가짜 뉴스를 퍼뜨리는 사람들을 어떻게 확인하는지 열정적으로 설명했다. 저널리스트의 자질로 수상쩍은 텍스트 내용을 누구나 접근 가능한, 정평 있는 출판물과 비교함으로써 확인한다고 했다.

가치 중립적으로 사랑을 담아 볼 때 이의를 제기할 게 없는 기술이었다.

가톨릭교회도 갈릴레이와 코페르니쿠스와 케플러에게 이것과 똑같은 방식을 성공적으로 적용했다.

하이코 역시 태양을 중심 별로 보는 이 우주 멍청이들의 음모론 전파를 막았을 거라고 생각하니 안심이 됐다. 모든 것이 태양 중심이고 지구를 부인하는 자들을.

하이코가 말을 하고 또 하는 동안 나는 팩트 체커라는 직업이 수백 년의 전통을 가지고 있으며, 지난 몇십 년 동안 엄청나게 눈부신 기술적 발전을 이루었음을 점점 더 확실히 알게 됐다.

예전에는 통용되는 세계관과 맞지 않는 출판물을 번거롭게 몰아내거나 베를린 도이치 오페라 극장 앞에서 불태워야 했다.

오늘날에는 간단하게 버튼만 누르면 삭제할 수 있다.

1980년대 중반까지만 해도 편지 내용이 인정할 만한 진리에서 벗어나는지 알아보기 위해 라이프치히나 드레스덴 또는 동베를린의 꽉 막힌 지하실에서 수증기를 쐬어가며 편지 봉투를 열어야 했다.

지금은 이 세상의 모든 카페에서 노트북으로 할 수 있다. 인터넷은 편지 봉투를 알지 못한다. 팩트 체커라는 직업은 세월이 흐르면서 장벽이 사라져 배리어 프리가 됐다.

불을 붙이고 물을 100도로 끓이는 인지능력조차 이제 더는 세상을 더 좋고, 더 평화롭고, 더 평등하고, 더 증오가 없는 곳으로 만들기 위한 최저 요구가 아니었다. 클릭 한 번이면 충분했다.

나는 직업 이해와 관련된 하이코의 독선에 몇 번이나 흥분하기 직전까지 갔다.

하지만 그때마다 명상 덕분에 다시 감사하는 마음으로 돌아왔다.

하이코가 스스로 도덕적 대가라고 느끼는 이유는 그가 사상의 자유라는 거인의 어깨에 올라앉아 있기 때문이었다.

그러나 자기가 이 거인의 옷깃에 계속 오줌을 싸고 있다는 사실은 알지 못했다.

나는 하이코가 존재한다는 데 감사했다.

그 덕분에 관용이 뭔지 똑똑하게 알게 됐으니까.

어쨌든 거인의 관용에 대해서는.

만남이 끝날 무렵 나는 하이코와 내가 완벽하게 서로 다른 기포 속에서 살고 있음을 지극히 가치 중립적으로 확인할 수 있었다. 나에게는 이게 전혀 문제가 되지 않았다.

기포와 관련해서 말하자면 나에게 인생은 샴페인 한 잔과도 같았다. 서로 떨어진 채 높은 곳으로 올라가려는 많은 기포들은 품질의 특징이었다.

하이코가 인생을 라바 램프(전구를 켜면 열을 받은 왁스가 녹아 위쪽으로 상승했다가 냉각되어 내려오기를 반복하는 램프―옮긴이)로 본다면, 회오리치는 기포 하나가 다른 기포가 터져서 자기에게 길을 내주기를 기다리는 그런 램프로 본다면 나는 그 또한 받아들여야 했다.

하이코는 나와 사고방식이 같지 않았다. 하지만 그가 나와 같을 필요는 전혀 없었다. 그는 내 마음이 아니라 카타리나의 마음에 들어야 했다. 그가 그렇게 한다면, 그리고 그에게서 에밀리에게 구체적인 위험이 될 만한 게 발견되지 않는다면 그를 적대적으로 생각할 이유가 없었다.

그에 대한 인상은 에밀리 스스로 얻을 터였다.

카타리나와 나의 보호를 받는 테두리 안에서.

나는 이게 가능하다는 점에도 감사했다.

45분 동안 수다를 떨고 헤어질 때까지 하이코는 현재 내 삶에 대해 단 한 가지도 묻지 않았다. 나는 그가 이미 나에 대한 모든 팩트를 체크했을 거라고 생각했다.

그런데 그는 작별 악수를 하면서 나를 놀라게 했다.

"자네, 카타리나에게 우리가 알던 과거 이야기를 할 거야?"

나는 아연실색해서 물었다.

"내가 왜? 나는 '자네'가 카타리나에게 진실을 밝힐 거라고 생각했는데."

하이코가 잠시 망설이다가 입을 뗐다.

"난 카타리나를 속이지 않을 거야. 약속하지."

'속이지 않다'와 '진실을 밝히다' 사이에는 말하지 않는 진실만큼 커다란 차이가 있다는 걸 나중에야 알게 됐다.

추억에서 다시 현실로 돌아왔다.

나는 프랑스 피레네산맥의 침대에 누워 있었다. 나중에 누가 나를 돌볼까에 대해 명상하면서.

하이코는 아마 아닐 테지.

그리고 고전적인 가족 구조의 의미가 무엇인지 곰곰이 생각해봤다. 나는 다시 한번 순례 일지를 꺼내 조금 더 적었다.

충만한 삶을 위해 고전적인 가족 구조가 필요한지는 모르겠다. 하지만 내가 그것과 연결된 안전을 그리워한다는 건 안다. 가족의 의미는 늙기 전에 스스로를 보살피는 것이기도 하다.

18

최소화

더는 하지 않고서야 삶의 일상적인 일들이 얼마나 아름다운지 깨닫
게 된다.

_____ 요쉬카 브라이트너, 『내면을 향한 발걸음─자아 발견을 위한 순례』

다음 날 아침 나는 옷을 입을 때 몇 가지 질문을 하며 곧장 첫
번째 순례의 영감을 시작했다. 팬티와 티셔츠가 세 장 있다면
순례 첫날에 깨끗한 속옷을 입는 게 나을까, 아니면 어제 입고
잔 속옷을 입어도 될까?

전날 속옷을 입는 일은 언제나 타임 슬립 같은 느낌이었다.

나는 방금 시작된 미래를 움직이는 중이지만 옷과 관련해서는 여전히 과거였다. 수십 년 전부터 익숙한 기분이었다. 어린 시절, 아플 때 그랬다. 군대에서 36시간 훈련 중에 옷을 갈아입을 기회가 전혀 없을 때도 그랬다. 대학생 때 파티에서 알게 된 여자와 밤을 보내고, 다음 날 아침에 술이 덜 깬 채 입던 옷차림 그대로지만 행복한 기분으로 자전거를 타고 깨끗한 옷을 입은 직장인들을 지나 집으로 돌아갈 때도 그랬다.

나는 이제 어제 입었던 옷을 입고 배낭을 앞에 둔 채 호텔 객실에 서 있었다. 아프지 않았고, 이건 훈련도 아니었다. 섹스나 숙취는 이미 오래전부터 나와 관련이 없었다.

곰곰이 생각에 잠겼다. 순례의 진짜 첫날에 입던 옷을 입는다면 이날을 깨끗하게 시작하는 게 아니라 '오래된 나'의 냄새를 풍길 것이다. 새 옷을 입고 시작하면 겉으로 보기에는 깔끔하지만 입던 옷을 배낭에 넣고 다녀야 한다. 게다가 저녁에는 가지고 있는 옷 세 벌 중에 두 벌을 빨아야 한다.

나는 순례 여행에서 첫 번째 철학적 결정을 내렸다. 입던 옷을 그냥 입자. 지극히 실용적인 이유에서였다. 내 안에는 발견해야 할 아주 많은 '내'가 들어 있어서 어제 입던 옷에서 풍기는 약간의 '오래된 나'는 그다지 중요하지 않을 터였다.

아침 식사 때 내 몸이 뭔가 다르게 보였다. 깨끗하게 샤워를 했는데도 왠지 거칠었다.

롤란트와 나는 8시에 호텔 앞에서 만나기로 약속했다.

문 앞에 서 있자니 수많은 순례자들이 나를 스쳐 지나갔다. 꽤 크게 무리 지어, 몇 명씩 소규모로, 또는 혼자서.

"카미노에서는 늘 이래." 나에게 다가온 롤란트가 회의적인 내 눈길을 제대로 해석하고서 말을 걸었다.

"아침 8시의 슈퍼마켓 입구와도 같지. 문 앞에는 일찍 장을 보려는 사람들로 붐비는데 문 안쪽은 선반에 물건들이 가득해. 텅 빈 쇼핑 천국이야."

그러자 4주 동안 무리 지어 순례하게 될지도 모른다는 내 걱정이 조금 흩어졌다.

"자, 이제 어떻게 하지?" 내가 물었다.

"이제 쇼핑하러 가자. 자네는 순례자 지팡이도, 가리비도 없는 것 같군."

그가 옳았다. 나는 야고보의 길을 걷는 다른 모든 자아들의 식별 표시를 통해 내 자아를 발견하고 싶은 생각은 없었다.

"필요 없어." 그래서 이렇게 대답했다.

롤란트가 미소를 지었다.

"자네는 필요하지 않더라도 다른 순례자들을 위해 있어야 해. 그런데 아마 필요할 거야. 순례는 지극히 사적인 자아 발견이지만 공동의 경험이지. 그게 아니라면 자네는 그냥 지하실에서 스테퍼를 800킬로미터 밟을 수도 있어. 지팡이와 가리비는 식별 표시야."

"배낭이랑 똑같은 길이라는 식별 표시보다 더 크다고?"

"신이 카미노의 식별 표시가 배낭이 되길 원했다면 야고보의 시신을 실은 배에 배낭을 걸었겠지. 하지만 그러지 않았어."

우리는 제일 가까운 기념품 상점으로 갔다. 나는 지팡이와 조개를 샀다. 이때만 해도 이 두 가지가 나에게 실제로 탁월한 도움을 줄 거라고는 미처 예상하지 못했다. '메이드 인 차이나'라는 문구로 보아하니 이 두 가지는 내가 앞으로 이 둘과 함께 가게 될 여정보다 더 먼 거리를 이미 나 없이도 지나왔다.

순례자들의 주류와는 반대로 우리는 일단 순례자 편지를 사자 형제단 수도원에 넣기 위해 생장의 동쪽으로 향했다. 중세 수도원 건물은 걸어서 15분쯤 걸리는 외곽에 있었는데, 첫눈에 보기에도 무척 초라해 보였다. 롤란트라는 안내자가 없었더라면 오래된 농가라고 생각했을 것이다. 안내판도 없는 막다른 길이 국도에서 건물로 이어졌다. 건물은 2미터 높이의 자연석 담에 에워싸여 있고, 담 앞에는 거친 덤불이 우거져 있었다. 잠겨 있는 커다란 나무 문이 수도원 대지에 들어가는 것을 막았다. 문 오른쪽에 덮개가 덮이고 틈새가 뚫려 있는 돌 상자가 담과 덤불 사이에 살짝 가려져 있었다. 우편함이었다.

순례자의 편지는 두 번 접은 A4 용지일 뿐이고, 산티아고데콤포스텔라에서 우리에게 다시 전해질 수 있도록 그 위에 이름만 쓰여 있었다. 내 편지에 쓰인 이름은 내 이름이 아니었다. 상당히 솔직하게 작성한 편지 내용이 언젠가 자백이 되어 나에게 돌아오는 걸 피하고 싶었기 때문이다. 그렇지만 4주 후에 정말로 나의 다른 자아가 이 편지에서 발견될지 기대가 됐다.

　순례자 몇 명이 맞은편에서 수도원으로 다가왔다. 순례자 편지라는 관습이 완전히 사라지지는 않은 듯했다.

　롤란트와 나는 전날 쓴 편지를 틈새로 밀어 넣었다.

　내 순례가 시작됐다.

19

시간

모든 시간 구분은 자의적이고 주관적이며 상대적이다. 그러므로 당신에게 의미 있고 객관적이며 완벽한 시간 단위는 하나뿐이다. 바로 당신의 인생이다.

─────────── 요쉬카 브라이트너, 『내면을 향한 발걸음─자아 발견을 위한 순례』

"한 달은 얼마나 길어?" 내가 한 달 동안 옆에 없을 거라고 말하자 에밀리가 물었다.

"한 달은 4주쯤 돼."

"4주는 얼마나 길어?"

"4주는 날짜로 계산하면…."

에밀리가 화난 표정으로 눈을 흘겼다.

"무슨 말인지 알잖아! '비비와 티나'로 몇 회 동안이야?"

나는 에밀리에게 시간 감각을 알려주려고 이해하기 쉬운 단위인 '비비와 티나' 텔레비전 시리즈의 길이로 시간을 설명하는 습관을 들였다. 한 회는 약 30분이었다.

내 유년기로 바꾸어 계산하면 '세서미 스트리트' 한 회였다.

카타리나 집에서 내 집까지는 '비비와 티나' 반 회분이 걸렸다.

카타리나의 엄마 집까지는 '비비와 티나' 한 회분이었다.

여행 가느라 차를 탈 때면 늦어도 '비비와 티나' 4회분을 본 후에는 쉬었다.

'비비와 티나' 시리즈는 우리 집에서 짧은 기간을 표시하기 위해 자리 잡고 지켜진 시간 구분이었다.

내가 비뇨기과 의사에게 방광 기능을 설명하면서 늦어도 '비비와 티나' 5회분 후에는 화장실에 가야 한다고 말했을 때는 설명이 필요한 혼란이 일어났다.

그래서 4주의 순례 일정이 '비비와 티나'로 몇 회분인지 계산해야 하는 문제에 처했다.

나는 스마트폰을 꺼내 계산기 앱을 켜고 계산하기 시작했다.

"28일 곱하기 24시간 곱하기, 한 시간에 2회니까… 1,344회구나."

에밀리 표정을 보니 이 정보나, 내가 한 달 동안 없을 거라는 정보나 이해하지 못하기는 매한가지였다.

하지만 그게 상당히 긴 시간이라는 건 확실하게 깨달았다.

에밀리가 나를 꼭 안았다.

"너무 길어."

나도 그렇게 생각한다고 말하고 싶었다. 하지만 내 휴식에 대해 더는 의심하고 싶지 않았다.

"그래, 우리 아가. 무척 길지. 하지만 생각해봐…." 나는 아이가 한 달을 이해할 만한 다른 시간 단위를 생각해내려고 필사적으로 애썼다. "한 달은… 무용학원에 네 번 가는 시간이야."

나는 에밀리와 함께 반년 전부터 어린이 무용학원에 가고 있다.

어린이 무용학원은 군용 배낭을 어깨에 메고 생장피에드포르에서 행군을 시작한 원인 중 하나이기도 했다.

그곳은 내가 원하는 게 뭔지 모른다는 사실을 항상 확연하게 깨닫게 해주는 장소였다.

지난 반년 동안 나는 딸이 다섯 살짜리 19명과 함께 무용 체조를 하는 사이에 꽤 오랜 시간을 학원 대기실에서 보냈다. 아이들에게 동시성이란 스무 가지의 서로 다른 개별적 개념이었다. 나는 유리를 통해 에밀리를 지켜보며, 각각 다르게 움직이는 19명의 엄마들이 하는 이야기에 귀를 기울였다. 그들은 지금 그곳에 없는 남편이 얼마 안 되는 여가 시간에 짬을 내어 세워준 접이용 풀장에 대해 이야기하는 중이었다.

그럴 때면 나는 마약과 섹스, 폭력과 같은 진짜 문제를 해결하는 좀 더 의미 있는 일에 내 시간을 쓰는 게 어떨까 늘 머릿속으로 질문하곤 했다. 그렇게 한 후에 긴장을 풀고 딸을 위한 시간을 내면 될 텐데.

내가 어린이 무용학원에 있으면, 나는 어린이 무용학원에 있다.

내가 마피아 기업을 운영할 때면, 나는 마피아 기업을 운영한다.

이렇게 하는 게 바로 명상이 아닌가.

문제는 내가 어린이 무용학원에 있고 싶은지, 아니면 마피아 기업을 운영하고 싶은지 스스로 알지 못한다는 것이었다.

예전에는 구속적부심사와 구두 협상과 계약 상대방 압박 일정이 나를 제멋대로 이리저리 끌고 다녔다.

그럴 때면 나는 딸과 함께 있고 싶었다.

독립하고 자유 시간이 많이 생긴 후로 나는 딸과 함께 여기저기 바삐 돌아다녔다. 무용학원과 동물원과 미지근한 풀장만이 아니었다.

에밀리는 그렇게 돌아다니는 중에도 이리저리 콩콩 뛰었다.

이 운동화. 아니, 다른 거. 동물원에서는 무조건 제일 먼저 원숭이에게. 아니, 우선 사자부터. 수영장의 큰 미끄럼틀. 아니, 다시 계단으로 내려갈래. 아니… 다시 올라갈 테야.

결심이 서 있는 마피아를 담당하는 일이 부주의한 다섯 살짜리를 돌보는 일보다 부분적으로는 훨씬 쉬웠다.

다시 말해서 내가 대형 로펌에서 나온 뒤로 장소와 사람은 달라졌다.

그러나 분주함은 똑같았다.

나는 여전히 외부의 통제를 받는 듯한 느낌이었다.

전처의 직업에.

다섯 살짜리 딸의 변덕스러운 행동에.

진로를 벗어나게 한다며 내가 딸에게 마음속으로 야단치는 순간들이 실제로 있었다.

그렇게 함으로써 진로가 없는 사람이 사실은 나라는 걸 속였다.

브라이트너 씨는 내 생일 파티 분석을 통해 정곡을 찔렀다.

내가 정말 뭘 원하는지 절박하게 생각해봐야 했다.

나는 명상을 통해 항상 나의 중심으로 다시 돌아왔다.

이제 자아를 찾아야 했다.

삶을 즐기고 그 즐거움을 딸과 나눌 수 있는 아버지가 되기 위해서도 이 일은 중요했다.

어쨌든 '비비와 티나'에서 어린이 무용으로의 시간 단위 교체는 효력을 나타냈다.

"어린이 무용 네 번?" 에밀리가 놀라서 물었다. "그러면 괜찮아. 나, 선물 받을 수 있어?"

나는 여행을 다녀올 때면 아무리 짧은 여행이더라도 딸에게 늘 선물을 사다 줬다.

"당연하지."

"혹시 그 전에 받을 수 있어?"

딸은 훌륭한 협상가였다.

"왜 미리 받겠다는 거니?"

"아빠가 떠난 뒤에 너무 쓸쓸하지 않으려면."

"어떤 선물을 원해?"

"토끼."

나는 이제 여기 있다. 야고보의 길에. 어린이 무용 네 번과 토끼 한 마리.

순례 일지에 마음속으로 메모했다.

즐거움을 나눌 수 있게 삶을 지금 여기서 즐긴다는 것, 그게 인생의 의미일 수도 있다.

20

오리송

이 세상 만물에는 우리 스스로 그것에 두는 만큼의 의미가 있다.

—————————— 요쉬카 브라이트너, 『내면을 향한 발걸음─자아 발견을 위한 순례』

오리송은 집 한 채 반으로 이루어져 있었는데, 서른 명쯤 묵을 수 있는 숙소였다. 이곳은 카미노에서 내가 처음 머문 순례자 숙소였다.

롤란트와 나는 이른 오후에 그곳에 도착했다. 우리는 아래 층 공동 침실을 받았다. 2층 침대 여섯 개와 화장실과 샤워실 이 있었다. 롤란트와 나는 2층 침대 하나를 쓰기로 했다.

저녁 식사 전에 시간이 충분해서 나는 샤워를 하고 빨래도 하고 내 옷의 다음 3분의 1을 입었다.

우리는 깨끗하고 행복한 상태로 본채 맞은편 테라스에 자리를 잡고 앉았다. 레드 와인을 한 잔씩 앞에 놓고 6시에 저녁 식사가 시작될 때까지 시간을 보냈다. 저렴하고 무거운 와인은 더운 외부 온도 때문에 각 얼음을 하나씩 띄운 유리잔에 담겨 있었다.

우리는 건배를 하고 와인을 한 모금 마셨다. 그런 다음 롤란트는 와인 잔을 자기 앞쪽 목제 테라스 난간에 올려놓고 자그마한 검정 수첩을 꺼냈는데, 내 것과 무척 비슷했다.

"당신도 순례 일지를 써?" 내가 호기심을 보이며 물었다.

"아니, 이건 질문 일지야."

무슨 뜻이냐는 표정으로 바라보자 롤란트가 말을 이었다.

"나는 그다지 신앙심이 깊은 사람은 아니지만 신을 믿어. 그리고 사후에 신 앞에 가서 사는 동안 대답을 얻지 못했던 온갖 질문들을 할 수 있을 거라고 짐작해. 아니, 짐작이라기보다 그렇게 되길 강력하게 바라지. 그 질문들을 모으고 있어. 이렇게 하면 사후에도 내가 질문들을 기억하고 있을지도 몰라."

흥미로운 접근 방식이었다.

"어떤 질문들인데?" 내가 물었다.

롤란트는 반 정도 채워진 수첩을 주르륵 넘기다가 한 페이지에 멈추고는 와인 잔을 가리켰다.

"여기. 예를 들어 알코올과 술 취함에 관한 질문도 그중 하나지. 내 뇌가 불완전하기 때문에 즐기기 위해 알코올이 필요한 걸까? 아니면 뇌가 알코올을 즐길 수 있는 이유는 그저 신이 일부러 그렇게 만들었기 때문일까?"

"그게 유한한 삶에서 당신이 모은 질문 중 하나라고?"

"무한한 죽음 속에서 던질 질문 중 하나야. 시간이 많을 테니까."

나는 수첩을 계속 넘기는 롤란트를 내버려둔 채 내 순례 일지를 꺼내 메모했다.

삶이 수수께끼라면 죽음은 대답을 할 수도 있을 것이다.

나는 우리 앞에 놓인 꿈결 같은 풍경을 바라봤다. 작은 참새 한 마리가 테라스 난간을 따라 통통 뛰었다. 롤란트의 와인 잔을 본 참새는 아래쪽에서 잔을 쪼아 얼음에 닿으려고 했다. 주둥이로 두세 번 쪼아본 후에는 발로 잔의 가장자리를 움켜쥐고 고개를 숙여 얼음을 쪼으려고 했다. 나는 이 광경에 완전히 사로잡혔다.

그때 뭔가 내 머리 옆을 스치고 지나갔다. 그와 거의 동시에 눈앞에서 와인 잔이 깨졌다. 참새가 놀라서 날아올랐다.

지금껏 누군가 나에게 총을 쏜 적은 평생 한 번도 없었다. 하지만 방금 바로 그런 느낌이 들었다. 총알이 내 머리 옆을 지나

와인 잔을 맞힌 것 같았다.

나도 모르게 본능적으로 몸을 숙였다. "뭐였지?" 놀라서 롤란트에게 물었지만 그는 여전히 느긋하게 질문 일지에 푹 빠져 있었다.

"참새가 내 와인을 쏟았어."

"아니, 잔이 먼저 깨지고 참새는 그 후에 날아간 것 같아."

"참새가 어떻게 잔을 깰 수 있겠어?" 롤란트가 미소를 지으며 나를 바라봤다.

나는 당황해서 미소를 짓고 어깨를 으쓱하며 주위를 둘러봤다. 테라스에 있는 손님은 우리뿐이었다. 우리 등 뒤에는 레퓨지가 있고 그 뒤는 숲이었다. 저격범은 사방 어디에도 없었다.

충격이 가라앉자 저격 가설은 아무리 생각해도 어딘가 이상했다.

누군가 총을 쐈다면 총성부터 들렸을 것이다.

그리고 무엇보다도 도대체 누가 나를 쏜단 말인가?

나에게 화를 낼 절실한 이유를 가진 사람, 그중 아직 살아 있는 사람은 한 명밖에 떠오르지 않았다. 스프레이 폼 중국인이었다. 하지만 그건 말이 안 된다. 쿠앙 씨는 내 역할도, 내 이름도 알지 못한다. 내가 지금 있는 장소는 당연히 더더욱 모를 테고. 아니면 그사이에 상황이 바뀐 건가?

여행 떠나기에 앞서 사샤와 마지막 나눈 대화가 머리를 스쳐 갔다. 겨우 하루 전의 일이었다.

우리는 수리한 내 랜드로버에 앉아 있었다. 사샤가 나를 역에 데려다줬고, 나는 그곳에서 고속 열차를 타고 프랑크푸르트 공항으로 갈 예정이었다.

에밀리와 카타리나와는 그 전에 내 집에서 간단하게 아침을 먹으면서 작별했다.

"앞차축이 부러졌던 거 말이야. 운전하면서 전혀 못 느끼겠군." 사샤는 이제 시작될 내 순례 여행의 계기가 된, 지금으로부터 두 달 전 호텔에서의 그날 저녁을 넌지시 빗대어 말했다.

"자동차는 그 생일 파티 저녁에서 아무런 상흔도 없이 회복됐어." 내가 대답했다. 스프레이 폼 사건도 아무 일 없이 잊힌 듯했다.

스프레이 폼 중국인은 대표단과 함께 이번 주 초반에 그 사건 이후 두 번째로 호텔에 숙박했다. 우리는 차오 규칙을 철저하게 지켰다. 에스 익스클루시브는 중국인들을 더는 받지 않았다. 하이에네와 샌디는 중국인이 이곳에 있는 동안 에이전시에 의해 격리됐다. 발터의 팀원들이 우리를 경호하고 쿠앙 씨를 감시했다.

감시 결과 쿠앙 씨는 자기가 당한 학대에 보복할 생각은 전혀 하지 않는 듯했다.

호텔 안내원은 예방 차원에서 업무 명단에서 빠졌다.

"차오 규칙 덕분에 중국인 문제도 해결됐고." 내가 덧붙였다.

"그래. 그러니 자네는 느긋하게 순례를 떠나도 돼."

"하이에네와 샌디는 격리를 잘 견디고 있어?"

"아주 잘 견디지. 다른 에이전시의 손님이 둘을 2주짜리 호화 여행에 초대했대."

내 귀에서 첫 번째 알람 종소리가 마구 울렸다.

"다른 에이전시라니?"

"에스 익스클루시브에서 일하지 않는 동안 다른 에이전시에서 일하니까."

"그 둘은 '격리'의 의미를 제대로 이해하지 못했군."

"왜? 에스 익스클루시브에서 격리됐으니 우리를 통해 예약을 할 수 없어. 그리고 14일 동안 다른 곳에 가 지낸다는 건 상당히 길게 격리하는 거잖아. 게다가 둘은 '주의'하고 있어."

"그러니까 누구라도 다른 에이전시 웹사이트에서 그 둘을 볼 수 있겠군. 그렇지?"

"음, 그렇긴 하지만⋯."

"차오 규칙은 모든 사람이 지켜야 제대로 이루어져! 지금 그 둘이 중국인에게 잡혀서 연락이 안 되는 거면 어떡해?"

"발터의 직원들이 쿠앙 씨를 철저하게 '감시'했어. 그는 두 여자와 아무 연락도 하지 않았대."

"확실해?"

"날 못 믿어?"

"못 믿는 게 아니야. 하지만 감시에 틈이 생길 수 있다는 걸 알기 때문에 그래. 발터에게 잠깐 전화하자."

발터는 중국인에 대한 감시가 빈틈없이 이루어졌다고, 그런데 그가 힐튼 호텔로 들어간 세 시간이라는 소소한 시간대만 빈다고 알려줬다.

"세 시간은 에스코트 걸 두 명을 고문해서 우리 모두의 이름을 알아내기에 충분한 시간이야." 나는 그 시간대에 일어날 수 있는 일을 비판적으로 요약했다.

"그 말이 옳아. 하지만 두 사람이 14일 동안 이곳 힐튼 호텔에서 휴가를 보내지는 않겠지." 사샤가 대답했다.

"둘에게 전화해서 어떻게 지내는지 물어봤어?"

내가 묻자 사샤가 살짝 창백해졌다.

"으음, 둘은 떠날 때 휴가 기간 중에 연락이 닿지 않길 원한다고 말했어. 디지털 디톡스라고. 그래서 아무도 연락할 수 없대."

디지털 디톡스. 나는 그게 얼마나 중요한지, 나 자신에게도 얼마나 좋았는지 알고 있다.

하지만 그 순간 하이에네와 샌디에게 연락할 수 없다는 디지털 디톡스의 실용적인 적용이 나를 무척 불안하게 만든다는 걸 깨달았다. 연락이 닿지 않는다는 게 아무 의미도 없을 수도 있지만 어쩌면 뭔가 일이 생겼을지도 모르니까.

나는 하이에네와 샌디가 해변이 아니라 땅속에 누워 있을 수도 있다는 가능성 때문에 불안해지고 싶지 않았다. 그리고 그 전에 두 사람이 중국인에게 우리 이름을 댔을지도 모른다는 이론적인 생각이 내 순례에 실제로 아무 영향도 끼치지 않기를 바랐다.

하이에네와 샌디도 감시하라고 명령을 내리지 않은 것에 짜증이 났다. 똑같은 실수를 다시는 저지르지 말아야지.

"그래, 좋아. 어쩌면 자네가 짐작하는 대로인지도 모르지. 하지만 위험한 일은 하고 싶지 않아. 오늘 나는 순례를 떠나. 자네는 모든 안전조치를 강화해. 이제부터 발터에게 카타리나와 에밀리도 경호하라고 해. 둘이 눈치채지 못하게 하면서 말이야."

"걱정 마. 혹시 무슨 일이 생기면… 자네에게 어떻게 연락을 해야 하지?"

콜걸 동료들도 디지털 디톡스라는 자유를 누리면서 전화를 받지 않아도 되는데 나만 안 되는 것 같았다. 순례를 하면서 피하려던 게 바로 뭔가 일이 생겼다는 연락을 받는 거였다.

"전에 말했던 대로야. 위급 상황이 생기면 카타리나에게 '부엔 카미노'라고 전해."

나는 머릿속으로 다시 지금 여기로 돌아왔다. 오리송 숙소

테라스에 앉아서 구형 휴대폰을 뒤졌다. 카타리나에게서 온 문자는 없었다. 사샤는 '부엔 카미노'를 보내지 않았다.

어쩌면 와인은 정말 참새의 짓이었는지도 모른다. 내 머리를 스쳐 지나간 총알은 곤충이었을 테고.

걱정할 필요가 없었다.

롤란트가 깊은 생각에 잠긴 나를 깨우기까지는.

"방금 저 사람 봤어?"

"누구 말이야?"

"어떤 중국인이 기타 케이스를 들고 숙소를 지나가네. 이상하군⋯."

나는 중국인을 못 봤다.

"뭐가 이상한데?"

"어쩌면 그냥 오랜 검사 생활로 얻은 수사 본능일지도 몰라. 하지만⋯ 저녁 6시가 조금 안 된 시각에 숙소를 그냥 지나가는 순례자가 어디 있을까? 숙박이 가능한 다음 장소는 18킬로미터나 떨어져 있는데 말이야. 그리고 순례를 하면서 기타를 가지고 다닌다? 그것도 케이스에 넣어서?"

아마 소음기 달린 총으로 와인 잔을 쏘는 중국인이겠지. 이렇게 생각하자 걱정을 가득 실은 생각의 회전목마가 저절로 다시 돌아가기 시작했다.

하지만 어쩌면 음악을 좋아하고 어둠 속에서 혼자 걷기를 즐기는 사람인지도 몰라. 이런 대안을 실은 회전목마도 출발했다. 하지만 이걸로는 깨진 와인 잔이 설명되지 않았다.

어쩌면 참새가 얼음에 오줌을 쌌는지도 모르지. 순식간에 온도가 올라가자 얼음이 폭발하듯 깨지고, 얼음 조각이 잔에 부딪치면서 깨졌고 말이야.

나는 지금 수백만 개의 호러 시나리오와 진부한 시나리오를 생각해낼 수도 있고, 그냥 내버려둘 수도 있었다.

기타 케이스를 든 중국인은 그저 기타 케이스를 든 중국인일 때도 있다.

그리고 참새는 이따금 잔을 깨기도 하고.

21

저녁 식사

함께하는 식사는 무척 결속을 잘하는 의식이다. 출신을 막론하고 누구에게든 거기에 내재한 기본 욕구는 음식과 연관이 있기 때문이다. 하지만 이건 독살의 경우에도 마찬가지다.

—————— 요쉬카 브라이트너, 『내면을 향한 발걸음─자아 발견을 위한 순례』

"롤란트, 비요른. 말도 안 돼!" 롤란트와 함께 넓은 식당에 들어서는데 귀에 익은 여자 목소리가 우리를 맞았다.

몽 셰리 에비도 첫날 순례 목표를 우리와 똑같이 잡은 모양이었다. 나는 슈퍼마켓을 예로 든 롤란트의 말이 지극히 옳다는 걸 순식간에 깨달았다. 슈퍼마켓에 함께 들어선 손님들은 처음에 잠시 여러 통로로 흩어진다. 그러다가 특정한 중심점에서 계속 다시 만나게 된다. 과일 선반과 고기 판매대, 그리고 늦어도 계산대에서는 다시 모여 서 있다. 아니면 첫 번째 순례자 숙소에서 만나거나.

에비는 전날보다 더 흥분했고 할 말도 많았다. 그 사실을 미처 깨닫기도 전에 우리는 나무 벤치에 함께 앉아 있었다.

숙소 식당에 있는 여섯 개의 긴 식탁은 50명쯤 되는 순례 손님들을 위해 단순하면서도 사랑스럽게 차려져 있었다. 하얀 종이 받침에 모든 순례자를 위한 식사 도구 한 벌이 놓여 있고, 잔과 물병과 볼록한 유리병에 담긴 레드 와인, 그리고 꽃도 있었다. 나지막한 이 공간의 천장 들보는 목제였다. 한쪽에는 판매대가, 다른 쪽에는 마이크가 있는 작은 연단이 있었는데 그게 뭘 위한 건지 처음에는 알 수 없었다.

우리는 저녁 식사를 하려고 나란히 앉았다. 에비가 중간에, 내가 그녀의 오른쪽에 앉았다.

금세 식당이 행복하고 기분 좋은 사람들로 채워졌다. 대부분은 우리처럼 어제 처음 순례를 시작한 사람들이었다. 유치원에서 처음으로 함께 밤을 보내는 고학년 아이들 같았다.

6시 정각에 모든 순례자를 위한 소박한 저녁 식사가 차려졌다. 멧돼지 냄비 요리와 피를 넣은 소시지 구이를 먹는 동안 옆에 앉은 에비는 돼지 같은 전남편과 피도 안 마른 예전 직원이 바람을 피운 사건을 낱낱이 이야기했다.

전남편은 에비가 고혈압으로 힘들어하는 걸 알면서도 그녀를 떠났다. 이별은 에비의 혈압을 더욱 높였다. 그래서 빨리 순례할 수 없다고 했다. 고혈압에도 불구하고 그녀를 떠나서 혈압을 더욱 올린 전남편 때문에. 그래서 자주 빨개지는 자기 얼굴에서 다른 데로 사람들 이목을 돌리려고 빨간 옷을 그다지도 많이 입는 거라고 했다.

누군가 이미 자발적으로 떠났는데도 다른 사람의 삶에 얼마나 깊게 현존하는지 목격하는 일은 놀라웠다. 나는 에비의 전남편을 본 적이 없는데도, 그는 이미 우리와 함께 택시를 탔고 이제는 식탁에도 함께 앉아 있었다. 그 사실은 소시지에 대한 내 입맛을 완벽하게 망가뜨렸다.

나는 머릿속으로 순례 일지에 메모했다.

인생의 의미는 자기 삶이 타인의 삶에 눌리도록 그냥 내버려두는 게 아니다.

이별 후에도 그 전의 삶에서 독립해야 할 삶이 남아 있다.

내 삶의 충만함이 타인의 태도에 종속되어서는 안 된다.

식사 후에 그릇들이 치워지자 숙소 주인(수염이 가득하고 느긋해 보이며, 삶을 긍정하는 미소를 띤 '미카'라는 통통한 남자)이 식당 연단에 올라 마이크를 스탠드에서 빼내어 잡았다.

그러고는 프랑스어 억양이 아주 많이 섞인 영어로, 원하는 순례자들은 이제 순서대로 자기소개를 해도 된다고 말했다.

나는 애초부터 자기소개를 하지 않을 작정이었다.

내가 지금 여기에 앉아 있는 이유는 브라이트너 씨에게 지난번에 짤막하게 했던 자기소개 때문이었다. 그 이후로 자기소개를 할 만한 새로운 깨달음이 없으므로 대중 앞에서 다시 소개를 반복하는 일은 포기했다.

마이크가 순서대로 식탁을 돌았다. 자기소개를 하고 싶은 사람은 마이크를 잡고 자리에서 일어나 이름을 말하고 자기 이야기를 잠깐 했다.

내 예상과는 다르게 무척 흥미로운 시간이었다.

함께 순례하는 사람들이 품은 삶의 진실에 최소한의 열람을 허락하는 소소한 이야기들은 인생 자체만큼이나 다양했다.

어떤 젊은 캐나다 여자는 그냥 몇 주 동안 소셜 미디어를 포기하고 싶다고 말했다. 그러면서 셀피 스틱으로 자기 영상을 찍었다.

마흔 살이라는 체구가 작고 뚱뚱한 이탈리아 남자는 카미노에서 15킬로그램을 빼거나 15센티미터 커지고 싶다고 했다.

예순 살 영국 여자는 남편이 사망한 후에 처음으로 혼자 여행에 나섰다고 했다.

20대 후반인 오스트레일리아 남자는 자신의 심리상담사가 그와 그의 아내에게 따로 휴가를 보내라고 조언했다고 말했다. 그가 찾아낸 가장 길고 가장 먼 목적지가 카미노라고 했다.

마침내 마이크가 우리 벤치로 왔다. 내 오른쪽 바로 옆에 앉은 남자가 마이크를 들고 자리에서 일어났다.

"음, 나는 클라디라고 합니다."

무슨 이름이 이렇지? 나는 옆의 남자를 처음으로 똑바로 바라봤다. 지금까지는 그저 곁눈질만 흘낏했는데, 그는 사람들이 자기소개를 할 때마다 휴대폰을 급하게 만지곤 했다.

남자는 내 나이쯤으로 보였다. 머리카락이 희끗희끗하고 짧았다.

"원래는 클라우스 디터인데, 내 친구들은 클라디라고 부르지요. 다시 말해서 꽤 많은 사람들이 그렇게 부른다는 뜻입니다."

그는 방금 씻은 린스 냄새를 풍겼다. 잭 울프스킨 브랜드의 체크무늬 셔츠에, 지어낸 듯한 미소를 걸치고 있었다. 아마 체력이 좋다는 걸 강조하고 싶은 모양이었다.

"직업은 음, 뭐랄까 자영업자라고 해두지요. 카미노에 온 이유는 자연을 사랑하기 때문입니다. 집에 있을 때도 자주 나가지요. 저는 사냥꾼입니다."

그는 못생긴 얼굴은 아니었지만 왠지 모르게 특징이 없었다. 린스 모델의 얼굴을 흉내 내는 사람처럼 보였다.

마치 얼굴이 진짜 감정을 숨기고 그저 두 번째 파생물만 보여주는 듯했다.

"팜플로나의 소몰이 행사를 가장 좋아합니다. 헤밍웨이 기타 등등. 이번이 네 번째 카미노예요. 어쩌면 이번에는 처음으로 산티아고까지 갈지도 모르겠어요. 자, 그럼⋯ 부엔 카미노!"

그는 와인 잔을 들어 건배했다. 식당에 앉은 많은 사람들도 함께 건배했다. 이 남자는 잘난 척하는 남성 의뢰인들을 연상시켰다. 나는 바로 이런 사람들 때문에 '마흔 살 이상 파티'에 가지 않았다.

클라디가 나에게 마이크를 건넸다. 나는 자기소개를 하지 않고 에비에게 마이크를 바로 넘겼다.

10분 후에 숙소 주인은 다른 사람들에게도 조금씩 말할 시간을 줘야 한다며 에비의 말을 중단시켰다.

그다음은 롤란트 차례였는데, 그는 어제 나에게 보여준 솔직함을 반복하지 않고 그저 40년 전에 갔던 카미노를 이제 두 번째로 가려고 한다고만 말했다.

그럼에도 나는 그의 말에 자세히 귀를 기울였다. 알게 된 지 이제 겨우 30시간이 지났을 뿐인데 나는 이미 그를 마음 깊이 받아들였다.

롤란트가 말을 막 끝내고 마이크를 다음 식탁에 넘겼을 때 클라디가 내 쪽으로 몸을 숙이고 살며시 속삭였다.

"흐음, 저 싹싹한 신사께서는 자기가 전직 검사였고 암에 걸렸다고 말한다는 걸 잊었군요."

나는 당황해서 클라디의 얼굴을 노려봤다. 이 남자가 그걸 어떻게 알았지?

22

깨달음

이득이라고 느끼는 만남이 있다. 그리고 지치게 만드는 만남도 있다. 후자를 최대한 줄이자고 제때 깨닫는 것도 사실은 이득이 된다.

—————————— 요쉬카 브라이트너, 『내면을 향한 발걸음—자아 발견을 위한 순례』

옆에 앉은 남자는 비밀스러운 속삭임으로 나와 친해지려고 시도했지만 나는 순식간에 거부했다.

"저 사람을 아시나요?" 나는 최대한 중립적으로 물었다.

"난 여기 있는 사람들을 아주 많이 안답니다. 함께 있는 사람이 누구인지 안다는 건 언제나 도움이 되니까요. 안 그래요?

하지만 나를 아는 사람은 거의 없어요. 아까도 말했듯이, 내 이름은 클라디입니다."

그는 뻔뻔한 태도에 비해서 너무 작은 손을 내밀며 악수를 청했다.

기습 공격을 당한 나는 그에게 손을 내밀었고, 맥없고 축축한 악수를 받았다.

"비요른 디멜입니다."

클라디가 다시 와인 잔을 쥐었다. 나는 곰곰이 생각에 잠겼다.

"그가 당신을 전혀 모르는데… 당신은 어떻게 그의 직업과 건강 상태를 알지요?" 생각 끝에 내가 물었다.

옆 식탁에서 일본 여자가 자기소개를 하면서 무슨 말인가 해서 사람들이 웃고 있는 사이에, 클라우스 디터가 나에게 더 가까이 몸을 숙였다.

"나는 정보 수집을 좋아한답니다. 예를 들어볼까요? 아내와 함께 상담사에게 간다는 저 오스트레일리아 남자는 사실 직장 동료를 임신시켰어요. 카미노에서 둘 중에 한 명을 선택할지, 둘 다 떠날지, 아니면 예전처럼 이중생활을 계속할지 고민하려는 겁니다."

클라디가 이 이야기만 했다면 나는 그냥 지어낸 잡담으로 치부해버렸을 것이다. 그러나 롤란트에 관한 정보도 사실이었다.

"당신이 그 모든 걸 알 수 없지 않습니까."

"나는 훨씬 더 많은 걸 안답니다. 관심 있어요?"

아니, 없었다. 이놈이 마음에 들지 않았다. 하지만 클라디라는 남자가 롤란트와 무슨 관계인지 알고 싶었다. 그와 대화를 끝내고 싶은 마음속 바람과는 달리 나는 고개를 끄덕였다.

"우리끼리 비밀입니다. 알겠죠?" 클라디가 음모를 꾸미듯 말했다. 나는 다시 고개를 끄덕였다. "지금 카미노에 여덟 명을 살해하고 결혼 생활도 망친 미친놈이 한 명 있어요. 이 변태 같은 놈이 오늘 밤에 이곳에 있는지 아니면 바로 론세스바예스까지 갔는지는 모르겠군요."

클라디는 딱 벌어진 내 입을 불현듯 찾아온 공황 상태가 아니라 놀라움의 표시로 받아들였다.

"걱정하지 말아요. 그놈이 누구인지 늦어도 팜플로나에 갈 때까지는 반드시 밝혀낼 거니까. 길에서 분명히 만나게 되어 있거든요."

내 시야가 좁아지고 손가락이 차가워졌다. 흉곽이 좁아지는 느낌이었다. 심장이 두방망이질했다. 나는 숨 쉬는 걸 잊어버렸다. 폐에 남아 있는 마지막 공기를 그러모아 질문을 짜냈다.

"이건 모두 당신이 지어낸 이야기입니다. 안 그래요?"

"아니요. 다 증명할 수도 있습니다."

"어떻게 말인가요?" 나는 다시 숨을 들이쉬었다.

"생장 외곽에 수도원이 있는데, 순례자들은 자기 자신에게 쓰는 편지를 그곳에 넣습니다. 순례하는 이유에 대한 일종의 고백이지요."

그는 비밀이라는 듯이 나에게 윙크를 했다. "우편함 뚜껑이 무겁긴 하지만 잠겨 있지는 않아요. 난 그 안을 들여다보는 걸 좋아한답니다."

나는 형언하기 어려운 분노에 사로잡혔다. 이놈이 순례자의 편지들을 읽었구나. 아무리 잘 봐준다고 해도 이 남자는 타인의 괴로움에서 성적 자극을 느끼고, 수도원의 편지 비밀을 해치는 구역질 나는 관음증 환자였다. 하지만 그의 범죄 성향이 편지를 훔쳐보는 데서 그치지 않고 더 나쁜 짓을 할 가능성도 있었다.

그는 가짜 이름으로 쓴 편지와 나를 아직 연결하지 못했다. 나는 편지에서 직업을 언급하지 않았다. 하지만 클라디가 읽은 내용만으로도 무척 위험해질 수 있었다. 어쨌든 일인칭을 사용했고 또 내 필체로 썼으니까.

"순례자 편지를 읽었다고요?" 나는 화가 나서 물었다.

그는 마치 내가 뭔가 나쁜 짓을 하다가 들켰다는 듯이 검지를 내 얼굴 앞에 대고 흔들었다.

"아하, 이것 봐라…. 내가 무슨 편지를 말하는지 알고 있나 보군요!"

빌어먹을. 그가 이제 나도 순례자의 편지를 썼을 가능성이 있다는 걸 알게 됐다. 하지만 아직 거기까지는 생각하지 못한 듯했다.

"그건…." 나는 무슨 말을 해야 할지 몰랐다.

그가 방어하듯 양손을 들었다.

"도둑질이라고요? 말도 안 되는 소리. 도둑질은 전혀 아닙니다. 편지를 모두 우편함에 다시 넣어두었으니까요. 사진을 찍은 다음에 말이지요. 편지는 모두 그냥 접혀 있기만 했습니다."

그는 셔츠의 윗 주머니를 두드렸다. 그곳에 휴대폰이 있는 게 틀림없었다.

"난… 그러니까…." 나는 정말 무슨 말을 해야 할지 알 수 없었다. 자백 사진이 이제 옆에 앉은 사람의 셔츠 가슴에 달린 주머니에 들어 있었다. 내 필체로 쓴 자백이!

"어이, 왜 흥분해?" 클라디가 불쑥 반말로 나를 달랬다. "비요른 디멜의 편지는 없었어. 그리고… 나는 입이 무거운 사람이야. 4년 전부터 이 일을 하는데, 누군가를 의도적으로 웃음거리로 만든 적은 한 번도 없어. 지금까지 모두 그 전에 돈을 내더군."

이제 내 분노는 불안으로 변했다. 커다란 통에서 공포가 나 풀거렸다.

"무슨 뜻이야? 왜 돈을 내지?"

"이런 예를 들어볼까. 내가 순례자의 편지를 아직은 아내인 여자에게 건네지 않는다면 오스트레일리아 남자는 얼마를 지불할까?"

"순례자들을 협박해?"

클라디는 방어하듯 양손을 들었다.

"무슨 소리. 나는 영혼의 평화를 위한 서비스를 제공하는 거야. 훌륭한 서비스는 돈을 잘 벌지. 이런 부업을 하면 그냥 좀 더 편안하게 인생을 순례할 수 있어. 여덟 명의 죽음은 얼마일 것 같아?"

부담스러운 현재에서 해방된 미래의 타임캡슐이라고 생각했던 내 편지가 이제는 옆에 앉은 사람 때문에 과거의 폭발력으로 현재에서 폭발하여 내 미래를 파괴할지도 모를 시한폭탄이 될 위험에 처했다.

무슨 말이든 한마디라도 하기 전에 일단 내 생체 기능부터 다잡아야 했다.

다른 사람들과 함께 있어도 이들이 전혀 모르게 부담스러운 상황에서 빠져나올 수 있을 만큼 그동안 명상 경험을 충분히 했다.

그래서 요쉬카 브라이트너 씨가 알려준 훈련을 시도했다. 공황 발작에 대항하는 명상법이었다.

서로 다른 세 가지 감각을 동원하여 주변에 집중하라. 우선 발, 그리고 당신이 지금 있는 바닥의 느낌으로 시작하라. 그런 다음 두 개의 다른 감각도 더하라. 인식하는 것을 당신 자신에게 묘사해보라. 그러면 공황 상태에 대한 인식도 달라질 것이다.

나는 아까 샤워를 한 후에 군화를 두 번째 순례 신발, 즉 욕실 슬리퍼로 갈아 신었다. 발밑의 바닥을 느껴보려고 슬리퍼를 벗고 양말 신은 발을 차가운 석제 타일에 댔다.

시원함. 단단함. 거침.

나는 와인 잔을 입으로 가져가서 마시는 척했다. 사실은 다른 두 개의 감각을 남몰래 일으키려는 행동이었다.

일단 후각. 나는 무거운 와인 향을 맡았다.

포도. 흙. 나무.

그런 다음 미각을 자극하려고 실제로 와인 한 방울을 혀로 들여보냈다.

와인은 쓰고, 무겁고, 시큼했다.

바닥도 없이 추락했다는 걸 클라디가 눈치채기 전에 나는 어느 정도 정신을 다시 차렸다.

아직 그는 내가 자기에 대해 아는 것보다 나를 더 모른다. 이것만으로도 다행이었지만 더 개선될 여지는 여전히 있었다.

정말 놀랐다는 걸 감추려고 나는 일단 시시한 이야기를 이어 가기로 했다.

클라디의 위험을 차단할 방법을 알아내려면 그에 대해 더 많은 것을 알아야 했다. 그리고 그가 훔친 편지에는 전혀 관심이 없는 척해야 했다.

"매년 카미노에 오나?"

"생장부터 팜플로나까지만. 늘 7월 초에 오지. 소몰이 행사를 아주 좋아해. 산 페르민 첫날 저녁에 난 언제나 카페 이루냐의 헤밍웨이 동상 옆에 앉아서 다이키리를 한 잔 마셔."

산 페르민은 수백 년 전부터 팜플로나에서 매년 7월 초에 일주일 동안 열리는 축제였다. 축제의 일환으로 구시가지를 지나가는 소몰이 행사가 일주일 내내 열렸다. 이 행사는 헤밍웨이의 묘사 덕분에 전 세계적으로 유명해졌다.

나는 소몰이 행사를 순례 여정에 이미 짜 넣었고, 산 페르민 축제 기간에 구시가지에서 숙박할 수 있도록 팜플로나에 호텔 객실도 하나 예약해두었다.

"여행 경비를 대려고 순례자의 편지를 읽는 거야?"

"그 이유도 있지만 이야기들이 멋지기 때문이야! 편지는 나에게 영감을 줘. 나는 이 편지 뒤에 있는 사람이 과연 누굴까 상상하지. 사람들을 관찰해. 사냥과 약간 비슷하다고. 언젠가는 여기에 관한 책을 한 권 쓸 생각이야. 헤밍웨이처럼 말이지. 그도 사냥꾼인 동시에 작가였어. 자, 예를 들어보지. 재정적인

222

면에서는 저 롤란트라는 사람에게 전혀 관심이 가지 않아. 하지만 영감을 위해 관찰 중이야. 짧은 종신형을 받은 검사라니. 무슨 죄를 지었을까, 응? 죄 없는 사람을 교도소에 보냈나? 아니면 죄진 자를 놓아줬을까? 앎은 벌일 수도 있으니까!"

내 옆에 이웃의 문제를 협박으로 악용할 뿐 아니라 거기에 더해 그들의 중요한 인생 문제를 영감으로 보는 놈이 앉아 있다. 뭐, 그거야 나도 그러긴 한다. 하지만 맥락은 전혀 다르다! 클라디는 타인의 내밀한 위기보다 자기과시를 더 중시하는 범죄 성향의 허풍선이였다.

내 필체로 쓴 내 과거가 식탁 옆자리에 앉은 사람의 휴대폰에 들어 있다는 사실이 중요했다. 팜플로나에 갈 때까지 최소한 클라디의 휴대폰만이라도 망가뜨려야 했다.

자기소개는 여전히 계속됐지만 나는 오로지 옆 사람에게만 집중했다. 그는 내가 귀를 잘 기울이는 청중이라고 생각하고는 자기과시적인 사람답게 계속 수다를 떨었다.

하지만 자기가 헤밍웨이처럼 사냥꾼이자 작가라던 자영업자는 몇 문장 듣고 보니 무기 소지 허가증을 가지고 있고 문화센터에서 창의적 글쓰기 강좌를 듣는, 무능력한 보험 영업사원이었다.

클라디는 대형 보험회사의 작은 지점 직원이었다. 클라디의 사장이 보험금 지급을 거부하는 바람에 절망한 보험계약자가 진짜와 놀랄 만큼 똑같이 생긴 장난감 권총으로 클라디를 위협하는 사건이 생기자, 그는 직업이 주는 심리적 부담을 더는 견딜 수 없었다. 그때 이후로 클라디는 장애 연금으로 아주 잘 지내고 있었다.

무기 소지 허가증은 자기 보호를 위해 가지고 있었다.

문화센터 창의적 글쓰기 강좌는 심심해서 수강했다.

클라디 본인의 말에 따르면, 장난감 권총으로 무장한 보험 계약자는 그의 삶을 파괴했는데도 겨우 집행유예 판결을 받았다. 보험회사가 실제로 부정하게 보험금 지급을 하지 않았다는 사실이 정상참작이 됐기 때문이다.

"집행유예라니! 그놈이 내 삶을 파괴했는데. 도대체 우리는 어떤 세상에 사는 거지?" 클라디가 대부분 독백이었던 우리의 대화를 끝냈다. "내가 장담하는데 우리는 아주 포근한 국가에 살아. 저기 저런 검사들 때문에 말이야." 그는 롤란트 쪽으로 고갯짓을 했다. "희생자보다 범죄자를 더 배려하는 검사. 그러니 저런 사람이 암에 걸리는 건 타당한 일이지."

"미안하지만," 내가 끼어들었다. "암을 신이 내리는 벌로 간주하는 건 좀 심하다고 생각하는데. 안 그래?"

"자네 말이 맞아." 클라디가 한발 뒤로 물러섰다. 어쨌든 나는 물러섰다고 생각했다. 하지만 사실 그는 도움닫기를 한 거였다. "그런 일은 신의 도움 없이도 일어나야 해. 이따금 난 다른 사람의 삶을 파괴하는 게 어떤 느낌인지 알고 싶어. 내 삶을 파괴한 그놈처럼 말이야. 총을 겨누고 그냥 빵! 아무것도 안 하고 집행유예 판결이나 내려줘서 고맙다고."

머릿속으로 식탁에서 잔이 깨지는 모습이 보였다. 참새가 없는데도. 나는 클라디 같은 사람이 이런 감정을 경험하기 위해 어느 정도의 일까지 감행할 수 있을지 궁금했다. 형법의 경계를 살짝 넘어설 만큼 멍청한 허풍선이라고 생각되긴 하지만 킬러로 보이지는 않았다. 하지만 다른 한편으로 나는 사람이 너무 실망하면 어떤 일까지 저지를지 알지 못했다. 그 실망이 어떤 도움도 되지 않는다는 걸 깨닫기 전까지는.

이제 자기소개 시간이 끝나고 몇몇 순례자들이 식당을 나섰다. 에비가 여러 가지 인상을 받아 흥분했다며 나에게 말을 걸었다. 클라디는 순식간에 나에게서 몸을 돌려 자기 오른쪽 사람에게로 향했다. 카미노에서의 만남은 이렇게 피상적이다. 하지만 롤란트가 에비와 나의 대화에 끼어드는 모습을 클라디가 놓칠 리 없었다. 롤란트와 내가 친하다는 것도 눈치챘을 것이다.

나중에 클라디가 일어나서 내 어깨를 두드리며 "부엔 카미노"라고 말하고는 사라졌다.

그와의 만남은 위험했다. 그는 부정적인 에너지만 내뿜는 사람이었다.

순례자의 편지가 도난당했다는 구체적인 위험을 제외하고 이 만남은 나에게 영감을 주었다. 혼란스러운 이 영감에 몰두한 결과, 순례 일지에 또 글을 남기게 됐다.

인생의 의미가 실망일 수는 없다.

부족한 삶의 기쁨은 타인의 고통을 통해 해소되지 않는다.

자신의 공허감을 덮는다는 것은 충만과는 좀 다르다.

나는 클라디의 휴대폰을 오늘 밤 해결할 계획이다.

23

찾기

구하는 사람은 찾는다. 하지만 순례할 때 찾은 것이 구한 것과 일치
하는 경우는 드물다.

_____ 요쉬카 브라이트니, 『내면을 향한 발걸음―자아 발견을 위한 순례』

공동 침실에서 잠든 순례자의 휴대폰을 훔치는 건 쉬운 일이다.

2층 침대 위쪽 칸에서 나는 마지막 순례자가 화장실에서 돌
아와 마지막 담배를 문 앞에서 피운 후에, 버스럭거리는 침낭
을 요란하게 펼치고 물병을 요란하게 열어 시끄럽게 마실 때
까지 계속 기다렸다.

이게 다음 30일 동안 밤마다 듣게 될 사운드트랙이라면 당장이라도 다른 영화를 보고 싶은 마음이 들었다.

마지막 남자가 한숨을 쉬다가 코를 골며 잠이 들자, 나는 살그머니 일어나 숙소 침실을 샅샅이 뒤졌다. 클라디는 어디에도 없었다. 대신 자면서도 뭐라고 중얼거리는 에비가 보였다. 침대마다 모두 살폈지만 클라디는 체크인을 하지 않은 게 분명했다.

신중하게 생각해보면 오늘 밤, 지금 여기서 그의 휴대폰을 없앨 수 없다는 뜻이었다. 하지만 다음에 기회가 있을 터였다.

우연히 클라디 옆자리에 앉은 게 다행이었다. 안 그랬더라면 그가 롤란트와 내 편지를 사진으로 찍었다는 걸 결코 알지 못했을 테니까.

혹시 클라디가 그 자리를 고른 게 우연이 아니었던 걸까? 사법부에 대한 증오심이 너무 커서 롤란트와 가까이 있으려던 건 아닐까? 클라디는 롤란트가 자기소개를 하기도 전에 그가 누구인지 이미 알고 있었나?

나는 에비에게서 이미 확인된 롤란트의 슈퍼마켓 규칙이 클라디에게도 적용된다는 걸 알았다. 야고보의 길에서는 문제없이 서로 길을 비켜갈 수 있지만… 이르든 늦든 계속 다시 만났다.

클라디는 헤밍웨이와 팜플로나의 소몰이 행사에 감탄한다

고 말했다. 팜플로나는 순례길 도중에 있었다. 소몰이 행사는 며칠 후에 시작된다. 행사 전날 저녁에 클라디는 카페 이루냐의 헤밍웨이 동상 옆에 앉아서 다이키리를 한 잔 마시겠지. 늦어도 그곳에서 그를 만날 터였다.

나는 침실로 다시 돌아가 군대에서 보낸 마지막 밤 이후로 한 번도 하지 않았던 일을 했다. 코 고는 어른들로 가득한 침실에서 2층 침대 하나로 올라가, 양쪽 귀에 귀마개를 하고 피곤에 지쳐 잠든 것이다.

다음 날 아침 7시도 되기 전에 저절로 잠이 깨보니 순례자들 중 3분의 1가량이 침실에서 사라지고 없었다.

"다들 어디 갔지?" 나는 욕실에서 나오는 롤란트에게 정리되어 있는 주변의 텅 빈 침대들을 가리키며 물었다.

"이른바 밤의 순례자들이야. 새벽 3시에 출발하지."

새벽 3시에 침대와 배낭을 바꿀 만한 이성적인 이유가 떠오르지 않았다. 누군가 '야간 경보'를 외친 게 아니라면.

"페티시 같은 건가, 아니면 영혼의 구원에 도움이 되나?"

"둘 다 아니야. 그저 점심 전에 그날치 목표에 도달하고 숙소를 확보하려는 거야."

"그 숙소를 다시 새벽 3시에 떠나고?"

"그렇지."

"그건 다른 사람들이 아침 식사를 하기도 전에 수영장 의자에 수건을 놓아 맡아두는 사람들보다 진화상 한 단계 아래로군. 그 의자는 최소한 그날 나머지 시간 동안 사용되니까."

롤란트는 어깨를 으쓱했다.

"신이 이 사람들에 대해서도 뭔가 생각한 게 있겠지. 이 질문도 목록에 넣어야겠군. 아침 식사 하겠어?"

우리는 짐을 메고 도로 맞은편에 있는 테라스로 나갔다. 밤새 날씨가 달라졌다. 구름이 드리웠고, 숙소 앞 도로를 건너는데 이슬비가 계속 내렸다.

동쪽 도로 끝에서 빨간 뭔가가 깜박거렸다. 순례자와 배낭을 덮은 망토 비옷이었다. 아마 에비가 막 출발해서 두 번째 여정인 론세스바예스로 걷기 시작한 모양이었다.

이슬비도 막아주는 테라스 차양 아래에서 롤란트와 나는 어젯밤에 주문해둔 블랙커피와 샌드위치를 즐겼다.

아침 식사 후에 우리는 망토 비옷을 끄집어내어 배낭을 덮었다. 롤란트의 것은 샛노란색, 내 것은 새빨간색이었다.

배낭을 막 메려고 하는데 롤란트가 물었다.

"내가 자네 배낭을 멘다면 반대할 건가?"

나는 무슨 말인지 알아듣지 못했다.

"내 것과 말이야, 바꾸고 싶어." 롤란트가 곧장 이어서 설명했다. "40년 전에 바로 지금 이 길을 자네 배낭과 똑같은 배낭을 메고 걸었지. 향수에 젖은 늙은이의 작은 소원을 들어줘."

반대할 이유가 없었다. 그래서 우린 짐을 바꾸었다. 삶의 마지막에 들어선 병든 검사는 삶의 한가운데에 있는 건강한 변호사의 낡고 새빨간 배낭을 메고 떠났다.

그리고 아무런 예감도 없이 죽음으로 향했다.

24

이름

이름이란 울림과 연기이다. 하지만 모의 전투에서 울림과 연기는 생명에 반드시 필요하다.

———————— 요쉬카 브라이트너, 『추월 차선에서 감속하기─명상의 매력』

전날과 마찬가지로 나는 우리가 침묵하며 각자 자기 리듬에 맞추어 걷는 걸 무척 편안하게 느꼈다. 아침의 적막과 움직이기 위한 걸음의 단조로움을 이용하여 이런저런 생각도 했다. 내 딸을, 내 딸의 엄마를, 그리고 그녀의 새 남자친구를 생각했다.

하이코와 처음 만난 그다음 날을 떠올렸다.

그날 오후에 나는 에밀리와 어린이 무용학원에 다녀왔다. 카타리나가 퇴근한 후에 아이를 데리러 왔다. 에밀리가 자기 방에서 수채화를 마저 그리고 싶어 해서 우리는 몇 분쯤 시간이 생겼다.

나는 캡슐 에스프레소 두 잔을 만들었다. 카타리나가 전날 저녁 이야기를 꺼냈다.

"하이코가 예전에 당신 의뢰인이었어?"

"응, 6년 전에. 무슨 일이었는지 들었어?"

"뭔가 노동법에 관한 거라고 하더라. 자기 사장이 괴롭히며 쫓아내려고 했대."

거짓말은 아니었지만 진실에는 10분의 1도 미치지 못했다.

"더 자세하게 말하지는 않았고?" 내가 지나치게 티 내지 않고 슬쩍 묻는 척하는 바람에 카타리나는 내 의도를 금방 알아챘다.

"했지. 자기가 예전에 거친 시기를 보냈다고 하더라. 우리 모두 언젠가 한 번은 방종한 생활을 하지 않았어? 비난은 늘 남아 있지. 하이코가 이제 더는 그렇지 않아서 다행이야."

하이코는 노련하게 일을 처리했다. '거친 시기'와 '방종한 생활'은 네로 황제부터 베네딕트 교황까지 누구나 한 번쯤 겪은 삶의 단계를 설명하는 멋진 개념이었다. 세부사항의 차이점은 통 크게 넘어갈 수 있었다.

"하이코의 설명 중에 코카인도 나왔나?" 나는 그가 그냥 이렇게 빠져나가는 게 싫었다.

그게 실수였다.

"비요른, 내 말 잘 들어. 하이코는 나에게 과거의 잘못을 솔직하게 이야기했어. 하이코의 변호사였던 당신이 그의 편을 들어야 하는데도 지금 그를 걷어찬다면 질투하는 거고. 쩨쩨하게 보여."

행위가 아니라 행위자의 동기가 중요하다.

결국은 하이코라는 '문제'를 되도록 순조롭게 처리해야 했다. 그 문제를 세상에서 없앨 수는 없었다. 무엇보다도 에밀리에게 해가 가지 말아야 했다. 그러므로 너무 솔직하게 나를 드러내 보이며 카타리나를 화나게 하면 안 되었다. 내가 당시에 하이코를 위해 일부러 거짓 알리바이를 검사에게 건넸다는 걸 말한다고 해도 점수를 따지는 못할 터였다. 그건 확실했다. 범죄를 저지른 의뢰인의 권리를 지나치게 봐준다는 게 카타리나와 내가 헤어진 이유 중 하나였으니까. 카타리나가 하이코를 명백히 더 관대하게 봐준다는 점이 내 자존심을 갉아먹었다. 하지만 지금 상황에서는 더 깊이 파고들지 않는 게 나았다.

"그것 말고 또 무슨 얘기 했어?" 내가 카타리나에게 물었다.

"어제저녁에 당신이 혹시 우파인지 묻더라." 카타리나는 여전히 재미있다는 표정으로 대답했다.

"그래서?" 나는 에스프레소를 건넨 후에 식탁을 가리켰다. "짧게 대답했어, 아니면 길게 대답했어?"

"짧은 건 뭐고, 긴 건 뭐지?" 카타리나가 앉았다. 나도 맞은편에 앉았다.

"'당신과는 상관없어'가 짧은 대답, '당신과는 전혀 상관없어'가 긴 대답이지."

"당신이 자기 일을 진지하게 생각하지 않는 것 같다고 했어. 하지만 그거야 나랑 상관없지."

이 얼마나 프로다운가. 팩트 체커가 나를 이미 '표시'했군. 하지만 이 고발에서 나를 더 변호하는 일은 그만두기로 했다. 카타리나와 하이코 사이를 벌리려는 모든 논거의 쐐기는 카타리나를 나에게서 멀어지게 할 뿐이니까.

"어쨌든 오랜 시간이 흐른 후에 하이코를 다시 만나서 반가웠어." 나는 분위기 완화를 시도했다.

"정말? 그런데 왜 그 사람 포르셰를 부러워하는 발언을 한 거야?"

카타리나는 나와 비슷한 점이 많았다. 너무 멍청한 대화가 오가면 주제를 돌려 자동차 이야기를 꺼냈다.

"난 전혀 다른 맥락에서 자동차 이야기를 한 거야. 그의 자동차 상표는 내가 영향을 끼칠 수도, 나에게 어떤 역할을 하지도 않는 팩트라고. 하이코가 다르게 생각한다면 유감이군."

"포르셰가 페니스 대체물이라는 농담을 한 건 아니겠지?"

나는 최대한 순진무구한 표정으로 카타리나를 바라보며 대답했다.

"그의 전기 포르셰가 바이브레이터 대체물이라는 농담조차 하지 않았어."

"당신은 하이코가 그냥 싫은 거야. 그렇지?"

감정이 논거보다 중요한데 왜 나는 지금 내내 논거를 대고 있는 건가? 좋아, 그렇다면 감정적인 팩트를 말해야겠군.

"난 그가 어쩌면 멍청이일지도 모른다고 생각해."

"이제 인정하시지 그래…. 당신은 살짝 질투하는 거야!" 카타리나는 호기심을 보이듯이 나를 빤히 바라봤다. 놀리는 것 같았다.

"아니, 설령 질투한다고 하더라도 그가 멍청이어도 된다는 건 아니야. 하지만 뭐, 그것도 아무 상관 없고…."

나는 몸을 카타리나 쪽으로 더 기울여서 그녀의 양손을 잡았다. 그러고는 내 관용이 얼마나 큰지 알려주려고 눈을 마주 보며 말을 이었다.

"당신은 이 세상 온갖 멍청이랑 사귈 권리가 있어. 그게 하이코라고 하더라도 괜찮아."

카타리나가 손을 빼냈다.

"그만둬. 하이코 때문에 우리 사이가 변하지 않는 게 에밀리에게 중요해."

에밀리가 엄마의 새 파트너를 감당해야 하는 문제에서 내가 빈정거리는 건 옳지 않았다. 그래서 진지한 방식으로 바꾸었다.

"변할 거 없어. 약속할게. 당신에게 새 남자친구가 생겨도 난 지극히 괜찮다는 걸 에밀리가 느끼도록 우리 모두 함께 만나는 게 좋겠다."

카타리나가 마음이 놓였는지 내 손을 잡았다.

"정말 마음이 넓네. 다음 주 토요일 동물원에서 만나는 거 어때? 오후 2시쯤?"

나는 토요일에 군화를 신고 오랫동안 하이킹을 할 계획이었다.

"일요일도 괜찮아?"

카타리나가 손을 다시 빼갔다.

"우린 토요일이 더 좋아. 일요일에 사냥하러 가기로 했거든."

"하이코가 사냥꾼이야?"

"아니. 거래처 손님 중에 한 명이 우릴 사냥터에 초대했어."

카타리나가 신분 상징에 민감하다는 사실은 나도 알고 있었다. 그녀는 이에 걸맞게 그 손님이 수많은 온라인 포털을 소유하고 있으며 모두 체크할 일이라고 흥분해서 설명했다. 게다가 자기 소유지인 사냥터도 있다고 했다.

상황이 이러니 내 신발은 기다릴 수밖에 없었다.

"그러면 두 사람은 일요일에 숨어서 야생동물을 기다려. 에밀리와 나는 토요일에 동물원에 숨어서 두 사람을 기다릴 테니."

카타리나는 칭찬하듯 내 손을 두드렸다. 나는 아직 그 행동에 기뻐할 만큼 추락한 건 아니었다.

우리는 오후 3시에 동물원 카페에서 만나기로 약속을 정했다. 에밀리와 나는 조금 일찍 가서 한 바퀴 돌았다.

에밀리에게 동물원은 안전한 세상이었다. 아이는 동물원을 아주 좋아했다. 에밀리는 동물들이 우리에 있는 이유가 동물 보호를 위해서라고 생각했다. 쇠창살이 없었더라면 아이는 정말 호랑이 한 쌍을 죽을 정도로 쓰다듬었을지도 모른다.

우리가 동물원에 가서 지나는 경로는 늘 똑같았다. 입구 뒤편에서 사진을 찍고 동물원 한복판에 있는 매점으로 곧장 갔다. 그 옆에 카페가 있었다.

어릴 때 이 동물원에 오면 나는 언제나 힘겹게 아껴두었던 용돈으로 카프리썬과 곤죽 빵을 샀다.

40년이 지난 후 지금도 그때와 똑같은 것을 샀다. 나는 다시 어린아이가 된 기분이었다.

첫 번째 빵은 매점에서 바로 나누었다.

그런 다음 우리는 카프리썬을 홀짝거리며 매점 뒤편 왼쪽에 있는 미어캣 우리를 지나 플라밍고 우리로 향했다.

두 번째 곤죽 빵을 먹는 동안 에밀리는 반려동물을 한 마리 얻으려고 나를 설득했다.

"미어캣 한 마리 길러도 돼?"

"아니. 미어캣은 땅을 팔 수 있는 우리가 필요해."

"그러면 코뿔소는? 코뿔소는 땅을 파지 않아."

"그건 너무 커."

"토끼는?"

"엄마와 이야기해봐야 해."

"엄마가 허락할지 모르겠는데."

엄마가 새 남자친구를 들인다는 걸 에밀리가 알게 되면 아이에게 토끼를 금지하는 논거를 대기 어려울 터였다. 하지만 이 해결책은 딸이 아마 스스로 알게 될 테지.

"엄마도 이제 곧 동물원에 올 거야."

"토끼랑?"

"남자친구랑."

"어떤 남자친구?"

"엄마가 함께 시간 보내기를 좋아하는 사람이야. 너도 친구들이 있잖아."

"난 여자친구들이 있어. 남자아이들이랑은 놀지 않아. 토끼

한 마리가 있다면 좋겠어."

하이코에게 우리 딸은 만만하지 않겠군. 흥미진진하겠어.

"엄마 남자친구는 아주 친절해. 내가 벌써….”

"저기 봐. 플라밍고가 있어. 진짜 예쁘다. 모두 분홍색이네!"

하이코가 분홍색 스웨터를 하나 사는 게 어떨까. 그러면 에
밀리와의 시작이 좀 쉬워질지도 모르는데.

카타리나와 하이코는 이미 동물원 카페에 앉아 커피를 마시
고 있었다. 에밀리는 플라밍고 깃털을 머리카락에 자랑스럽게
꽂고 카타리나에게 달려갔다.

"엄마! 우리 플라밍고 봤어. 엄마도 꼭 같이 가봐야 해.”

에밀리가 손을 잡아당겼지만 카타리나는 그대로 앉아 있
었다.

"우리 아가, 금방 갈게. 이쪽은 하이코 아저씨야.”

에밀리는 그를 흘낏 보고는 아무 말도 하지 않고 시위하듯
고개를 돌렸다.

"플라밍고들이 거의 모두 한 다리로만 서 있어!"

하이코가 일어나더니 다리 하나를 구부렸다.

"에밀리, 여기 보렴. 나도 한 다리로 설 수 있단다!"

점수를 따려는 그의 시도가 불쌍해 보일 정도였다. 에밀리
는 처음에 이런 행동에 대해 관대하게 별말을 하지 않았다. 하
지만 하이코가 3초 후에 균형을 잃고 다시 두 다리로 서자 한

마디 했다.

"아저씨는 플라밍고가 아니에요. 플라밍고는 넘어지지 않아요." 어쨌든 둘은 이제 비판적인 대화를 나누게 됐다.

하이코가 에밀리의 머리카락에 꽂힌 깃털을 가리켰다.

"너는 어린 플라밍고 아가씨로구나. 그렇지?"

"난 인디언이에요."

"아, 퍼스트 네이션의 단원이군." 하이코는 내 딸이 드러내는 흥미에 긍정적인 교정을 했다.

세상이 이렇게 좁아지다니. 유럽에서 다섯 살짜리 아이가 머리에 플라밍고 깃털을 꽂자마자 누군가는 그것 때문에 북아메리카 원주민이 모욕을 느끼지 않게 조심해야 한다. 나는 하이코가 이 역할을 맡아줘서 다행이라고 생각했다. 하지만 에밀리는 그 의미를 아직 제대로 이해하지 못했다.

"아니, 난 아메리카 인디언이에요."

"그래, 아메리칸 네이티브. 멋지다!"

"아니요, 난…"

카타리나가 중재에 나섰다.

"우리 모두 매점에 가서 에스키모 아이스크림을 하나씩 사서 같이 동물원을 거니는 게 어때?"

하이코가 우린 기껏해야 에스키모 아이스크림이 아니라 이누이트 아이스크림을 살 수 있다고 미처 말하기도 전에 에밀리가 대답했다.

"아니, 괜찮아. 우린 방금 곤죽 빵을 먹었거든."

우리가 에밀리에게 예전에는 곤죽 빵을 뭐라고 불렀는지 (인종차별적인 단어였다) 알려준 적이 한 번도 없다는 게 얼마나 다행인가. 나는 에밀리 앞쪽 바닥에 쪼그리고 앉아, 어린 시절부터 수없이 이름이 바뀌었지만 끈적이는 요리법은 바뀌지 않은 빵 부스러기를 닦아줬다. "그거 알아? 우리가 지금 정말 배가 부르긴 하지만, 하이코 아저씨와 함께 다시 한번 매점에 가서 레이더를 하나 사서 나눠 먹을 수 있을 거야. 그렇지?"

"레이더는 다른 이름이…."

"나도 알아. 하지만 그러거나 말거나 관심 없어."

우리 넷은 매점으로 어슬렁어슬렁 가서 트윅스 네 개와 물 네 병을 샀다. 매점 진열창에 30분 전에 종업원이 곤죽 빵을 만드느라고 내용물을 두 개 꺼냈던 '뚱보 남자' 상표의 생크림 초콜릿이 또렷하게 보였다. 나는 하이코와 나 사이의 딱딱해진 분위기를 다시 풀어보려고 시도했다.

"저 포장도 모욕적이지 않게 젠더 중립적으로 할 수 있겠군. 그렇지?"

"무슨 뜻이야?"

"아, 페니스가 있는 뚱뚱한 사람을 웃음거리로 만들면 안 되니까. '뚱보 남자'를 지금부터 '지방 과다 남성/여성/제3의 성'

이라고 부르지 않으면 나는 이제 더는 그 상표의 제품들을 사지 않을래."

하이코는 나만큼 즐거워하지 않았다.

"변하는 사회에는 변하는 언어도 필요해." 그는 이렇게 대꾸하고서, 개명에도 불구하고 예전에 레이더라고 불릴 때처럼 여전히 비타민 함량이 적은 트윅스를 한 입 깨물었다.

우리는 동물원 앞쪽을 함께 보려고 '미어캣'이라는 표지판이 붙은 우리를 지났다. 나는 독일어로 수컷만 나타내는 이 표지판이 미어캣 암컷의 감정을 해치지는 않을까 의문이 들었다. 또는 원래는 펭귄 암컷이 되고 싶었던 미어캣 수컷의 감정을 해치지는 않을까. 동물원 수위에게 이 문제로 말을 걸어볼까 곰곰이 생각하다가 위험할 것 같아서 그만뒀다. 관용을 모르는 사회에서 이런 질문에 대한 반응은 두 가지밖에 없다. 평생 동물원 출입 금지 또는 지적장애인을 돌봐주는 동반자를 위한 50퍼센트 정기 할인권.

"우리 어디 가는 거야?" 하이코가 내 딸에게 물었다.

"플라밍고에게요." 에밀리가 대답했다.

"아까 봤다고 했잖아." 카타리나가 말했다.

"난 봤어요. 하지만 엄마 남자친구가 자꾸 넘어지지 않는 방법을 플라밍고에게 배울 수 있을 거예요."

이제 시작은 했다. 에밀리는 하이코를 만났고, 엄마의 남자친구를 아빠도 괜찮다고 생각한다는 걸 알게 됐다.

에밀리에게도 괜찮은지는 다른 문제였다.

에밀리가 자기와는 전혀 다른 기포 속에 산다는 걸 하이코도 이제 알게 됐을 것이다.

25

이바녜타 고개

인생은 도보 여행과도 같다. 마지막에는 거리가 아니라 여정이 얼마나 아름다웠는지가 중요하다.

——————————— 요쉬카 브라이트너, 『내면을 향한 발걸음 ─자아 발견을 위한 순례』

조심성 없이 미끄러지는 바람에 나는 다시 현재로 돌아왔다. 하이코와 동물원에 있는 게 아니라 이제는 롤란트와 함께 비 내리는 카미노에 있었다. 오래된 내 군화는 경사가 급하고 돌이 많고 미끄러운 언덕에서 품질을 자랑했다. 이바녜타 고개까지는 비탈길이 아직 좀 남아 있었다. 나는 그 뒤쪽 어딘가 손에 잡힐 만큼 가까운 곳에 클라디의 휴대폰이 있기를 바랐다. 방금 나는 하이코에게서 클라디에게 이르는 감정상의 길이 상당히 짧다는 걸 깨달았다. 두 사람 모두 행운을 만드는 것은 외부의 서비스라고 간주했고, 타인은 자기들 지시 없이는 그 서비스에 닿을 능력이 없다고 생각했다.

어제 클라디가 나에게 했던 모든 말에 따르면 그의 삶 전체는 타인의 실수에서 영향을 받았다. 그의 직장을 습격한 보험 계약자, 범인에게 높은 처벌을 구형하지 않은 검사, 그리고 검사의 관점을 따른 판사.

나는 생각에서 벗어나 롤란트에게 몸을 돌렸다.

"뭐 하나 물어봐도 될까?"

"해봐!"

"지금껏 직업상 가장 잘못한 결정은 뭐였지?"

롤란트가 생각에 잠겼다.

"직업 선택은 제외하고?"

"그게 잘못인지는 모르겠군."

롤란트는 다시 곰곰이 생각하다가 대답했다. "특별히 더 두드러진 실수는 없어."

"그러니까 실수를 줄줄이 많이 했단 말이야?"

"당연하지. 그러지 않았더라면 끔찍했을 거야. 실수에서 배우는 거니까."

"하지만 다른 사람들은 당신의 실수 때문에 고통을 당하잖아. 죄 없는 피고를 거칠게 공격한다면 그 사람이 고통을 겪겠지. 죄 있는 사람에게 지나치게 약한 처벌을 구형한다면 희생자가 괴로울 거고."

"하지만 실수를 위한 관용이 바로 우리 법치국가에 중요해. 실수를 용납하지 않는다면 실수를 없앨 기회도 허용할 필요가 없지. 이건 전체주의적 절대권 요구로 끝나. 내가 물론 저질렀을 실수는 다음 심급에서 항상 없앨 수 있었지. 그리고 재판에서 했던 실수에서 나는 다음 재판을 위해 뭔가 배울 수 있었어. 직업적으로도, 인간적으로도."

"실수를 후회하지는 않아?"

"내 실수가 지금의 나를 만들었어. 처음부터 모든 실수를 피한다는 것은 불가능해. 나중에 되도록 많은 실수를 깨닫는 게 현실적이야. 한두 가지 실수가 괴롭긴 해도, 난 대부분의 실수에 감사하는 마음이 들어."

나는 머릿속으로 순례 일지에 몇 가지 메모를 했다.

인식하는 게 실수의 의미라면, 인식하는 게 인생의 의미도 될 수 있을까?

나도 감사하는 마음이 들었다. 롤란트와의 대화에 감사했다. 그를 안 지 이제 겨우 48시간밖에 되지 않았지만.

우리는 그 후 3킬로미터를 침묵하며 나란히 걸었다. 롤란트는 내 오른쪽에서 반걸음 정도 앞서 걸었다.

그때였다. 갑자기 그의 머리가 폭발하여 분홍빛 구름으로 변했다.

그의 뇌가 미세한 방울로 기화하여 내 쪽으로 왔다. 두개골 뼛조각이 내 귀 주위로 날아왔다. 본능적으로 그를 향해 몸을 돌리자, 롤란트 머리의 절반쯤이 오늘은 내가 메고 있는 그의 배낭을 덮은 샛노란 망토 우비에 극명한 색깔 차이를 보이며 쏟아졌다.

총알이 박히자마자 총성이 들렸다.

상황을 알아채기까지는 1, 2초쯤 걸렸고, 남아 있는 압도적인 감정이라고는 단 하나뿐이었다. 엄청난 공포였다.

나는 해발 1,000미터가량 되는 스페인 피레네산맥 한가운데, 평화로워 보이는 작은 숲의 축축한 바닥에 서 있었다. 방금 롤란트와 나는 24시간 안에 저격범에게서 두 번째 총격을 당했다. 저격범은 어제와 달리 오늘은 소음기조차 쓰지 않았다.

어제저녁에 참새가 오줌을 싸서 유리잔 속의 얼음을 폭파했을지도 모른다는 느긋한 가설은 방금 롤란트와 함께 깨졌다.

누가 롤란트를 쐈는지는 고사하고 어디서 총알이 날아왔는지조차 알 수 없었다. 이슬비 때문에 풍경의 윤곽이 흐릿했다. 주변은 완벽하게 고요했다. 총성은 자연의 모든 소리를 침묵하게 만들었다. 동물 소리도, 바스락거리는 소리도, 바람 소리도 들리지 않았다. 축 늘어진 롤란트의 몸은 비틀린 채 바닥에 누워 있었다. 얼굴(또는 얼굴에서 남아 있는 것)을 축축한 숲 바닥에 댄 채 꼼짝도 하지 않았다.

방금 뭐였지?

나는 몸을 휙 돌렸다.

누군가 급하게 멀어지는 발걸음 소리였나?

롤란트와 나는 오리송에서 마지막으로 출발했다. 우리는 걷는 내내 다른 순례자를 한 명도 못 봤다.

그런데 조금 떨어진 곳에서 누군가 달아나는 소리가 들렸다. 내 오른쪽이었다.

그리고 다른 소리도 들렸다. 둔탁하게 쿵쿵대는 소리였다. 점점 더 커졌다. 누군가 아주 빨리 북을 두드리는 소리 같았다.

그건… 내 심장 박동이었다. 심장이 미친 듯이 날뛰었다.

이 상황에서 어떤 선택을 할 수 있을까? 저격범을 뒤쫓아야 하나?

그런다고 뭐가 달라질까? 나를 위험에 빠트리는 것 말고는.

도움을 청해야 하나? 나는 롤란트를, 아니 그의 시신을 자세히 살펴봤다. 도와줄 게 아무것도 없었다. 이미 그의 머리 절반이 날아갔다.

이마의 오른쪽 절반에 동전 크기만 한 총탄 구멍이 보였다. 머리 왼쪽은 완전히 사라졌다. 총알은 머리를 뚫고 나오면서 예전에 롤란트의 머리 안에 있던 모든 것을 함께 가지고 나왔다.

이제 이 모든 것 중에 일부가 오늘은 내가 멘 그의 배낭에서 흘러내려 축축한 숲 바닥으로 떨어졌다. 그리고 롤란트의 두개골 잔해에서 흘러내린 적갈색 웅덩이와 섞였다.

롤란트는 내가 살면서 목격한 첫 시신이 아니었다. 내가 죽이지 않은 첫 시신이었다.

내 무릎이 꺾였다. 나는 비틀거리며 뒷걸음질을 치다가 바닥에 쿵 쓰러졌다. 울퉁불퉁한 롤란트의 배낭 때문에 반쯤 앉은 자세가 됐다.

남아 있는 롤란트의 두개골에 집중하기 전에 일단 내 머리부터 차분하게 가라앉혀야 했다. 요쉬카 브라이트너의 명상 훈련 하나가 떠올랐다. '눈먼 화가' 훈련이었다.

마음이 너무 시끄럽다면 말로 그림을 한 장 그려라. 당신이 두 사람이라고 상상하라. 한 명은 볼 수 있지만 팔이 없다. 다른 한 명은 볼 수 없는 대신 그림을 그릴 수 있다. 보는 사람이 풍경을 설명하고, 눈먼 사람이 목탄으로 그 풍경을 그릴 수 있게 하는 것이다. 이때 당신을 불안하게 할 만한 모든 것을 의식적으로 제외하라. 머리가 다시 조용해질 때까지 그림에 집중하라.

나는 보는 사람이라고 상상하기 위해 눈을 잠시 감았다. 명상이란 이렇게 역설적일 수도 있다. 나는 눈을 뜨고 나지막하게 중얼거리기 시작했다.

"나는 숲속에 있다. 숲은 무척 여유롭다. 나무와 바위 들이 번갈아 이어진다. 내 앞에는… 나무들이 몇 그루 모여 있다. 아마 스물 몇 그루쯤 되는 것 같다."

'무슨 나무지?' 바로 훈련에 끼어든 눈먼 제2의 내가 물었다. 나는 나뭇잎을 알아볼 수 있는지 확인하려고 주위를 둘러봤다. 그러나 알 수 없었다.

"몰라…. 나뭇잎이 또렷하게 보이지 않아."

'혹시 앞쪽 바닥에 뭔가 있어?'

"돌멩이, 나무뿌리, 나뭇가지 두어 개, 두개골, 피, 뇌…."

'우리를 불안하게 할 수도 있는 것들은 모두 빼자.'

"저기! 저건 뼈가 아니야. 너도밤나무 열매군. 여기 너도밤나무 열매들이 잔뜩 있네."

'그렇다면 아마 너도밤나무 숲인가 보다.'

눈먼 제2의 나는 나보다 훨씬 차분했다. 하기야 그는 지금 이 많은 피를 못 보니까. 나는 계속 풍경을 묘사하면서 시신을 무시하려고 애썼다.

"사방에 다양한 크기의 돌멩이들이 놓여 있어. 땅바닥이 무척 울퉁불퉁하군. 내 왼쪽으로 20미터 정도에 작은 계곡이 있네."

'돌들이 무거워?'

나는 그중 하나를 손에 쥐었다.

"5킬로그램쯤 되는 것 같다."

'그걸 어떻게 알아? 너는 팔이 없잖아!'

명상으로 분열한 눈먼 내 자아는 우리 역할을 정말 진지하게 받아들이고 있었다.

'그보다는 그림의 전경과 주요 주제, 배경을 묘사해줘.' 롤란트를 고의로 못 본 척한다면 무척 조화롭게 보이는 풍경이었다.

"앞쪽에 빨간 비옷을 두른 낡은 군용 배낭이 놓여 있어. 비닐에 빗물 웅덩이가 생겼네. 그 뒤의 주요 주제는 나무야. 나무 우듬지들이 지붕처럼 보여."

'아직도 흥분한 상태야?'

나는 내 안을 들여다봤다. 심장이 두방망이질을 멈췄다. 정신도 다시 맑아졌다. 훈련이 효력을 발휘했다.

이제 뭘 해야 할까? 누가 무슨 이유로 총을 쐈는지는 모르지만… 이제 나에게 위험해질 만한 일은 없는 듯했다. 그게 아니라면 내가 훈련을 실행하는 동안 느긋하게 나를 처리할 수 있었을 테니까.

그러니 지금 나는 롤란트의 시신과 홀로 남아 있다.

나는 시신이 질문을 던질 수 있다는 사실을 경험상 알고 있다.

내가 예정대로 론세스바예스 수도원으로 내려가서 예정에 없던 일, 즉 경찰에 신고한다면 내 순례 여행은 둘째 날에 이미 끝날 터였다. 무엇보다도 스페인 경찰이 내가 지금 하는 것과 똑같은 질문을 하게 될 테니까. '누가 롤란트를 쐈지? 그리고 왜? 왜 죽을병에 걸린 사람을 쏘아야 하나?'

이 질문에 대답을 하지 못하며 시간을 흘려보내는 동안, 저격범이 롤란트를 노린 게 아니라는 의심이 점점 더 강하게 들었다.

비가 오는 날씨라서 설령 노련한 저격범이라고 해도 롤란트나 나는 맞히기 쉽지 않은 목표물이었다. 숲에서 우리를 알아볼 만한 것은 사실 배낭을 덮은 비옷의 선명한 색깔뿐이었다. 롤란트의 것은 샛노란색, 내 것은 새빨간색이었다. 롤란트는 내 배낭을 메고 가는 동안 총격을 당했다. 미지의 저격범이 붉은 목표물을 의식적으로 조준하여 맞혔다면, 그의 원래 의도는 나였을 것이다.

어제 총알이 내 머리를 스쳐 지나간 것과 마찬가지로, 오늘 이 총알의 목표물도 내 머리였을 거라는 의심이 틀린 것 같지 않았다. 와인 잔도, 참새도 아니었다.

다른 사람의 새끼손가락을 으깸으로써 내 죽음에 관심을 표현한 사람이 한 명 떠올랐다. 중국인이었다. 하지만 그는 내가 어디에 있는지는 고사하고 누군지조차 알지 못했다.

그사이에 상황이 달라졌나?

어제 기타 케이스를 든 남자가 숙소를 지나갔다. 방금 총을 쏜 사람이 그 남자일까?

나는 그를 본 적이 없다. 하지만 봤더라도 달라지는 건 없을 터였다. 나는 쿠앙 씨도 본 적이 없으니까.

경찰이 내가 누군가의 표적일 수도 있다는 생각을 한다면 나는 수사의 중심에 서게 되겠지.

그러면 스페인 경찰도 '저 사람이 도대체 누구지?'라는 질문을 품고서 내 순례에 관심을 집중할 거고.

나는 바로 그 질문 때문에 카미노에 온 것이다.

그리고 이 질문에 대한 대답을 경찰에게 맡기지 않고 나 스스로 찾고 싶었다. 내가 저지르지 않은 살인 때문에 어려움에 처하고 싶은 마음은 없었다.

하지만 롤란트의 죽음을 신고하지 '않을' 방법이 있을까?

우리가 중간에서 헤어졌다고 말할 수 있겠지. 순례에서 이런 일은 드물지 않았다. 그러나 낯선 배낭을 멘 채, 머리 반쪽이 사라지고 뇌도 없이 죽은 검사를 하루 늦게 또 다른 순례자가 발견한다고 해도 몇 가지 의문은 여전히 남을 것이다.

롤란트의 시신이 전혀 발견되지 않는다면 더 나을 터였다.

우리는 이바녜타 고개에 있었다. 순례자들이 여기서 추락하는 게 드문 일은 아니었다. 이 지역은 험했다.

시신이 없다면 롤란트의 가족이 며칠 후에 실종 신고를 할 것이다. 그때가 되면 나와 그의 관계가 같은 날 오리송을 출발한 다른 모든 순례자보다 더 가까울 것도 없었다. 시신이 없으면 문제도 없다…. 간단한 등식이었다.

눈먼 '제2의 내'가 방금 어떤 계곡을 묘사하지 않았던가?

나는 앉은 자리에서 롤란트 배낭의 쥠쇠를 풀고 일어섰다. 그러고는 조금 전에 '눈먼 나'에게 묘사한 계곡을 좀 더 자세히 살펴봤다. 그랬다, 롤란트 시신에서 20미터 떨어진 곳에 15미터쯤 수직으로 계곡이 있었다. 그 아래에도 작은 숲이 있지만 그곳으로 이어지는 길은 없었다. 등반가들만 내려갈 수 있을 것 같았다.

롤란트가 그곳으로 추락했다면? 그래서 두개골이 깨졌다면? 두어 달 또는 몇 년 후에나 시신이 발견된다면?

그 기간이라면 뇌가 빠져나오지 않았더라도 많이 부패했거나 야생동물에 먹혔을 것이다. 그러니 뇌가 없어도 의문이 남지는 않을 터였다. 하지만 법의학자는 롤란트의 두개골 잔해에 왜 총탄 구멍이 있는지 의아하게 생각할 것이다.

추락하면서 롤란트의 두개골이 암벽에 부딪혀 뼛조각들이 다시 맞춰질 수 없을 정도로 조각났다면?

내가 방금 존재하지 않는 양손에 5킬로그램짜리 돌멩이를 들지 않았던가?

그렇다면 누군가 롤란트에게서 내 배낭을 벗기고 그의 배낭을 다시 메어주고, 그의 두개골을 완전히 부수어 뼛조각을 계곡으로 던져야 한다.

그다음에는 롤란트의 몸을 던져야 하고.

롤란트가 생전에 마지막으로 했던 말이 다시 떠올랐다. '감사'한다고 했다. 저승이 존재한다면 그는 죽음이 이런 식으로 닥친 것에 아마도 감사할 것이다. 이제 끝났으니까. 빠르고 고통 없이. 그가 걱정하던 것처럼 암 때문에 시름시름 앓다가 얼마 후에 그의 가족이 둘러선 가운데 폐암에 질식해서 죽지 않고.

롤란트는 삶의 한가운데에서 순식간에 사망했다. 스스로 느끼지도 못했다. 순례가 그의 삶을 바꾸었다. 그는 자기 자신에게서 작별하는 일만 하지 못했다.

26

후퇴

후퇴는 가만히 멈춰 있다가 시도하는 것보다 당신을 더 멀리 도약하
게 하는 도움닫기이다.

——————— 요쉬카 브라이트너, 『내년을 향한 빌걸음 ─ 자아 발견을 위한 순례』

마지막으로 피 묻은 돌멩이를 계곡으로 던졌다. 나는 만난
지 얼마 되지 않았지만 롤란트를 정말 좋아했다. 이성적으로
생각하면 그의 죽음을 애도하는 게 위선으로 보일 수도 있
었다.

나는 머릿속으로 순례 일지에 메모했다.

갑작스러운 죽음은 죽음에 이를 때까지 살았다는 뜻이다.

하지만 롤란트가 그리웠다. 그에 대해 더 많이 알고 싶었는데.

길에 있던 흔적은 계속 내리는 비 덕분에 이미 많이 지워졌다. 비옷과 얼굴에 튄 피는 수통의 물로 문제없이 다 지웠다.

시신이 없으니 경찰은 누가 롤란트를 쐈는지 당분간 궁금해하지 않을 터였다.

그러니 원래의 순례자 질문 세 가지에 더해 누가 롤란트의 죽음에 책임이 있는지를 생각할 시간이 어느 정도 있었다.

배낭의 죔쇠를 잠그고 다시 론세스바예스 수도원으로 향했다.

미처 150미터도 가지 못했다.

나는 비틀거렸다.

총에 걸려서.

군 복무 시절에 사용했던 G3 소총처럼 보였다. 망원 조준경이 달려 있다는 점만 달랐다. 총은 흙을 잔뜩 묻힌 채 길에 가로누워 있었다.

그러니까 내가 조금 전에 잘못 들은 게 아니로군. 정말 누군가 총을 쏜 후에 도망쳤다. 저격범은 총을 떨어뜨렸다. 그렇다면 최소한 냉철한 킬러는 아니라는 결론이 나왔다. 전문가라면 총을 한 발 쏘고 도망치지 않을 테니까. 전문가였다면 우리 둘을 다 쐈을 것이다. 증인을 없애기 위해서라도. 도망치면서 길에 총을 버리는 일은 더더욱 하지 않았을 터였다.

아마추어가 나를 살려뒀다는 점에서는 좋았다. 하지만 다른 한편으로는 그 이유에서 용의자 숫자가 커지니 좋지 않았다. 총에 접근할 수 있는 멍청이는 모두 용의선상에 올랐다.

'총에 접근할 수 있는 멍청이'가 중국인 전문 킬러의 은유 같지는 않았다. 그리고 아마 중국 출신 킬러라면 독일 군대의 진품 무기가 아니라 복제품을 쓸 테지. 혹시 이것도 인종차별주의 선입견일까?

총에 접근할 수 있고, 신경이 약하고, 롤란트나 나를 쏠 만한 이유가 있는 사람이 누구지?

상상을 조금만 더하면 세 가지 모두 클라디에게 맞아떨어졌다.

어제 클라디가 무기 소지 허가증이 있다고 말하지 않았던 가? 그리고 다른 사람의 삶을 파괴하는 게 어떤 느낌인지 알고 싶다고도 했었지? 그는 범죄 에너지를 지니고 있었지만 냉혹한 살인자처럼 보이지는 않았다. 하지만 총격을 가한 후에 총을 떨어뜨릴 만한… 사람 같기도 했다. 그리고 롤란트를 증오하는 듯했다. 어쨌든 검사들을 싫어했다.

나는 늦어도 팜플로나에서는 이 의문을 철저히 파헤칠 생각이었다. 그곳에서 클라디의 휴대폰을 훔쳐야 하니까.

클라디가 롤란트를 쏘았을 수도 있다고 생각하니 약간 안심이 됐다. 어쨌든 미지의 중국인 킬러가 나를 쏘려고 했다는 상상보다는 마음이 놓였다. 단 한 발의 총알이 인생의 한복판에서 이미 반평생이나 멀리 떨어진 죽음에 이르게 한다면, 중년의 위기에 저항하려고 야고보의 길을 걷는다는 것은 얼마나 아이러니한가.

하지만 지금은 일단 현실적인 문제부터 해결해야 했다. 총을 어떻게 하지? 당연히 길에 그대로 내버려둘 수는 없었다…. 총이 발견되면 롤란트의 실종과 곧장 연결이 될 테니까.

롤란트가 있는 계곡으로 던질 수도 없었다. 그랬다가는 세심하게 고민해서 짜낸 추락 사고의 신빙성이 없어질 터였다.

순례 여행에 총을 가지고 다니는 것도 기괴했다. 지팡이는 액세서리로 인정될지 몰라도 어깨에 걸친 총은 아마 통과되지 못할 것이다. 게다가 총을 분해한다고 해도 내 배낭에는 들어가지 않았고 기타 케이스 정도는 되어야 들어갔다.

다시 중국인이 떠올랐다.

중국인이 범인이라면 이제 공황 상태에서 벗어났을 것이다. 그러면 자기가 총을 버렸다는 걸 알게 되겠지. 그러다가 언젠가 자기가 목표물을 제대로 죽였는지 의심이 들지도 모른다. 아마도 내 죽음을 확인하기 위해 살아 있는 롤란트가 나타날 때까지 론세스바예스에서 기다릴 수도 있다. 롤란트가 나타나지 않으면 아마 다시 나를 죽이려고 시도할 것이다.

나는 구형 노키아를 바지 주머니에서 꺼냈다. 사샤가 카타리나를 통해 보낸 경고 문자는 없었다.

사샤에게 전화를 걸고 싶은 유혹이 아주 컸지만 이 휴대폰을 사용하지는 않을 생각이었다. 총격 이야기를 하고 싶지 않았다. 이 휴대폰은 가족에게로 향하는 창문이었다. 무슨 일이 벌어져도 내 순례 여행으로 들어오는 이 세상의 넓은 관문이 되어서는 안 된다.

나는 명상 분야에서 이제 더는 초보자가 아니었다. 총격이 해결책을 고민해야 하는 문제라고 생각하지 않을 작정이었다.

그걸 영감으로 간주하고, 삶의 변화를 위해 어떤 기회가 나에게 주어졌는지 명상을 통해 과연 알아낼 수 있을지 볼 예정이었다.

또 총격 덕분에 나는 순례의 목표를 다시 곰곰이 생각하게 됐다. 삶의 변화에 성공하지 못하더라도 삶이 이어진다는 사실에 만족할 것이다. 내가 얼마나 삶을 중요하게 생각하는지 순례 둘째 날에 이바녜타 고개에서 이미 명확해졌다.

짜증 나는 일도 있고, 내가 고쳐야 할 일도 있었다. 하지만 내 문제가 롤란트와 같은 방식으로 해결되는 것은 결코 겪고 싶지 않았다. 스프레이 폼 중국인에 의해서든, 클라디에 의해서든.

우와! 아주 짧은 명상 덕분에 얼마나 큰 깨달음을 얻었는가. 타인의 죽음이 얼마나 큰 영감을 줄 수 있는지 두려울 지경이었다.

나는 휴대폰이 십자가라도 되는 듯 높이 들었다. 하늘이 나와 내 결심에 손을 들어줬다. 신호가 잡히지 않았다. 하지만 이제 적어도 내가 몰두할 수 있는 가설이 두 개 생겼다.

하나는 클라디가 롤란트를 쏘려고 했고 그렇게 했다는 것.

다른 하나는 중국인이 나를 쏘려고 했는데 실패했다는 것.

개인적으로는 첫 번째 가능성이 더 마음에 들었다. 론세스바예스 수도원으로 계속 가지는 않을 작정이었다. 두 번째 가설 때문에 너무 위험했다. 오리송으로 다시 돌아가지도 않을 것이다. 숙소 주인이 어쩌면 나를 알아보고 질문을 던질지도 모르니까.

일단 총을 버리고 정보를 몇 가지 얻어야 했다.

총을 분해하고 비옷에 싸서 배낭 위에 묶어야지.

그리고 오늘 바로 생장피에드포르로 다시 돌아가야겠다. 25킬로미터를 가야 하지만… 그래도 대부분 내리막길이었다.

공중전화로 사샤와 연락을 해봐야겠어. 사샤가 새로운 정보를 가지고 있을지도 모르지. 어쩌면 카타리나가 나에게 문자를 아직 보내지 않은 걸 수도 있어.

총을 처리하고 정보를 얻은 다음에 순례를 계속해야겠다. 일단 팜플로나에서 클라디를 만나 내 편지 사진이 들어 있는 그의 휴대폰을 훔쳐야지.

어쩌면 그가 롤란트 살해범인지 아닌지 더 가까이 다가갈 수 있을 거야.

그런 다음에는 산티아고데콤포스텔라까지 가는 길 내내 다른 방해 요소가 없기를 바랐다.

부엔 카미노.

27

결심

결심은 덫이 아니라 지침이어야 한다.

———————————— 요쉬카 브라이트너, 『내면을 향한 발걸음―자아 발견을 위한 순례』

나는 늦은 오후에 생장에 다시 도착했다. 누가 알아볼까 봐 이틀 전에 묵었던 호텔로는 가지 않았다. 하지만 분해한 총을 지닌 채 공립 순례자 숙소에서 자고 싶은 마음도 없었다. 총을 오는 길에 처리하지 않은 이유는 따로 있었다.

내려오면서 어제 아침에 롤란트가 지나가듯이 했던 말이 떠올랐다. 순례자 편지를 무료로 배달해주는 수도사들이 일반

264

짐을 유료로 보내준다고 했다.

그래서 나는 이틀 사이에 그 수도원에 두 번 가게 됐다. 분해한 총을 우편함 앞쪽 덤불에서 비옷으로 완벽하게 묶고는 구급낭에서 반창고를 꺼내 봉했다.

마지막 반창고 두 개로는 50유로 지폐를 우푯값으로 붙였다.

방수 처리가 된 소포에 볼펜으로 '드라간 세르고비츠, 산티아고데콤포스텔라'라고 크게 적었다.

짐을 우편함 위에 올려놓고 생장으로 돌아왔다.

제일 먼저 눈에 띄는 사설 펜션에 체크인하고 죽을 만큼 피곤한 몸으로 침대에 쓰러졌다.

꿈도 꾸지 않고 잠을 잔 후 다음 날 일어나니, 아침 식사는 이미 치워진 후였다. 나는 짐을 꾸리고 공중전화가 있는 카페를 찾아 나섰다.

흉측한 관광 안내소 부근에서 두 가지 모두 발견했다. 크루아상과 블랙커피를 주문한 후에 전화를 하려고 카페 뒤편으로 갔다.

신호가 두 번 울린 후에 사샤가 전화를 받았다.

"부모 이니셔티브 '바닷물고기처럼'의 사샤입니다. 무엇을 도와드릴까요?"

"나야."

"비요른? 벌써 자아 발견을 했나?"

"아니, 헛소리는 집어치워. 그런데 다른 사람이 나를 발견했는지도 모르겠어."

"무슨 일이야?"

사샤에게 총격과 관련된 내 가설을 말한다면 순례자보다 더 많은 발터의 경호원들이 24시간 이내에 야고보의 길에 퍼질 터였다. 그런 상황은 피하고 싶었다. 클라디에 대한 내 가설이 옳다면 총격은 어차피 롤란트를 향한 것이었다. 그렇다면 아무 걱정 없이 차분하게 순례를 이어갈 수 있었다.

그래서 사샤에게 모호하게 설명했다.

"순례 중에 우발적인 사건이 생겼어. 혹시 중국인이 나에게 예의 없는 행동을 한 건 아닌지 잘 모르겠군. 그 쿠이⋯ 쿠⋯ 뭐라는 사람과 관련해서 새로운 소식 있나?"

사샤는 오래 생각하지 않았다.

"미스터 노랑? 아니, 없어. 내가 알기로 그 사람은 여전히 중국에 있어."

"하이에네나 샌디에 대해서 들은 건 있고?"

"아직 안 왔대. 14일 동안 휴가라서 업무용 휴대폰을 꺼뒀으니 소식이 없는 게 당연하지."

"둘이 죽었다고 해도 소식이 없는 게 당연할 텐데."

"왜 죽었다고 생각하지? 무슨 일이 벌어졌는지 말해주지 않겠어?"

"나는… 아니야. 그냥… 내가 여기서 특별한 사람을 만났는데…." 내 목소리가 떨렸다. 그 순간 내가 아주 큰 상실에 슬퍼하고 있다는 걸 깨달았다. 나는 첫 번째이자 유일하고 최고였던 길동무를 잃었다.

"비요른, 괜찮아?"

"그래, 괜찮아."

"순례는 감정상 격렬한 경험인 것 같군."

사샤는 자기가 얼마나 옳은 소리를 하는지 아마 모를 터였다.

나는 다시 정신을 차리고 좀 더 명확하게 생각했다. 쿠앙 씨에게서 새로운 소식이 없다면 공격은 아마 정말로 내가 아니라 롤란트를 향한 것이었는지도 모른다.

나는 평생 처음으로 내가 저지르지 않은 살인의 목격자가되는 경험을 했다. 감정이 많이 흔들릴 수도 있지만 부서지면안 된다. 롤란트는 분명히 내가 끝까지 순례하기를 원했을 것이다. 자기 것과 같은 군용 배낭이 40년 후에 산티아고까지 가는 걸 원한다는 이유만이라고 해도.

이러나저러나 클라디의 휴대폰을 훔치려면 최소한 팜플로나까지는 가야 했다. 순례자의 행운이 좀 따라준다면 클라디가 롤란트의 살해범인지 아닌지도 아마 알아낼 수 있을 터였다.

"사샤, 두 아가씨나 중국인에 관해 뭔가 새로운 소식을 들으면 약속대로 해줘…. 카타리나를 통해서 '부엔 카미노'라고 문자를 보내면 즉시 자네에게 연락할게."

"걱정 마! 순례 잘하고."

나는 팜플로나 호텔 전화번호를 찾아서 원래 예약한 날짜보다 이틀 먼저 가도 되는지 물었다. 그 도시는 축제 때만 예약이 꽉 찼으므로 예약한 객실에 미리 갈 수 있었다. 자리로 돌아와 크루아상을 먹고 커피를 마시고서 종업원에게 택시를 불러달라고 부탁했다.

오늘이 순례 나흘째인데 나는 순례자 숙소에서는 딱 한 번 잤고, 최소한 나흘 걸릴 거리를 지금 택시를 타고 단숨에 가려는 중이었다.

하지만 나 스스로를 제외하고는 그 누구에게도 변명을 해야 할 이유가 없었다. 이건 오로지 내 순례 여행이니까. 나는 지금 편협한 계획의 실행과는 정반대 행동을 하고 있었다. 이런 사건을 겪은 후에는 그래도 괜찮았다.

택시가 왔다. 나는 자리에서 일어나 팜플로나로 출발했다.

28

팜플로나

순례에는 당연히 위험이 따른다. 당신은 이 도전이 자신에게 지나치게 큰지 확인할 수 있을 것이다. 하지만 위험을 피하는 일은 그것을 받아들이는 일보다 이따금 더 위험하기도 하다.

_____ 요쉬카 브라이트너, 『내면을 향한 발걸음―자아 발견을 위한 순례』

팜플로나의 소몰이 행사인 '엔시에로'는 전통이 길다. 수호성 인인 산 페르민을 기리기 위한 산 페르민 축제에서 가장 인기 있는 분야다. 축제는 1324년부터 계속됐는데, 원래는 10월에 열렸다.

1591년에 가톨릭교회는 축제와 소몰이 행사를 7월 초로 옮겼다. 267년 동안 기상관측을 한 후에야 여름 날씨가 가을보다 일반적으로 더 따뜻하다는 걸 확인한 것이다.

당시 사람들은 기후 연구에 이렇듯 시간을 좀 더 들였다.

산 페르민은 팜플로나 출신으로 프랑스에서 선교사로 명성을 얻었는데, 야고보와 마찬가지로 그의 명성은 뼈에도 옮아갔다.

야고보의 유해는 전 세계 사람들을 산티아고데콤포스텔라로 불러 모았고 지금도 불러 모은다. 순례자들은 대체로 걸어서 뼈를 단련하며 영혼의 구원을 기대한다.

산 페르민의 유해는 전 세계 사람들을 팜플로나로 불러 모았고 지금도 불러 모은다. 사람들은 이곳에서 이레 동안 일반적으로 영혼까지 갈아 마시며 자기 뼈를 위험에 처하게 만든다.

두 가지 모두 이루어진다는 점이 아주 좋다. 다른 사람들이 이러한 뼈의 전통을 뭐라고 간주하든 간에 참가자들은 행복하다.

팜플로나 엔시에로에 참가하는 행복한 방문객들은 축제 둘째 날부터 매일 아침 8시 정각에 구시가지 거리에서 만난다. 그곳에는 875미터 길이의 폐쇄된 경주 구간이 있다. 매일 아침 우리에서 나온 투우 여섯 마리가 팜플로나 아레나로 가기 위해 이 구간을 달린다. 이 투우들을 달래는 역할을 하려고 거세우 몇 마리가 함께 달린다. 수만 명의 사람들은 거세우와 반대 역할을 한다.

소들이 달리는 구간은 완벽하게 준비된다. 길에 있는 모든 집의 현관과 가게 들은 문을 닫고 샛길도 막힌다. 달리는 사람들과 소는 아레나라는 하나의 방향과 하나의 목적지만 알 뿐이다.

달리기 참가자들은 흰옷에 붉은 장식 끈과 붉은 머플러를 맨다. 이들은 마지막에 소로 인해 최소한의 붉은 물이 옷에 묻기를 기대하면서 소 앞에서 최대한 오래, 최대한 가까운 거리에서 달리려고 한다.

엔시에로 전통은 산 페르민 축제의 처음 600년 동안 잘 알려지지 않았고 무척 편안하게 치러졌다. 그러다가 1920년대에 어니스트 헤밍웨이의 소설 덕분에 순식간에 세계적으로 유명해졌다. 그때 이후로 소몰이 행사가 포함된 이 연례행사에 수십만 명이 방문한다.

소몰이 행사는 완전히 안전하지는 않다.

1900년 이래로 수십 명이 소와 함께 달리다가 사망했다.

수백 명이 중상을, 수천 명이 경상을 입었다.

이 점도 소몰이 행사에 매력을 더한다.

소몰이가 시작되면서 얼마 안 되는 소들만 이 축제에서 살아남았다는 점은 유감스러운 사실인데, 소들의 의미는 팜플로나에서 떨어진 거리에 비례하여 커진다.

도시는 전 세계에서 온 사람들로 가득했다. 내가 나 자신을 제외하고 유일하게 아는 사람은 클라디뿐이었다. 나는 팜플로나에 처음 왔지만 그에게는 이곳이 익숙한 영역이었다. 나는 호텔 앞에 도착하자 택시에서 내렸다.

축제는 다음 날 12시 정각에 공식적으로 개최될 예정이었다.

실제로 스페인 사람들도 보였다. 하지만 특히 미국 사람과 오스트레일리아 사람이 아주 많았고 아시아인도 몇몇 있었다. 중국인은 발견하지 못했다. 어쨌든 내가 본 아시아인들은 대부분 빨간색과 하얀색이 뒤섞인 깃발 뒤를 무리 지어 다녔다. 산 페르민 축제 색깔과 주제 면에서 잘 어울리긴 하지만 일본의 주권을 상징하는 색깔이었다.

나는 호텔 객실에 틀어박혀 나머지 시간을 침대에서 보냈다. 전날의 힘겨운 행군이 뼈에 흔적을 남겼다. 계속 산을 내려오는 길은 무릎에 무리였다.

다음 날 오전에 시내를 이리저리 돌아다녔다. 사람들이 축제를 벌이며 거리에서 술을 마시고 춤을 췄다. 축제는 독일 카니발과 비슷한 안무를 따랐다. 많은 단체, 즉 '페냐'가 일주일 축제 기간에 파티와 퍼레이드와 댄스 행사를 조직했다.

첫날에는 소몰이 행사가 없었다. 그 대신 군중은 점심에 시청 앞에 모여 12시 정각에 붉은 신호 로켓이 발사되기를 기다렸다. 축제 시작을 알리는 공식적인 신호였다. 신호 로켓이 공중에 올라가고서야 진짜 산 페르민 축제꾼들은 전통적인 빨강 머플러를 목에 둘렀다. 그러고는 일주일 후에 축제가 끝날 때까지 풀지 않았다.

다음 날 아침 첫 번째 소몰이 행사에 참가하는 게 너무 위험해 보이면 그 전에 이른바 푸엔팅('fuente'는 분수라는 뜻이다―옮긴이)에 참가할 수 있었다.

나바레리아 광장에는 나바레리아 분수가 있다.

각양각색으로 저마다 술에 취한 사람들이 분수 가운데 있는 4미터쯤 되는 높이의 기둥에 올라가 군중을 향해 머리부터 떨어진다.

군중은 기분이 내키면 뛰어내리는 사람을 받아준다.

내키지 않으면 받지 않는다.

뛰어내린 사람은 어쨌든 집에 가서 평생 다리를 절뚝이는 이유가 팜플로나 소몰이 행사에서 입은 부상 때문이라고 이야기할 거리가 생긴다.

하지만 나는 달릴 생각도, 뛰어내릴 생각도, 다리를 절뚝일 생각도 없었다. 내가 팜플로나에서 원하는 단 한 가지는 클라디를 찾는 일이었다…. 아니, 사실은 그의 휴대폰이었다.

그리고 클라디가 롤란트의 살해범인지 알아내고 싶었다.

내가 클라디에 대해 아는 거라고는 그가 산 페르민 축제 첫 날 저녁이 되면 카페 이루냐에 있을 거라는 사실뿐이었다. 그 곳은 평소에도 그렇지만 산 페르민 축제 동안 이 도시의 사회적 중심점이었다. 카페 이루냐는 1888년에 팜플로나에 전기가 들어오던 날에 문을 열었다. 그때 이후로 카페는 전 세계의 온갖 명석한 두뇌와 그다지 명석하지 않은 두뇌를 모두 끌어당겼다. 헤밍웨이는 판매대에 무척 오래 서 있었고 그래서 사람들이 동상을 세웠는데, 그가 아주 오래전부터 더는 이곳에 들르지 않았는데도 동상은 여전히 여기 서 있다.

나는 이른 저녁 시간에 여러 번 카페를 지나가면서 들여다보다가 헤밍웨이가 그곳에 이제 혼자 있지 않다는 걸 목격했다. 클라디가 그의 옆에 앉아 있었다. 하얀 바지와 하얀 셔츠, 붉은 장식 끈과 붉은 모자 차림이었다. 그는 행사에 참가하는 스페인 사람 역할을 맡은 독일 영화배우를 연기하는 사람처럼 보였다.

그는 예고한 대로 다이키리를 마시는 중이었다.

나는 만원인 판매대를 밀고 들어가, 클라디의 시야에 들어갈 만한 곳에 자리 하나를 차지했다. 클라디에게 내가 자기를 발견한 게 아니라, 자기가 나를 발견했다고 믿게 하는 게 전술적으로 나을 듯했으니까.

몇 분 지나지 않아 클라디가 나에게 다가왔다.

"어이, 순례하는 내 식탁 이웃 비요른! 맞지?"

"클라디, 세상에 이럴 수가!"

클라디는 요란한 몸짓으로 주변을 둘러봤다.

"자네 친구, 그 검사는 이미 산을 넘어가서 종적을 감췄나?"

클라디는 내가 이 질문을 기습 공격처럼 느낀다는 걸 알아챈 게 분명했다.

"아, 말기 암 환자가 이바녜타 고개를 넘기란 당연히 육체적인 중노동일 테니까 말이야."

설명에도 불구하고 그의 질문은 여전히 이중적이었다.

"오리송을 떠나면서 롤란트를 더는 못 봤어." 내 대답이 사실이 아니라는 건 저격범만 알 터였다.

"아하… 나는 둘을 늘 함께 만날 수 있을 거라고 생각했는데."

이 말에도 클라디가 롤란트의 죽음과 관계가 있을 거라는 의심은 줄어들지 않았다.

"아닐걸." 나는 중립적으로 대꾸했다.

"흐음, 하기야 검사가 팜플로나에서 뭘 하겠어? 저승사자를 피하려고 소보다 더 빨리 달릴 필요도 없는데 말이야. 한동안 암보다 더 빨리 달리면 그걸로 충분하지."

그 순간 클라디가 롤란트의 살인범인지 아닌지는 더 이상 중요하지 않았다. 이러거나 저러거나 롤란트의 유해가 피레네

계곡에 놓여 있는데 클라디는 버젓이 살아 있다는 사실이 너무나 부당했다.

하지만 내가 지금 여기에서 원하는 것은 싸움이 아니라 클라디의 휴대폰이었다. 그는 다이키리만 한 잔 마신 게 아닌 듯했다. 어쩌면 그에게서 휴대폰을 빼앗아 돌려주지 않는 일이 아주 간단할 수도 있었다. 나는 분노를 억누르고서 친근하게 그의 어깨에 팔을 둘렀다.

"여기서 만나니 반갑군. 자, 우리 기념사진을 한 장 찍자고."

"좋지." 클라디도 팔을 내 어깨에 걸치고 상상의 카메라를 향해 히죽 웃었다.

그는 카메라가 없다는 걸 전혀 깨닫지 못했다.

그래서 일단 그 사실을 일깨워주어야 했다.

"내 휴대폰으로는 사진을 찍지 못해."

클라디는 당황한 표정으로 나를 빤히 바라봤다. 그 표정은 술집에서 어깨를 겯고 선 채 서로 상대방이 사진을 찍기를 바라는 장면을 더욱 기이하게 보이게 했다.

나는 남아 있는 팔로 바지 주머니를 뒤져 구형 노키아 휴대폰을 꺼내 그에게 보여줬다.

"자… 카메라가 없잖아. 그러니 자네 휴대폰으로 찍어야 해."

그제서야 클라디도 내 어깨에서 팔을 내리고 자기 바지 주머니를 두드리며 더듬었다. 세 번을 더듬고 나서야 다음 사실을 깨달았다.

"빌어먹을. 내 건 호텔에 있어. 배터리가 다 되어서 지금 충전 중이야. 내일 소몰이 행사 때는 배터리가 꽉 차 있어야 하니까."

나는 이 말에서 오늘 저녁에는 그의 휴대폰이 내 사정거리에 없다는 부정적인 정보를 얻었다. 하지만 이런 상황이 내일 달라질 수도 있다는 건 긍정적인 정보였다.

"내일 소몰이 행사에 참가해?" 내가 물었다.

"당연하지! 아주 짜릿해. 믿을 수 없을 정도야!"

"하지만 엄청나게 위험하잖아. 안 그래?"

"'하지만'이 아니라 '바로 그 이유에서'야."

"'위험해서' 참가한다고?"

"투우는 예술가가 죽음의 위험에 처하는 유일한 예술이지."

이 문장을 클라디가 생각해냈을 리는 없었다.

"누가 한 말이야?" 내가 물었다.

"저 앞에 있는 남자." 클라디가 헤밍웨이의 동상을 가리켰다.

"잘 모르겠지만, 그 말은 전통적인 투우랑 관계있지 않아? 술 취한 수천 명의 관광객들이 소 여섯 마리 앞에서 달리는 게 아니라 한 남자가 한 마리 소와 홀로 싸우는 것 말이야."

"아, 무슨 소리!" 클라디는 자기에게 유리하게 해석했다. "소들은 아레나 방향으로 달려. 예술가가 일하러 가는 길은 예술의 일부야. 안 그래?"

"그러니까 죽음의 위험에 처하는 예술가는 소란 말이지?"

"옹졸하게 굴지 마. 소, 예술, 달리기, 인생. 이 모든 게 예술이야."

인생이 예술이라면 어쨌든 클라디의 경우에는 무척 추상적인 예술이었다.

그러거나 말거나. 나는 그와 예술이나 문학에 대해 논쟁하려는 게 아니라 그의 휴대폰을 원했다.

"그게 어떻게 가능한지 보여주지 않겠어? 예술 형태로의 달리기 말이야." 내가 물었다.

"어떻게 보여줄 수 있을까?"

"으음… 내일 함께 달리자고." 나는 내가 하는 말이 어떤 결과를 가져올지 한순간도 고민하지 않고 대답했다.

클라디도 오래 고민하지 않았다. 그는 관중이 필요한 예술가였으니까.

"그렇게 하지. 나는 내일 아침 8시에 에스타페타 거리에 있을 예정이야. 그곳에서 경주 구간이 90도로 꺾이지. 소들은 좁은 직선 도로를 전속력으로 뛰어오다가 그곳에서 곡선 때문에 멈춰야 하고, 다시 아레나까지 전속력으로 달려. 거기서부터 시작하면 꽤 먼 거리를 함께 달릴 수 있어."

나는 내 남성성을 자만이라는 예술 형태로 증명해 보일 생각은 절대 없었다. 하지만 클라디를 휴대폰에서 분리한 다음,

휴대폰은 내가 갖고 클라디는 떼어놓을 수도 있는 계획이 아주 흐릿하게 떠올랐다.

클라디는 소몰이 행사를 진지하게 받아들였다. 어쨌든 달리기를 앞두고 엄청나게 술자리를 달리지는 않을 정도로는 진지했다. 내일 어느 정도 멀쩡한 몸 상태를 유지하고 싶었으니까. 우리는 다이키리를 한 잔씩 더 마시고, 내일 7시 반에 그의 호텔 앞에서 만나기로 약속했다.

29

걱정

걱정에서 도망칠 수는 없다. 걱정에 맞서야 한다.

——————— 요쉬카 브라이트너, 『내면을 향한 발걸음─자아 발견을 위한 순례』

팜플로나 소몰이 행사는 참가하는 많은 사람들에게 섹스와도 같다. 대부분은 상당히 아름답지 못한 모습을 보이고, 참가 결과는 직후에 치명적이거나 나중에 허무맹랑하게 악화되기도 한다.

산 페르민 축제 동안 팜플로나는 아침 7시 30분부터 이미 생기 넘치고 복잡한 도시가 된다. 빨강과 하양 옷 색깔의 바다에는 다양한 계층의 파랑 숙취와 한 줄기 노랑이 섞였다.

거리에 나온 많은 사람들은 밤새 술을 마셔서 전날의 숙취로 아직 퍼랬다.

다른 사람들은 이제 곧 시작될 소몰이 행사에 적당하다고 생각되는 수준으로 레드 와인을 잔뜩 마셨다.

노란 조끼를 입은 사람들만 완벽하게 멀쩡한 정신으로 소들의 경주 구간에 놓인 문이 모두 닫혔는지, 장애물은 다 치웠는지, 만취해 보이는 관광객은 길에 없는지 살폈다.

나는 약속대로 호텔 앞으로 클라디를 데리러 갔다.

휴대폰이 눈에 바로 들어왔다. 두툼한 끈에 매달아 목에 걸고 있었다. 눈치채지 못하게 훔치기란 불가능했다.

우리는 오랜 친구처럼 어깨를 두드리며 포옹으로 인사하고, 함께 에스타페타로 향했다.

"그날 식사한 후에는 자네를 못 봤어. 아주 일찍 출발했나 봐?" 나는 그와 소소한 수다를 시도했다.

"거기서 숙박하지 않았어. 생장에서 무척 멋진 산악용 전기 자전거를 빌려서 밤에 8킬로미터를 달려 내려와 생장으로 돌아왔지."

"어… 그러면 걷지 않고서 순례를 한다고?" 나는 조금 어리둥절해서 물었다.

"오리송에는 식사와 좋은 분위기 때문에 갔어. 다른 사람들도 그래. 그게 뭐 잘못됐어?"

"예를 들어 다른 사람들은 순례를 하면서 자아 발견을 하려고 해."

"다른 사람들은 자기 스스로를 발견하고, 나는 다른 사람들을 발견하지. 그러니까 결국 우린 모두 같은 걸 찾는 거야. 나는 자아 발견에 더해 약간의 돈을 번다는 것만 달라."

나는 끓어오르는 분노를 억눌러야 했다.

"그래서? 좀 더 얻은 게 있어?" 나는 무척 자제하며 물었다.

"있다마다. 인터넷에서 오스트레일리아 남자의 아내 주소를 알아냈어. 그리고 남자에게서는 내가 아는 걸 이용하지 않는다는 조건으로 수비리에서 500유로를 받았지. 내 생각에는 무척 기독교적인 가격이야."

수비리는 론세스바예스 다음 목적지였다. 클라디는 생장에서 아침에 전기 자전거를 타고 롤란트를 쏘기 위해 이바녜타 고개로 올 수 있었을 것이다. 그가 론세스바예스를 건너뛰었더라도 수비리에서 오스트레일리아 남자를 협박할 수 있었을 테고.

"다른 편지들은 어떻게 됐어?"

"계속 작업 중이야. 하지만 오늘은 일단 소몰이가 중요해."

나는 순례 여행 전에는 팜플로나에서 소몰이 행사 분위기에 조금 휩쓸려보기로 계획을 짰었다. 하지만 지금은 당장에라도 소들에게 쫓기고 싶은 기분이었다. 소 인근에 있고 싶기 때문이 아니었다. 소에게 밟히는 위험에 처하고 싶은 욕구는 전혀 없었다. 하지만 내가 직접 쓴 순례자의 편지를 찍은 사진 때문에 살인범으로 체포되거나 협박을 받고 싶은 욕구는 더더욱 없었다.

소몰이를 목전에 둔 지금 나에게 정확한 계획이 없다는 점이 문제였다. 나는 이 문제도 영감으로 보려고 애썼다.

클라디의 목에서 휴대폰을 잡아떼어 소들이 등장하기 전에 그냥 도망쳐야 하나?

클라디가 우연히 휴대폰을 어딘가에 내려둘 때까지 기다려야 할까?

나는 행동주의와 무기력 사이에서 흔들렸다.

요쉬카 브라이트너의 명상 훈련이 떠올랐다. 훈련의 이름은 '호수의 막대기'였다.

당신이 자그마한 호숫가에 서 있다고 상상해보라. 호수 수면에 막대기 하나가 떠다닌다. 당신은 그 막대기를 갖고 싶다. 호숫가에는 다양한 크기의 돌멩이들이 놓여 있다. 막대기를 얻을 수 없는 태도는 두 가지가 있다. 무기력과 행동주의이다. 호숫가에 서서 기다리기만 하거나, 모든 돌을 다급하게 던지면 막대기는 당신 쪽으로 움직여오지 않는다. 그러니 절충안을 택하라. 돌멩이를 하나씩 막대기 근처로 던진다. 그러고 나서 막대기가 어느 쪽으로 움직이는지 기다린다. 언젠가 막대기는 호숫가에 아주 가까이 다가오고, 돌멩이를 하나만 더 던지면 막대기를 당신에게 가져다줄 결정적인 파도가 일게 된다.

막대기는 휴대폰이고 호수는 클라디였다. 돌멩이는 일단 내 말뿐이었다. 움직이면서 나는 신중하게 첫 번째 돌멩이를 던졌다. 무척 투박한 돌이었다.

"자네 휴대폰을 좀 줘보겠어?"

"왜?" 클라디는 걸음을 늦추지 않은 채 되물었다.

"나한테 주면… 우리 사진을 찍을 수 있으니까."

"지금은 그럴 시간이 없어. 일단 좋은 출발 위치를 하나 맡아야 해. 관광 사진은 달리고 난 후에도 찍을 수 있어."

돌멩이가 제대로 맞지 않았다.

8시 조금 전에 우리는 에스타페타의 횡목 앞에 서 있었다.

소몰이는 항상 전 구간에 크게 울려 퍼지는 로켓 두 개의 폭발 신호음으로 시작했다. 그 소리와 함께 노선 출발점에 있는 우리가 열리고 소 떼가 팜플로나의 좁은 도로를 달렸다.

소들은 신호음이 들리고 1분 내에 우리가 서 있는 구간에 도달할 것이다.

우리는 경주 구간 왼쪽 가장자리 빈 곳에 있었다. 클라디는 멋진 경주를 앞둔 전문가처럼 곧장 스트레칭을 하고 몸을 풀기 시작했다. 제자리 뛰기를 하고, 한쪽 다리로 서서 다른 쪽 종아리를 끌어당겼다. 사실 주변에 있는 스페인 사람들이 모두 하는 행동을 흉내 내는 거였다. 하지만 사진은 찍지 않았다. 나는 조금 작은 두 번째 돌멩이를 던졌다.

"자! 달리기 전에 사진을 한 장 찍어야지!"

클라디가 스트레칭을 멈추고 나를 보며 히죽 웃었다.

"좋은 아이디어야! 전후 사진이 중요하지. 이리 와!" 그는 나에게 손을 내밀고 다른 손으로 목에 건 휴대폰을 꺼냈다.

나에게 휴대폰을 건네는 대신 클라디는 내 어깨에 팔을 얹고 사진을 찍었다. 그런 다음 휴대폰 끈을 다시 목에 걸었다.

"자, 이제부터 사진 말고 동영상을 찍을 거야."

두 번째 돌멩이도 아무런 효과 없이 호수에 풍덩 빠졌다.

클라디는 휴대폰 비디오 기능을 활성화했다. 달리는 내내 자기 시점에서 영상을 찍을 예정이었다.

달리면서 한 손으로 촬영하는 게 얼마나 위험한지 알았으므로 목에 카메라를 걸었던 것이다.

신호음이 두 번 연이어 울렸다. 그러자 군중이 환호성을 질렀다. 60초가 지나기 전에 투우와 거세우들이 우리가 있는 곳에 도착할 터였다. 나는 행동에 나서야 했다. 그것도 얼른.

다음 돌멩이를 집어 들었다.

"휴대폰 이리 줘!" 나는 점점 더 커지는 군중의 아우성 사이로 클라디에게 고함을 쳤다.

"왜?" 그도 목소리를 높였다.

"내가 자네 옆쪽 길가로 달리며 영상을 찍을 테니!"

"그러면 자네는 스릴을 못 느끼잖아?"

"못 느껴도 상관없어. 그 대신 자네는 아주 생생한 달리기 영상을 갖게 되지."

그 말이 효력을 발휘했다. 클라디가 내게 휴대폰을 건넸다.

"암호가 뭐야?" 내가 물었다.

"4321."

이 얼마나 창의적인 사람인가. 나는 휴대폰을 들고 바로 도망치고 싶었다. 하지만 내가 있는 곳은 사방이 막혀 마치 관과 같은 팜플로나의 거리였다. 이제 곧 투우 여섯 마리와 수천 명의 군중이 한 방향으로 달리게 될 터였다. 달리기는 군중과 함께만 가능했다. 내가 클라디에게서 도망치려면 그와 소보다 더 빨라야 했다.

또는 경주 구간에서 클라디를 제거할 돌멩이를 던져야 했다.

"자네는 내 친구야. 평생 잊지 않을게." 클라디가 웃으며 내 어깨를 두드렸다.

그때까지만 해도 우리 둘은 그가 이 약속을 얼마나 철저하게 지키게 될지 전혀 몰랐다.

경주 구간 첫 부분에서 에스타페타로 군중이 몰려오며 점점 함성이 커졌다. 그곳에서 달려오는 처음 몇 명이 시야에 들어왔다.

그런 다음 군중이 보였다.

드디어 몇몇 거세우의 뿔이 나타났다.

검은 소들이 그 뒤를 따랐다.

우리 주위 사람들이 달리기 시작했다. 클라디도 도로 가운데로 달려갔다. 나는 그의 왼쪽 옆에서 그와 속도를 맞추었다. 내 안에서 아드레날린이 솟구치는 게 느껴졌다. 이제 더는 촬영에 신경을 쓰지 않았다. 오히려 반대였다. 달릴 때 방해받지 않으려고 휴대폰을 바지 주머니에 넣었다.

클라디가 내 쪽을 바라봤다. 전날 저녁 카페에서 그랬듯이 있지도 않은 카메라를 향해 12시간 내에 두 번째로 멍청하게 히죽거렸다. 그의 어깨 뒤에서 거세우 두 마리와 투우 한 마리의 모습이 점점 커졌다.

"카메라 어디 있어?" 클라디가 당황해서 고함을 질렀다.

나는 클라디를 빤히 쳐다봤다.

그는 순례자의 편지를 훔치고, 낯선 사람들을 그들의 가장 은밀한 걱정거리로 협박하는 놈이었다.

클라디 8미터 뒤로 거세우들의 뿔이 보였다.

"필요하지 않아!" 나도 고함으로 대꾸했다.

그는 롤란트의 암을 신이 내린 정당한 벌이라고 생각하는 놈이었다.

거세우들의 뿔과는 이제 6미터 거리였다.

"뭐? 하지만 자네가…." 클라디가 달리면서 놀란 목소리로 말했다.

그는 무기 소지 허가증이 있고, 중고 소총을 구하는 방법을 당연히 알고 있었다.

4미터 뒤에 거세우들의 뿔이 보였다.

"그래, 그랬지. 하지만 이제는 아니야!" 내가 고함을 질렀다.

그는 타인의 삶을 파괴하는 게 어떤 느낌인지 알고 싶어 하는 놈이었다. 그 고백 편지가 내 것이라는 걸 알아내면 내 삶 또한 분명히 파괴할 터였다.

2미터 뒤에… 거세우들의 뿔이 보였다.

나는 무슨 일인지 묻는 클라디의 눈길을 봤다.

이제 그의 바로 뒤에 거세우들이 보였다.

그 순간 나는 요쉬카 브라이트너가 말한 마지막 돌멩이가 무슨 뜻인지 깨달았다. 클라디를 휴대폰에서 최종적으로 떼어 놓는 데는 아주 작은 노력만 필요했다.

신중하게 던진 단 하나의 돌멩이.

그 순간 나는 클라디가 롤란트의 살해범임을 온 마음으로 확신했다.

한 조각 이기심도 작용했다는 걸 배제하고 싶지는 않다. 클라디가 롤란트의 살해범이라면 이제 나를 노리는 다른 킬러 때문에 더는 걱정할 필요가 없었으니까.

롤란트의 죽음이 클라디 책임이라는 확신은 클라디를 휴대폰 사진 한 장 때문에 죽이는 게 지나친 일은 아닐까라는 고민을 덜어주었다.

더 관대한 방식을 찾지 않고 잠재적 협박범을 바로 죽이는 것을 어쩌면 내 양심은 과잉 반응이라고 간주했을지도 모른다.

잠재적 협박범에 더하여 롤란트의 살해범을 단 하나의 돌멩이로 내 삶에서 (그리고 그 자신의 삶에서) 걷어차 떼어내는 일은 이것과는 다르다.

나는 아직 내 앞에 남아 있는 긴 여정에 마음의 평화가 깃들기를 바랐다. 그리고 또한 롤란트의 죽음을 이제 넘어서길 원했다. 지금 여기서 이 두 가지 소망을 가치 중립적이고 사랑을 가득 담은 최소한의 움직임으로 실현할 기회가 생겼다.

"롤란트에게 안부 전해." 나는 마지막 돌멩이를 호수에 던질 준비를 하며 클라디에게 외쳤다. 하지만 이번에는 던지지 않고 걷어찼다. 전속력으로 달리는 클라디의 왼쪽 신발을 내 오른쪽 신발로 걷어찬 것이다.

그런 다음 예술가가 일하는 모습을 지켜봤다.

클라디는 균형을 잡으려고 안간힘을 썼다. 거세우의 뿔이 방해하지 않았더라면 그는 당연히 땅바닥에 얼굴을 부딪쳤을 것이다.

거세우는 비틀거리는 클라디를 양쪽 다리 사이에 넣고 위엄 있는 고갯짓으로 몸 위로 들어 올려 뒤로 내던졌다.

클라디는 공중에서 자기 몸을 축으로 한 바퀴 빙 돌았다.

공중으로 날면서 그는 붉은색 물이 드는 흰 바지에 깊게 찢어진 틈새를 어쩌면 볼 수도 있었을 것이다. 하지만 그 장면을 볼 눈이 없는 것 같았다. 달리느라 아드레날린에 푹 젖은 몸은 투우와 거세우들이 자기 뒤쪽이 아니라 아래쪽에 있다는 사실을 일단 소화해야 했다. 어쨌든 거세우 뒤편에 떨어질 때까지 아주 잠깐 동안은 그랬다. 예상된 질서는 거의 다시 원상 복구됐다. 그가 달리면서 바로 뒤에 따라오는 소에게 등을 보인 게 아니라 앉은 채 배를 보였다는 점만 빼고는.

투우는 그러거나 말거나 관심이 없었다. 그냥 클라디를 짓밟았다. 예술가의 목덜미가 견디기에는 소의 무게가 너무 무거웠다. 앞으로 나는 클라디를 더 이상 신경 쓸 필요가 없게 됐다.

30

복수

복수란 본인의 잘못으로 만들어지는 에너지로 타인의 잘못을 덮는 다는 뜻이다. 그보다는 타인의 잘못을 용서하고 자기 에너지를 건설 적으로 사용하는 편이 훨씬 효율적이다.

———————————— 요쉬카 브라이트너, 『추월 차선에서 감속하기—명상의 매력』

나는 사람과 동물 무리가 옆을 지나가서 퇴로가 열리자 에스 타페타로 돌아갔다.

새빨간 조끼를 입은 구급대원 팀이 맞은편에서 다급하게 달 려왔다.

나는 경주 구간을 팜플로나 구시가지와 나누는 횡목을 기어 넘어가 길모퉁이 두 개를 지날 동안 터덜터덜 걸었다. 클라디의 사고 지점에서 직선거리로 채 50미터도 되지 않는 곳에 이르자 팜플로나는 텅 비어 조용했다. 이곳에 와서야 내가 얼마나 흥분한 상태인지 깨달았다. 귀에서 솨솨 소리가 나고, 심장이 세차게 뛰고, 손이 떨렸다.

놀랄 일도 아니었다…. 방금 팜플로나 소몰이 행사에 참가했을 뿐 아니라 사람을 살해했으니까. 극복했다고 믿었던 문제 해결의 일종으로.

이제 더는 살해하지 않으려고 했다. 명상 살인조차 원하지 않았다.

그런데… 정확하게 말하자면 내가 아니라 소가 클라디를 죽인 것이다. 간단하면서도 인상 깊게 현실화한 낭만적인 위험에 클라디가 참가한 것이었다.

슬쩍 가한 내 발길질은 그저 소소하게 기여했을 뿐이다.

걷어차는 순간에 내가 하는 이 행동의 결과가 어떨지 의식하지 못했더라도 달리는 클라디에게 어쩌면 실수로 내 다리가 걸렸을 수도 있다. 그렇게 볼 수도 있지 않을까? 아마 아닐 것이다. 사실은 이렇다. 나는 클라디를 신중하게 살해했다. 소의 도움을 받아.

자그마한 안뜰 입구가 정적을 줄 것 같았다. 수백 년 된 아치

문으로 살그머니 들어선 나는 커다란 단지에 심긴 마른 올리브나무와 나무 벤치와 쓰레기통 사이에 불현듯 멈춰 서게 됐다. 삼면이 뒷마당 담으로 에워싸여 있었다. 나는 차분해지려고 올리브나무와 나무 벤치 사이 마당 담에 등을 기대고 섰다. 쓰레기통 냄새를 무시하고 짧게 명상을 시작했다. 다리를 어깨너비로 벌린 후에 가슴을 앞으로 내밀고, 어깨를 뒤로 보내고 팔은 가볍게 늘어뜨렸다.

수백 년 된 단단한 바닥이 발밑에서 느껴졌다. 나는 이 안정감을 내부로 끌어올렸다. 호흡과 손과 모든 조직이 차분해졌다.

내 안에서 만족감이 넓게 번져갔다.

순례자 편지가 발각되고, 협박당하고, 어쩌면 고발당할지도 모른다는 위험이 사라졌다.

거기에 더해 롤란트의 죽음에 복수도 했다.

이렇게 한다고 해서 한 사람이 목숨을 잃은 걸 되돌릴 수는 없었다.

나를 흥분하게 한 것은 클라디의 죽음보다는 독을 품은 복수심이었다.

요쉬카 브라이트너는 언젠가 나쁜 생각에 대해 아주 타당한 이야기를 한 적이 있다.

복수란 본인의 잘못으로 만들어지는 에너지로 타인의 잘못을 덮는
다는 뜻이다. 그보다는 타인의 잘못을 용서하고 자기 에너지를 건설
적으로 사용하는 편이 훨씬 효율적이다.

나는 롤란트의 죽음에 대해 클라디를 용서할 수 있는지 내
면에 귀를 기울였다.

명상을 하며 이 뜰에 서 있는 시간이 지날수록 클라디를 향
한 분노가 누그러졌다. 그가 죽었다는 사실도 큰 몫을 했다. 이
제 나는 클라디를 용서할 수 있고 그도 나를 용서한다는 걸 느
꼈다. 어쩌면 나에게 고마워하기까지 하는 건 아닐까?

클라디가 아직 살아 있다면 그는 분명히 자신의 죽음을 자
랑스러워했을 것이다. 현실에서도 판타지처럼 떠들썩했던 그
의 죽음은 어쩌면 유일한 생의 업적인지도 모른다.

무기 소지 허가증을 가지고 있고 문화센터에서 창의적 글쓰
기 강좌를 듣는, 스스로를 어니스트 헤밍웨이와 같은 눈높이
에 있는 사냥꾼이자 작가라고 여긴 무능력한 영업사원은 실제
로 예술가가 되어 사망했다. 거세우에게 밟혀 죽는 걸 예술로
볼 수 있다면. 클라디에게 그와 똑같이 생각하고 행동하는 친
구들이 있다면 그는 지금 분명히 영웅일 터였다.

나는 짤막한 긴장 완화 훈련을 통해 내적으로 강화되어 지
금 여기로 되돌아왔다.

구급대원들에게 클라디는 그저 소몰이 행사에서 목숨을 잃은 또 한 명의 관광객일 뿐이었다. 이 죽음에 의문을 갖거나 더 자세히 조사할 사람은 아무도 없을 것이다.

나는 휴대폰을 풀고 갤러리로 갔다. 클라디는 정말 수많은 편지를 사진으로 찍어두었다. 하나도 읽지 않고 그대로 전체를 삭제했다. 그런 다음 칩을 꺼내 망가뜨리고, 휴대폰을 바닥에 내려놓고 밟아서 깼다. 조각들은 쓰레기통에 버렸다.

이제 겨우 아침 8시 반이었다. 구름 없는 하늘에서 해가 빛났다. 나는 이미 소몰이 행사에 참가했고 한 사람을 죽였으며 살인 용의자를 용서했다. 내 순례자 편지 사진을 없앴고, 싸둔 배낭은 호텔에 있었다.

나는 자유로웠다.

그리고 긍정적인 에너지로 가득했다.

이날을 축하하고 싶었다.

철저하게 계획했던 내 생일과는 다르게 하고 싶었고, 낯선 사람들과 함께하고 싶지 않았다.

강렬하고 즉흥적인 파티를 원했다. 오로지 나 자신과 함께.

이날을 축하하기 위해 브라이트너 씨와의 순례 상담 첫 시간부터 기대했던 일을 하고 싶었다. 다시 말해서 순례였다.

나는 호텔로 가서 배낭을 메고 계산을 한 다음, 처음으로 혼자 야고보의 길 여정에 나섰다.

팜플로나를 벗어났다. 걷고, 걷고, 또 걸었다.

나 자신을 느꼈다. 내 발걸음의 지속적이고 균일한 리듬을 느꼈다. 내 다리 근육과 폐활량을 느꼈다.

정적을 즐겼다.

나머지 시간에는 아무와도 말하지 않았다. 그저 나에게만 귀를 기울였다. 아무 말도 하지 않으려는 나를 들었다.

절반쯤은 비어 있는 마을들을 지나고, 산으로 들어가고, 풍차를 지나고, 현대식 순례자 동상을 지나고, 마른 우물을 지나고, 그림처럼 아름다운 다리를 건넜다. 순례자들을 만났지만 그들 중 누구와도 말을 하지 않았다.

쉬지 않고 다섯 시간 동안 꾸준히 걸어 '푸엔테라레이나'라는 작은 마을에 도착했다.

따로 예약한 곳이 없었으므로 그냥 길가에 있는 가장 가까운 알베르게로 갔다.

알고 보니 이곳은 교회에서 운영하는 숙소로, 90개가 넘는 침대를 갖추고 있었다. 나는 천장에 형광등이 달리고 바닥은 하얀 타일인 대형 공동 침실에 한 자리를 얻었다.

샤워를 하고 옷을 갈아입은 다음, 오늘 입은 옷을 빨았다. 숙박하는 다른 손님들 중에 아는 사람은 한 명도 없었다. 사람들은 침묵하고픈 내 소망을 말없이 받아들였다.

나는 숙소 정원의 플라스틱 의자에 앉아 순례 일지를 꺼내 이곳으로 오면서 했던 몇 가지 생각을 적었다.

내 몸은 일용품이다. 더 자주 사용해야 한다.

단 한 번의 내 발길질이 한 생명을 끝낼 수 있다.

내 다리로 걷는 수천 번의 걸음이 내 삶을 느끼게 한다.

내 삶을 느끼는 것이 타인의 삶을 빼앗는 것보다 더 큰 만족감을 준다.

두 가지 움직임이 이곳으로 나를 데려왔다.

내일 내가 어디 있게 될지는 모른다.

나는 살아 있음을 느낀다.

저녁 시간에 식당 끝에 앉아, 함께 순례하는 사람들의 대화에 직접 끼어드는 일 없이 그들을 관찰하는 일은 행복했다. 나는 함께하는 순례자들 각자에게 나 역시 그저 익명의 순례자일 뿐이라고 생각하며 편히 쉬었다.

31

히스테리

히스테릭한 사람에게 손을 내미는 것은 의사소통 신호가 아니라, 당신 자신의 손에 해를 입히는 결정이다.

──────────── 요쉬카 브라이트너, 『내면을 향한 발걸음─자아 발견을 위한 순례』

밤에 에밀리 꿈을 꾸었다. 토끼 두 마리도 보였다. 꿈에 에밀리와 나는 토끼 학교 입학식에서 토끼들을 자랑스럽게 지켜보고 있었다. 카타리나와 내가 순례 여행 전에 에밀리에게 선물한 토끼들이 무척 사실적으로 주인공 역할을 하는, 지극히 현실 같은 꿈이었다.

우리는 토끼로 에밀리의 관심을 다른 곳으로 돌리고 싶기도 했다. 에밀리가 없을 때 외롭지 않도록 토끼 수도 두 배로 결정했다. 카타리나와 나는 반려동물 가게를 함께 돌아다니며 에밀리의 새 반려동물과 거기 필요한 부대시설을 모두 샀다. 우리가 계획한 숫자를 유지하기 위해 두 마리 모두 암컷으로 정했다.

둘이 각각 한 마리씩 골랐다.

카타리나는 독일 미니롭을 골랐는데, 늘어진 귀가 엄청나게 귀여운 동물이었다.

나는 앙고라를 골랐다. 앙고라의 외모를 실이 빠지고 솔질을 아주 많이 한 탐폰이라고 묘사할 수밖에 없긴 하지만. 어쨌든 이 동물도 무진장 귀여웠다.

우리는 에밀리 방에 토끼우리를 설치했다. 토끼 두 마리를 보고 내지르던 에밀리의 환호성이 지금도 귓가를 울린다.

에밀리는 새 여자친구들을 사랑했다. 무엇보다도 둘에게 이름을 지어주는 걸 보고 그 사실을 알 수 있었다. 에밀리의 장난감들은 보통 외모를 묘사하는 이름으로 불렸다. '인어 바비'나 '반짝이 하마' 또는 '갈색 고양이'였다.

하지만 에밀리는 토끼를 '촌뜨기'와 '보슬이'라고 불렀다.

토끼를 보슬보슬하지 않다고 생각한 첫 번째 촌뜨기는 하이코였다.

평범한 가족 분위기를 만들어내기 위해 카타리나는 토끼가 이사 온 첫날 저녁 식사에 하이코를 초대했다. 에밀리는 우리에 들어 있는 새로운 가족 구성원들도 식사 자리에 함께하기를 원했다.

아이가 없는 사람들은 '저녁 식사'와 '저녁 식사 하러 가기'의 근본적인 차이를 대부분 이해하지 못한다.

'저녁 식사'는 음식물 섭취와 가족 연대의 결합이다.

'저녁 식사 하러 가기'는 성행위를 하기 앞서 견뎌내야 하는 의례다.

하이코는 이 둘의 차이를 몰랐던 듯했다.

서로 잘 이해하지만 따로 거주하는 가족의 행사에 새 친구로 초대받은 그는 "오늘은 아이가 없어. 이따가 섹스하자"라고 오해했다.

하이코는 이 상황에 걸맞게 요란한 치장을 하고 예전의 내 집 초인종을 눌렀다. 내가 문을 열어주고서 식탁이 거의 다 차려졌다고 말하자 그는 또 이 상황에 걸맞게 당황했다.

자기는 이해할 수 없는 아버지 – 엄마 – 아이 놀이에 싫은 내색을 하지 않으려는 그의 의도는 촌뜨기가 카타리나의 어깨에 기어오르는 바람에 그녀에게 키스도 할 수 없었던 데다가, 에밀리가 그에게 보슬이를 싹싹하게 안겨주려는 바람에 완전히 실패했다.

"이것 좀 보세요! 촌뜨기는 미니롭이고 보슬이는 앙고라예요."

하이코는 구역질이 난다는 표정으로 몸을 돌렸다.

"말도 안 돼…."

나는 이런 일이 일어나리라고 미리 예상했고, 하이코가 정치적 올바름을 빙자해서 또 멍청한 발언을 하면 이번에는 딸 앞에서 제대로 비웃어주리라고 마음먹었다.

하지만 그의 입에서 나온 말은 예상보다 훨씬 끔찍했다.

"난 앙고라 알레르기가 있어."

건강 카드를 들이밀다니.

"알레르기가 뭐예요?" 에밀리가 물었다.

"앙고라 털이 닿으면 폐에 이상이 생겨."

나는 터지는 웃음을 기침으로 슬쩍 넘겼다.

"무슨 뜻이에요?" 에밀리가 또 물었다.

"기침을 해야 한다는 뜻이야." 나는 중증 의학적 소견을 조금 덜 심각하게 약화했다.

"호흡곤란까지 일으킬 수 있다고!" 하이코가 드라마틱하게 말했다.

"알았어요." 에밀리는 무척 실용주의적이었다. "그럼 아저씨는 건들지 마세요." 그러고는 보슬이를 팔에 안은 채 차려진 저녁 식탁으로 돌아갔다.

카타리나는 촌뜨기뿐 아니라 이야기 주제도 길들이려고 애썼다.

"급성 알레르기 문제가 있는 줄 전혀 몰랐는데?" 그녀가 하이코에게 말했다.

"급성은 아니야. 하지만 테스트에서 앙고라 알레르기 양성 반응이 나왔어."

"그렇다면 토끼를 쓰다듬다가 호흡곤란을 겪은 적이 아직까지 한 번도 없다는 소리야?" 내가 캐물었다.

"없어. 하지만 구체적인 위험은 존재하지."

"순전히 가설로만 존재하는군." 내가 구체적으로 말했다.

"그걸 꼭 밝혀낼 필요는 없어. 토끼들이 반드시 우리랑 함께 식탁에 앉아야 하는 것도 아니고." 카타리나는 모두의 비위를 맞추려고 애썼다.

"거리를 얼마나 두면 될까?" 내가 싹싹하게 물었다.

"털은 공기 중에서 2미터를 날아. 각질은 더 멀리 가고." 하이코가 대답했다.

"그러면 거실에 앉아. 내가 소시지 빵을 만들어줄 테니." 내가 해결책을 제시했다.

"내가 왜? 위험의 원인은 앙고라토끼인데!" 고위험 환자가 대꾸했다.

나는 몇 가지 통계를 예로 들어 주제를 설명하려고 애썼다.

"식탁에 앉은 사람들 중 75퍼센트는 앙고라 때문에 위험에 처하지 않아. 우리가 위험 그룹인 자네에게 거실에서 식사하라고 제안하면 저녁 식사는 다른 제한 없이 이루어져. 자네도 당연히 식탁에 앉아도 돼. 그 경우에 위험은 물론 스스로 감수해야지. 자네는 어른이니까."

"하지만 그건 연대감을…" 하이코가 반박하려 했지만 카타리나의 제안이 끼어들었다.

"에밀리, 촌뜨기와 보슬이를 우리에 넣어서 둘이 위층에서 식사하라고 하면 어떨까?"

"하지만 여기서 보내는 첫날인데! 둘만 따로 먹으라고 할 수 없어!" 에밀리는 금방이라도 울음을 터뜨릴 것 같았다.

"에밀리가 토끼들이랑 같이 방으로 가는 게 어때?" 하이코가 물었다.

"에밀리는 앙고라 털이나 토끼 때문에 위험에 처하지 않아. 그런데 왜 에밀리가 함께하는 저녁 식사를 포기해야 하지?" 내 외교적 자원이 점차 바닥을 드러내는 게 느껴졌다.

"연대를 위해서야. 아이 스웨터에 털이 묻어 있을 수도 있잖아. 내가 질식한다면 아이는 당연히 책임지고 싶지 않을 거야."

이제 더는 참을 수 없었다. 위험에 처한 소수를 공간적으로 보호하는 대신, 안전한 다수 중에서 가장 약한 부분이 완벽하게 제한을 당해야 하다니. 내가 보기에 하이코의 연대 제안은 앙고라에 대한 그의 불안보다 훨씬 더 기괴했다.

"그냥 자네가…" 말을 막 시작하던 나는 걱정이 가득한 카타리나의 눈길을 마주했다. 그녀는 하이코와 내가 지금 직접적인 충돌 진로에 놓여 있다는 사실을 놓치지 않았다.

다행스럽게도 나는 타협 능력 덕분에 오래전부터 성공을 거둔 변호사였다. 적어도 내 의뢰인을 위해 다른 모든 당사자를 속일 수 없을 때는 그렇게 타협했다. 그래서 이제 이 능력을 신중하게 투입했다.

"에밀리와 보슬이와 촌뜨기와 내가 아이 방에서 식사하고, 당신과 하이코는 여기 아래에서 둘만의 시간을 좀 갖는 게 어때? 에밀리를 재운 후에 나는 바로 갈게."

에밀리가 열광했다.

"우리 모두 침대에서 먹는 거야?"

나는 고개를 끄덕였다. "그럼, 물론이지!"

카타리나는 이 해결책에 고마워했다. 하이코야 내가 당장 사라지길 바랐겠지. 하지만 꾹 감은 그의 눈은 어쩌면 앙고라 내성 결핍 증상인지도 모른다.

나는 에밀리와 함께 토끼우리를 안고 방으로 갔다. 우리는 촌뜨기와 보슬이와 함께 침대에 앉아 식사를 했다. 나중에 딸에게 굿 나이트 동화를 읽어줄 때 토끼 두 마리도 우리 안의 작은 나무집에 들어갔다. 에밀리는 행복해했다. 하이코도 이런 상황을 바꿀 수는 없었다.

작별 인사를 하려고 아래로 내려와 보니 카타리나는 부엌에 있고 하이코는 식탁에서 맥주를 마시고 있었다.

요쉬카 브라이트너는 내 마음의 평화를 위해 소망을 표현하라고 강력하게 요구했다. 그래서 나는 예전 내 식탁에 앉아 있는 하이코 옆에 자리를 잡고 그의 어깨에 팔을 얹었다.

"하이코, 우린 성인이야. 나는 자네와 카타리나 사이에 무슨 일이 벌어지든 관심 없어. 하지만 자네가 히스테릭한 불안을 내 아이의 현실적인 필요보다 더 중요하게 여기는 걸 한 번만 더 알게 된다면, 앙고라 알레르기는 앞으로 자네가 호흡곤란을 겪게 될 이유 중에 가장 사소한 이유가 될 거야. 내 말 알아들었나?"

소망으로 표현하지는 않았지만 나에게 중요한 게 뭔지는 명확하게 말했다.

"날 위협하겠다고? 뭘로?"

내 앞에 동등한 권리를 원하는 자그마한 땅딸보가 내 것이었던 식탁에 앉아 맥주를 마시면서 여자친구에게 부엌일을 시키고, 이제는 제멋대로 고집까지 부리고 있다. 나는 질려버렸다. 말없이 하이코에게서 몸을 돌려 부엌에 있는 카타리나에게 소리쳤다.

"카타리나, 나 끝났어."

"아이는 잠들었어?"

"문제없이 들었지."

"알레르기 환자는?"

"올라프는 식탁에서 기다리는 중이야."

부엌이 잠시 조용해졌다.

"올라프가 누구지?" 카타리나가 물었다.

예전의 올라프이자 지금은 하이코인 남자도 순식간에 귀가 번쩍 뜨이는 모양이었다.

나는 그를 빤히 바라봤다. 그러고 한 손으로 한쪽 콧구멍을 막고 다른 콧구멍으로 말없이 공기를 들이마셨다. 다른 손으로는 이제부터 그를 주의 깊게 관찰하겠다는 신호를 소리 없이 보냈다.

"아무도 아니야. 다음에 이야기하지. 하이코는 여기서 맥주를 마시면서 오늘 저녁을 찬찬히 생각하는 중이야. 나는 이제 갈게."

"고마워. 내일 통화하자."

"그래."

하이코가 늦어도 이때는 자기가 선을 넘었다는 것을, 내가 그런 행위를 두 번 다시 용납하지 않으리라는 것을 확실하게 알았을 것이다. 순례 전까지 모든 것이 평화로웠다. 나는 이 상태가 순례에서 돌아온 후에도 달라지지 않을 거라고 생각했다.

32

분노

분노는 파괴적이다. 대부분 당신 또는 당신이 사랑하는 사람들이 부당한 일을 당할 때 일어난다. 부당함이 아니라 사랑에 집중하라. 분노보다는 사랑이 훨씬 더 효율적으로 부당함에 맞설 수 있는 도구이다.

———————————— 요쉬카 브라이트너, 『추월 차선에서 감속하기—명상의 매력』

팜플로나에서 매듭이 하나 끊어진 듯한 느낌이었다. 다음 며칠 동안 나는 오로지 지금 여기에 살았다. 나는 순례자였다. 아침에 일어나 짐을 꾸리고 순례에 나섰다. 내 리듬을 찾았다. 자연을 즐겼다. 모든 것을 최소한으로 축소하니 기분이 좋았다. 하이킹이 불러일으키는 몸의 모든 통증을 사랑했다. 그 통증이 내 몸을 느끼게 했으니까. 지금 혼자 경험하는 이 아름다움을 나중에 에밀리와 나누기 위해 내 안에 저장하려는 소망도 느꼈다. 내가 아버지라는 사실을 매일 기뻐했다. 일은 전혀 생각나지도 않았다.

저녁에 피곤에 지쳐 침대에 쓰러지기 전에는 그날 얻은 순례의 깨달음을 일지에 기록했다. 저녁에 쓴 메모를 다음 날 줄을 긋고 신중하게 새로 쓸 때도 있었다.

언젠가 잠들기 직전에 내 위쪽 침대에서 코를 골며 잠든 순례자가 말리려고 널어놓은 양말에 영감을 받았을 때는 이렇게 적었다.

밤에 눈은 감을 수 있는데 귀와 코는 닫지 못하는 이유가 뭔지, 죽으면 잊지 말고 신에게 물어봐야지.

다음 날 아침에는 더 신중하고 더 사랑을 담아 이렇게 썼다.

내가 금욕하는 건 개의치 않는다. 내가 유감이라고 생각하는 건 타인의 금욕이다.

순례 첫째 주의 정점, 내가 매일 고대하던 순간은 에밀리와의 토요일 첫 전화 통화였다.

그동안 내내 머릿속에서만 돌아가던 애창곡을 드디어 크게 듣는 느낌이었다.

전화 통화 덕분에 다른 세계로 옮겨 가는 느낌이 들지는 않았다. 옛날의 비요른과 새로운 비요른이 있는 건 아니었다. 어쨌든 첫째 주 순례 후에는 그렇지 않았다. 내가 스스로에게 던진 온갖 의문 가운데 내 딸과 우리 가족 구조 한 가지는 확실하다는 느낌뿐이었다.

나는 에밀리에게 풍경과 음식과 고단함과 길에서 본 동물들을 이야기했다. 우리가 곧 다시 만나면 얼마나 기쁠지도.

에밀리는 토끼 이야기를 했다. 지금 토끼들은 하이코가 재채기를 하지 않도록 정원에서 산다고 했다. 그리고 내가 보고 싶다고도 했다. 그러더니 이제 촌뜨기와 보슬이에게 먹이를 줘야겠다며 엄마에게 전화기를 건넸다.

나는 카타리나에게 촌뜨기와 보슬이가 왜 에밀리 방에 살지 않는지 물었다. 내 질문이 어쩌면 공격적으로 들렸을 수도 있다. 카타리나는 늘 그렇듯이 탁월하게 그 사실을 무시하고는 하이코가 아주 멋진 목제 토끼우리를 가지고 왔다고 대답했다. 그래서 알레르기를 일으키는 물질이 집 내부에서 훨씬 적게 퍼질 거라고 했다. 나는 그 멍청이더러 에밀리의 토끼에 대해 결정하게 해주다니 제정신이냐고 묻지 않았다. 말이 혀끝까지 나왔지만 하지 않았다.

두 가지 이유에서 그랬다.

첫째, 나는 순례 중이었다. 나 스스로와 거리를 두기 위해 집에서 천 킬로미터도 넘는 곳에 있었다. 순례 여행에서 얻은 것을 이 멍청이 때문에 잃고 싶지 않았다.

둘째, 분노와 연결된 에너지를 이용할 수 없다면 그게 아무것도 가져오지 못한다는 사실을 내가 명상을 통해 내면화했기 때문이다. 나는 사랑하는 가족 구조에 하이코가 개입했기 때문에 분노했다. 내가 단호하게 경고했음에도. 그는 내가 떠날 때까지 기다렸다가 나의 명확한 고지를 무시하고 내 딸의 소망을 짓밟았다.

그게 나를 화나게 하리라는 걸 하이코는 분명히 계산했을 터였다. 어쩌면 바로 그걸 노린 건지도 모른다. 자아 발견 여행을 떠난 전남편은 분노와 질투에 휩싸여 가련한 전처와 전화로 다툰다. 전처는 이해심이 많은 새 남자친구에게서 위로를 얻는다.

아니, 나에게는 통하지 않아. 사랑을 가득 담아 그의 계획을 좌절시켜야겠군. 나는 요쉬카 브라이트너의 명상 상담에서 분노에 대해 뭔가 배웠다.

> 분노는 파괴적이다. 대부분 당신 또는 당신이 사랑하는 사람들이 부당한 일을 당할 때 일어난다. 부당함이 아니라 사랑에 집중하라. 분노보다는 사랑이 훨씬 더 효율적으로 부당함에 맞설 수 있는 도구이다.

나는 하이코가 하는 짓을 카타리나도 괜찮다고 생각하지는 않을 거라고 확신했다. 그래서 분노를 사랑으로 바꾸려고 시도했다.

"하이코의 소소한 질병 때문에 당신 걱정이 크겠네. 어떻게 지내?"

사랑을 담은 내 이해심은 만약 분노로 시도했다면 카타리나가 당장 닫아버렸을 문을 활짝 열었다.

"내가 뭘 어쩌겠어? 하이코는 주말에 무슨 회의에 다녀왔어. 돌아와서는 그 거대한 목제 토끼우리를 들고 문 앞에 서 있더라. 제일 교활한 건 그 우리가 분홍색이라는 점이야."

하이코는 타인의 성 역할 고정관념은 거부할지도 모른다⋯. 하지만 자기에게 도움이 된다면 지난날의 잡담은 중요하지 않은 듯했다.

"당신이 원하면 집에 그대로 둬. 하지만 원하지 않는다면 내던져도 되고." 내가 제안했다.

본인의 소망을 상대방의 선택으로 위장하는 것은 역사상 이미 대화 전술로 증명됐다. 나는 카타리나의 반응에서 이 전술이 통했다는 걸 알아챘다.

"어쨌든 하이코는 이 행동으로 자기가 한 청혼에서 '예스'라는 내 대답에 더 가까이 다가오지는 못했어."

아직 명확하게 '노'를 이끌어내기에는 부족한 모양이었다.

하지만 순례는 나를 욕심이 적은 사람으로 만들었다. 일단은 만족했다. 하이코는 내 무덤이 아니라 자기 무덤을 파는 중이었다.

나는 카타리나에게 폭력적인 사건들은 모두 빼고 순례 첫 주에 대해, 그리고 다음 주 계획을 이야기했다.

이틀 후에는 이라체의 와인 샘에 갈 예정이었다. 어느 와인 양조장이 외벽에 수도꼭지 두 개를 설치했다. 오른쪽에서는 물이, 왼쪽에서는 레드 와인이 흘러나왔다. 둘 다 공짜였다.

야고보의 길에서 이 샘을 이용하지 않는 순례자는 사실 없었다. 마시기 위해서든 아니면 (알코올 의존증을 극복하기 위해 순례를 하는 거라면) 포기하는 힘을 더 강화하기 위해서든.

카타리나는 나에게 즐겁게 지내기를, 나는 그녀에게 잘 인내하기를 빌었다.

33

이라체

자유란 당신이 목마를 때, 그곳에 있는 물을 마실 수 있다는 뜻이다.

——————— 요쉬카 브라이트너, 『내면을 향한 발걸음—자아 발견을 위한 순례』

카타리나와 통화하고 며칠 후에 나는 예전 지인을 다시 만났다. 에비였다.

에비는 이라체에 도착하기 직전의 카미노에서 고생하는 중이었다. 그녀의 안색과 옷은 다시 완벽하게 잘 어울렸다. 둘 다 새빨갰다.

나는 이날 오전에 나바라에서 궁전을 차분하게 둘러보느라 늦게야 출발했다. 800년도 넘은 로마네스크 양식의 궁전은 다 사다난한 이야기를 품고 있었다. 군주국의 광채는 이제 별로 남아 있지 않았다. 왕들의 예전 거처는 한때 교도소로도 사용됐다. 권력자들의 세상 역시 덧없었다.

다행스럽게도 하루하루 지나면서 하이킹은 점점 더 쉽게 느껴졌다. 나는 이라체 방향으로 활기차게 나아갔다. 그러나 에비는 대륙판 이동보다 아주 조금 더 빠른 속도로만 움직였다. 명백하게 완전히 지친 상태였다.

"에비! 만나서 반가워. 기분 상하게 할 마음은 없는데, 혹시 지금 몸은 괜찮아?" 내가 순례 길동무에게 물었다.

에비는 처음에 갈피를 못 잡는 얼굴로 주변을 둘러봤다. 자기 앞에 서 있는 사람이 나라는 걸 깨닫기까지 시간이 조금 걸렸다. 나를 알아본 그녀가 곧장 눈물로 반응했다.

"비요른… 여기서… 당신을…. 난 더는 못 가."

우리는 길 한복판에 서 있었다. 나는 숨을 헐떡이는 에비를 부축했다. 길이 넓었으므로 다른 순례자들에게 그다지 방해가 되지는 않았다. 누구든 우리 옆을 문제없이 지나갈 수 있었다. 그런데도 에비가 나에게 체중을 거의 다 기대는 그 순간 나는 누군가와 부딪혔다. 내 배낭이 등에서 살짝 튕겨져 나갔다. 주위를 둘러보니 긴 머리를 포니테일로 묶은 작은 아시아 남자가 걸어갔다. 그는 사과하려는 듯이 손목에 머플러를 묶은 손을 들어 올렸다. 부딪친 게 미안했는지 "부엔 카미노"라고 중얼거리고는 뒤도 돌아보지 않고 급히 발걸음을 옮겼다.

이라체가 코앞이었지만, 에비가 남의 도움 없이 거기까지 갈 수 없다는 건 확실했다. 나는 에비의 배낭을 받아서 메고 내 지팡이를 그녀에게 건넸다. 내가 짊어진 배낭 두 개의 부담은 유감스럽게도 그에 상응하는 경감 효과를 에비에게 주지 못했다. 그녀가 옆에서 작은 마을 쪽으로 기어가는 동안 나는 속으로 배낭 두 개의 무게 때문에 야고보의 길에서 쓰러지기까지는 얼마나 걸릴까 계산했다.

에비에게 힘을 주려는 내 시도는 음향 면에서 이미 실패했다. 격하게 헐떡이는 호흡 때문에 대화 내용이 그녀의 고막에 전혀 가닿지 않았던 것이다.

이런 상황에서는 말하는 데 입을 사용할 필요가 없으니 나는 물을 마시는 데 쓰려고 했다. 걸어가면서 물병을 더듬어 찾았다. 최소한 절반쯤 남은 물병이 배낭 오른쪽에 걸려 있다고 거의 확신했다. 그런데 그렇지 않았다. 상관없었다. 샘에 도착하면 찾게 될 테니까.

200미터쯤 되는 거리를 걸어 마을까지 들어가는 데 30분도 넘게 걸렸다. 나는 에비를 샘에 최대한 가까이 부축해 갔다. 우리는 수도꼭지에서 몇 미터 떨어지지 않은 어떤 집 담에 이르러 멈춰 섰다. 에비는 탈진 직전이었다. 나는 일단 에비의 배낭을, 그다음에 내 배낭을 벗어 두 개 모두 담벼락에 세워두었다. 그런 다음 에비를 바닥에 앉게 했다. 이미 샘의 와인을 마신 주변의 순례자 몇 명이 에비 상태를 알아채고 돕기 위해 즉시 다가왔다. 네덜란드 여자 두 명이 에비의 신발을 벗겼다. 젊은 남아메리카 남자가 예방 차원에서 혈액순환을 안정시키려고 에비를 눕혔다. 재킷으로 머리에 받치고 다리는 배낭에 올려 위치를 약간 높게 했다. 조금 전에 만났을 때보다 지금 에비의 상태가 더 좋지 않다는 것은 무엇보다도 그녀가 도움을 주는 손길에 감동하여 눈물을 흘리지도 못할 정도로 지쳤다는 사실로 미루어 알 수 있었다.

네덜란드 여자 중 한 명이 에비 입술에 물병을 대고 물을 몇 방울 흘려 넣었다.

나는 도움을 주는 세 사람의 눈에 띄지도 않았고 필요하지도 않았으므로 물병을 찾기 시작했다.

평소에 두는 배낭 오른쪽에 있을 거라고 짐작했지만 물병은 왼쪽에서 달랑거리고 있었다. 오늘 아침에 배낭을 꾸리다가 잘못 둔 모양이었다. 나는 물병 고리를 열어 배낭에서 풀었다. 기억과 달리 병은 반쯤 차 있는 게 아니라 거의 텅 비었다. 도중에 걷는 데 취해 멍한 상태에서 마시고는 실수로 다른 쪽에 매단 모양이었다. 뭐, 그거야 중요하지 않았다.

사람들이 에비를 잘 돌보는 것 같아서 나는 차례를 기다리는 순례자들 뒤에 줄을 섰다. 샘은 사실 벽에 붙은 자그마한 벽감에 불과했다. 활짝 열린 격자문을 지나 다가가게 되어 있었다. 벽에 붙은 설비는 소변을 보는 데 70센트짜리 토큰을 내지 않아도 되는 고속도로 휴게소 화장실의 알루미늄 세면대와 비슷했다. 다른 점이 있다면 여기 세면대는 철제 마크와 조개와 명소임을 알리는 서체로 장식됐다. 샘의 좌우 벽에는 사용 안내문과 경고문이 붙어 있고, 샘 위쪽 벽에는 야고보 상이 새겨져 있었다.

　수도꼭지 두 개가 달린 단순한 세면대가 일종의 제단이 되었다. 기적이야!

　아니면 이 샘을 운영하는 와인 양조장의 재미있는 홍보인지도 모르겠다. 뭐가 됐든 샘은 여기까지 오는 데 성공한 순례자들에게는 축복이었다.

　무료 레드 와인에 목을 축일 순례자는 내 앞에 아직 세 명이나 있었다. 첫 번째 남자는 레드 와인 수도꼭지를 열고 아래에 잔을 받치지 않은 채 계속 흐르게 두었다. 그러고는 그 광경을 휴대폰 동영상으로 찍었다.

　그다음 여자는 손바닥을 오므려 와인을 받아 마셨다. 세 번째 남자는 커다란 와인 잔을 들고 있었는데, 수도꼭지를 잠깐 열어 5분의 1쯤만 받고는 와인 향기를 맡으려고 잔을 흔들며 걸어갔다.

모두가 확실히 달랐다. 순례자들 사이에 낭비와 몰상식과 타락이 나머지 인구에 비해 덜할 이유는 없지 않을까? 아름다움의 소소한 오점들은 순수한 영혼에서 각각의 성격을 만든다.

내 차례가 됐을 때 나는 거의 빈 물병을 꺼내 레드 와인을 채운 후에 에비에게 돌아갔다. 에비는 그사이에 상태가 조금 나아져서 등을 똑바로 세우고 벽에 기대앉아 있었다. 네덜란드 여자 두 명과 이야기를 나누고, 남아메리카 남자에게 애정 어린 행동을 했다. 약간 창백하긴 했지만 거의 예전 모습 그대로였다.

나를 본 에비가 이야기를 멈추고 내 쪽을 향해 소리쳤다. "저기 첫날 만난 내 순례 길동무가 오네! 비요른, 이쪽은 로테르담에서 온 프레데리케와 하이케야. 이 신사는 부에노스아이레스 출신 페드로야. 이제 내가 취하게 속을 채워줘."

순례하는 몽 셰리에게 지금 부족한 것은 알코올뿐이었다. 나는 새로 만난 순례자 지인들에게 가볍게 미소 지으며 고개를 끄덕여 인사하고 에비에게 물병을 건넸다. 에비가 물병을 입에 대고 아주 크게 한 모금 마시는 바람에 나는 그녀가 멈추지 않고 물병을 다 비울까 봐 살짝 걱정했다.

"정말 고마워. 지금 딱 필요한 거였어."

내가 물병을 받아 와인을 직접 마셔보려는데 갑자기 에비가 눈을 치떴다. 나는 뭔가 잘못됐음을 직감하고 물병을 다시 내려놓았다.

"에비, 괜찮아?"

에비의 얼굴에 홍조가 평소보다 어두워지고 눈이 커졌다. 에비는 목을 감싸 쥐고 숨을 헉헉거렸다. 일어서려고 했지만 네덜란드 여자 두 명과 남아프리카 남자가 잡았다. 숨을 쉬지 못하는 것 같았다. 에비는 세 사람에게서 벗어나 앞으로 뛰쳐나가려고 했다. 나는 물병을 내던지고 그녀에게 달려들었다. 에비가 숨을 헐떡이며 내 팔에 안겨 축 늘어졌다. 나는 에비의 체중을 버티지 못해서 천천히 바닥으로 쓰러졌다.

의학 지식이 있어 보이는 페드로가 에비를 바닥에 다시 눕히고 생체 기능을 확인했다.

"노 알리엔토… 노 풀소."

에비는 호흡도, 맥박도 없었으므로 이 젊은 남자의 말은 번역이 필요하지 않았다.

페드로가 인공호흡과 심장 마사지를 한동안 번갈아 했지만… 소용이 없었다.

에비는 사망했다.

둘러선 사람들이 보기에 에비는 과로 때문에 심근경색으로 사망한 게 명백했다. 그녀는 고혈압에 시달린다는 사실을 숨기지 않았다. 자연사를 의심하여 부검을 지시할 의사는 없을 터였다. 모든 친척, 모든 친구가 순례자의 과부하한 심장이 급사의 원인이라고 인정할 것이다. 에비는 야고보의 길에서 온 힘을 다 소비했고 더는 돌아가지 않을 것이다. 망연자실하여 침묵하는 사람들이 죽은 순례자의 주위에 모였다.

나도 침묵했다. 경건함보다는 충격이 컸다. 에비는 짧은 기간에 내 바로 옆에서 급사한 두 번째 순례자였다.

반쯤 채워진 내 물병이 배낭 오른쪽에 있었다는 사실이 불현듯 다시 떠올랐다. 물병은 이라체에 도착하기 조금 전에 누군가 나에게 부딪치기 전까지는 그쪽에 매달려 있었다.

그 누군가는 포니테일을 한 아시아인이었다.

우리가 샘에 도착하기 전에 그가 물병을 바꾼 게 틀림없었다.

에비는 심근경색으로 사망한 게 아니라 독살당했다.

하지만 실수였다. 그 독은 원래 나를 향한 것이었다.

나는 물병을 찾았다. 조금 전에 에비를 잡으려고 할 때 손에서 미끄러졌다. 이제 물병은 포장도로에 놓여 있었다. 병을 들어 냄새를 맡아봤다. 와인 냄새를 뚫고 쓴 냄새가 살짝 풍겨왔다.

에비의 죽음은 이제 의심의 여지를 남기지 않았다. 누군가 나를 죽이려 하고 있다. 롤란트의 목숨을 빼앗은 총알도 원래는 나를 겨냥한 것이었다. 누군가 나를 노렸기 때문에 카미노에서 이미 두 사람이 목숨을 잃었다.

정확하게 말하자면 세 사람이었다. 클라디도 내가 그를 살인자라고 착각했기 때문에 죽었다. 내가 그 일에 죄책감을 느끼지 못하는 이유는 무엇보다도 공포가 너무 커서 다른 감정을 위한 자리가 남아 있지 않았기 때문이다.

34

도전

순례는 산책이 아니다. 당신의 평소 리듬을 잃게 할 영감을 줄 것이다.
거기에 맞는 명상을 찾으라. 그것이 야고보의 길이 주는 도전이다.

─────── 요쉬카 브라이트너, 『내면을 향한 발걸음─자아 발견을 위한 순례』

순례에는 만남뿐 아니라 작별도 포함된다. 사람들이 페드로가
휴대폰으로 부른 구급차를 기다리는 동안 나는 천천히 뒤로
물러섰다. 아무도 나에게 신경 쓰지 않았다.

나는 거리가 필요했다. 어쩌면 함께 있는 사람들의 안녕을
위해 그들과 멀어지는 게 더 나을 터였다.

에비의 죽음으로 야고보의 길에서 나에게 가장 중요한 것은 무엇보다도 그저 살아남는 것이라는 사실이 명확해졌다. 하지만 처음 충격이 지나가고 곰곰이 생각할수록 내가 지금 즉각적인 위험에 처한 건 아니라는 결론에 도달했다.

범인은 실패한 두 번의 공격 사이에 며칠이나 시간을 두었다. 두 범행은 계획된 것이었고 함정을 품은 채 실행에 옮겨졌다. 누가 범인이든 오늘 다시 범행을 저지를 가능성은 희박했다.

나는 배낭을 메고 이라체를 떠났다. 이곳은 아무래도 징조가 좋지 않았다.

다리의 기계적인 움직임은 그사이 내 몸에 각인된 메커니즘을 불러일으켰다. 몸이 움직이면 생각도 움직였다. 지금 이 순간 내 생각은 하나의 질문을 중심으로 움직였다. 에비의 죽음이 내 여정 중의 영감이라면 무엇을 위한 영감일까?

내가 당장 닥칠 위험이 있는 중년의 위기를 경험하고 그 후에 인생 후반기를 갖기만 해도 성공임이 분명했다.

하지만 그래서 결론이 뭘까? 순례를 당장 중단해야 하나? 아니면 약간은 잔인한 이 영감의 형태에 어울리는 명상을 찾아내야 할까?

지금 이 순간 내 목숨을 끝내려는 사람으로는 스프레이 폼 중국인밖에 떠오르지 않았다. 롤란트가 죽기 전에 기타 케이스를 든 중국인이 우리 옆을 지나갔다. 분해한 소총을 충분히 넣을 수 있는 케이스였다.

내가 물병을 잃어버리기 직전에 부딪친 중국인은 기타 케이스를 가지고 있지 않았다. 하기야 롤란트의 살해범도 무기를 땅에 떨어뜨렸다.

나는 쿠앙 씨도, 기타 케이스를 든 중국인도 직접 얼굴을 마주한 적은 없었다. 나와 부딪친 남자에 대해 아는 거라고는 그가 아시아인이었고 손목에 머플러를 묶고 있다는 점뿐이었다.

어쩌면 세 명이 서로 다른 중국인이 아니라 한 사람일 수도 있었다.

그런데 스프레이 폼 중국인이 어떻게 나를 생각하게 됐을까? 그가 스프레이 폼을 든 남자들이 하이에네와 샌디와 관련이 있을 거라고 가정했을 수는 있다. 둘은 에스 익스클루시브 에이전시에서 일한다. 중국인은 호텔 안내원을 통해 그 사실을 알았을 테지만 탐색은 거기서 끝난다. 에스 익스클루시브의 공식 대표는 내가 아니라 드라간이었다. 나는 그저 변호사에 불과했다. 복수하려는 기업의 변호사를 도대체 누가 왜 죽인단 말인가?

이런 일은 자신을 학대한 사건이 나에게서 나왔다는 사실을 쿠앙 씨가 알아냈을 경우에만 가능했다. 그리고 그는 하이에네 또는 샌디에게서만 그 사실을 알 수 있었다.

하이에네와 샌디가 자리에 없는 이상, 삼합회의 신임 우두머리가 야고보의 길에서 나를 공격한다는 가설은 그저 억측에 불과했다.

또 하나의 의문은 범인이 나를 어떻게 발견했는가였다. 이바녜타 고개에 잠복하여 나를 기다리는 건 어렵지 않았다. 모든 순례자가 카미노 첫째 또는 둘째 날에 그곳을 지나니까.

하지만 일주일도 더 지나서 이라체 바로 앞에서 정확하게 나와 부딪치고 물병을 바꿔치기하려면… 내 일정을 확실하게 알아야 한다. 범인은 도대체 어떻게 알았을까?

나는 클라디가 롤란트의 살인범이 아닌데도 그를 죽였다는 사실에 대해서 당연히 곰곰이 생각했다. 하지만 그렇다고 그가 무죄는 아니었다. 협박범이 없어져서 세상은 더 좋아졌으니까. 어쨌든 최소한 내 세상은 나아졌다.

나는 그를 용서했다. 그가 저지르지 않은 살인까지도 용서했다. 그렇게 함으로써 클라디의 죽음에 대한 무거운 생각을 밀어내고 당면한 현실적인 질문에 집중할 수 있었다.

나에게 어떤 선택의 여지가 있을까?

오늘 구간 목적지인 로스아르코스에서 택시를 잡아 가장 가까운 역으로 가서 마드리드에 도착한 다음, 거기서 집으로 가는 비행기를 탈 수 있을 거야. 하지만 누가 어떤 이유로 나를 추격하는지 정확하게 알지 못하는 한 그렇게 한다고 위험이

줄지는 않을 거고, 의혹을 집까지 가져가게 될 테지. 게다가 에밀리까지 위험에 처할지도 몰라.

내가 두 번이나 공격에서 빠져나왔다고 사샤에게 말할 수도 있었다. 그는 당장 내 경호 팀을 조직할 것이다. 그러면 나는 결국 발터의 직원들과 함께 순례를 하게 될 텐데, 그건 순례가 끝나는 것과 다를 바 없었다. 나는 한번 세운 계획은 고집스럽게 지키고자 했다. 이미 이바녜타 고개에서 공격을 당한 후에 이 선택은 하지 않기로 결정했다.

순례를 그냥 계속하면서 조심할 수도 있다.

밤의 순례자들처럼 어둠 속에서만 움직인다면? 낮에는 아무도 나를 보지 못하는 자그마한 펜션에 묵고, 다시 밤이 오면 움직이면 된다.

어쩌면 이런 종류의 명상을 통해 두 번의 살인에서 얻은 소름 끼치는 영감을 다루어야 할지도 모른다.

그래서 나는 로스아르코스까지 순례를 계속하고 그곳에서 작은 호텔 객실을 잡았다. 한밤중에 출발하려고 비용을 현금으로 미리 냈다. 하지만 잠들기 전에 디지털 디톡스 맹세를 깼다. 협탁에 놓인 아날로그 다이얼식 전화기로 사샤에게 전화한 것이다.

"비요른!" 멀리서도 무척 기뻐하는 목소리였다. "어떻게 지내? 무슨 일 생겼어?"

"무슨 일이 생길 게 뭐 있어?" 내가 되물었다. 이렇게 하면 사샤에게 거짓말을 할 필요가 없었다. 나는 두 살인 사건을 말하지 않기로 마음먹었다. 그건 내 영감이었다. 그것과 마주하는 게 내 과제였다. 사샤에게서 두어 가지 정보를 얻는다면 과제를 좀 더 느긋하게 해낼 수 있을지도 몰랐다.

"그냥 몇 가지… 혼란스러운 일이 있었어." 내가 대답했다. "미심쩍은 중국인을 여기서 몇 번 만났거든. 완전히 우연일 수도 있지만 확실하게 하려고 해. 혹시 뭐 새로운 거 없나? 쿠앙 씨가 호텔에 다시 온 적이 있어? 하이에네와 샌디는 돌아왔고?"

"아니, 모두 아니야. 두 아가씨들은 모레까지 휴가야."

"발터의 직원들이 여전히 에밀리와 카타리나를 경호하지?"

"그 둘은 잘 지내. 그런데 엊그제 밤에 그 눈사람, 그러니까 올라프가 코가 새빨개진 채 집에서 나왔어."

"그건 별일 아니야. 앙고라 알레르기 때문일 테니까."

"앙고라 알레르기? 그 사람, 남성적인 건 전혀 없나 보네? 암컷 멧돼지 내성 결핍이랄지 뭐 그런 거 말이야."

"그 남자가 그런 걸 앓는다면 에밀리에게 바로 멧돼지 떼를 사주고 정원에 풀어놓을 거라고. 정말이야."

"발터의 직원들이 하는 말을 듣자니, 그가 옛날 습관으로 다시 돌아가서 마약 봉지를 통해 자신감을 얻는 것 같던데."

아주 좋은 소식이었다. 하이코는 카타리나와 에밀리에게 피해를 줄 수 없다. 발터의 직원들이 그렇게 되지 않게 처리할 테니까. 그런데 하이코가 다시 마약을 한다면 평소와 다른 어떤 일이 벌어져서 그가 길을 벗어난 게 틀림없었다. 자신의 청혼에 카타리나가 침묵하고, 거기에 더해 내가 그녀와 사이가 좋다는 점이 원인인지도 모른다. 이런 조건이라면 내가 돌아가자마자 카타리나와 그의 관계를 끊기란 식은 죽 먹기였다. 코카인을 하는 전직 마약쟁이, 자신의 과거를 한 번도 솔직하게 밝히지 않은 사람은 카타리나에게서 기회를 얻지 못할 터였다.

"그가 에밀리에게 위험이 된다 싶으면 발터의 직원들이 바로 개입해야 해. 그 경우 말고는 내가 돌아갈 때까지 그냥 기다리고."

"자네, 후임자에게 무척 관대하군." 사샤가 말했다.

"안 그럴 이유가 없잖아."

"아휴, 카타리나와 먼저 함께한 사람은 자네잖아!"

"콜럼버스가 아메리카를 발견하고 몇 년 지나서 누군가 그에게 '어이, 콜럼버스. 나도 지금 막 네 아메리카를 발견했어!'라고 말했다면 그가 기분이 나빴을 거라고 생각해?"

"그럼 왜 정원에 멧돼지를 풀어놓겠다는 거야?"

"아메리카를 두 번째로 발견한 사람이라고 해서 자기 맘대로 다룰 권리를 얻는 건 아니니까."

사샤는 말이 없었다. 내가 한 말을 알아들었을까. 그는 아마 내가 솔직하게 질투했더라면 더 잘 이해했을지도 모른다.

"자네, 도움이 필요하지 않은 거 확실해?" 그러다가 사샤가 입을 뗐다.

"그걸 알아내려고 지금 여기 있는 거야." 내가 대답했다.

35

어둠

어디가 환해지는지 더 잘 보인다는 것이 어둠 속에 있을 때의 장점
이다.

_____ 요쉬카 브라이트너, 『내면을 향한 발걸음—자아 발견을 위한 순례』

그 후 사흘 동안 나는 밤에만 순례했다. 새벽 3시가 되기 조금
전에 일어나 15분도 지나지 않아 카미노를 걷기 시작했다. 밤
날씨는 온화하고 별이 총총하게 보였다. 사람의 광원을 모두 벗
어나 30분만 걸으면 눈은 상대적인 어둠에 익숙해졌고, 달빛만
으로도 충분히 길을 찾을 수 있었다. 이따금 멀리서 움직이는 두

어 개의 광원이 눈에 들어왔다. 헤드 랜턴을 쓴 전문적인 밤 순례자들이었다. 자기 바로 앞에 있는 것만 인공조명으로 보일뿐, 다른 모든 것이 어둠에 잠겨 있어도 아무렇지 않은 듯했다.

나의 하루 중 정찬은 그날 목적지에 도착한 후에 먹는 풍성한 아침 식사였다. 보통 호텔을 찾기 전에 오전 10시쯤 카페에서 먹었다. 다음 여정에 필요한 과일과 빵과 물은 그날 중에 슈퍼마켓에서 샀다.

사흘 동안의 밤 순례는 인생의 의미에 대한 생각과 그 실현을 풍성하게 해주는 명상을 하기에 충분했다. 내 순례는 새로운 차원을 얻었다. 자아 발견만 중요한 게 아니었다. 무엇보다도 발견되지 않아야 했다. 순례는 미지의 적에게서 도망치는 운동 종목이 됐다. 그러나 만족감을 주지 못하는 운동, 나를 지치게 하는 운동이었다. 나는 죽으려고 카미노에 온 게 아니었다. 살기 위해 순례하자고 결심한 것이다. 이 깨달음을 순례 일지에 기록했다.

내 인생의 의미는 죽음에서 도망치는 게 아니다.

회피를 통해서는 충만한 삶에 이를 수 없다.

밤 순례 나흘째, 드디어 다시 토요일이었다. '에밀리의 날'이었다. 나는 아침 식사를 한 뒤에 구형 노키아를 들고 호텔 객실에 서서 카타리나에게 전화했다. 카타리나는 에밀리를 바로 바꿔주지 않고 말했다.

"촌뜨기와 보슬이가 죽었어."

나는 비틀거리며 매트리스로 뒷걸음쳤다.

"뭐…? 어쩌다 그런 일이?"

"하이코가 둘의 놀이터를 정원에 지어줬거든. 에버트네 울타리 바로 옆에."

"그런데?"

"그 집 정원에 벨라도나가 있잖아. 하이코 말로는 잎사귀랑 열매 몇 개가 아마 놀이터에 떨어진 것 같대. 어쨌든… 이틀 전에 촌뜨기와 보슬이가 죽은 채 놀이터 우리에 있었어. 주둥이를 활짝 벌린 채로. 독을 먹은 거겠지."

에비의 종말과 토끼들의 죽음에 대한 상상이 서로 섞여들었다. 하이코가 벌인 짓이었다.

하이코는 토끼를 위험으로 인식했다. 그래서 정원으로 내몰았다. 그러고 이제 토끼들은 죽었다.

표시. 차단. 삭제.

수확기도 아닌데 토끼들이 벨라도나를 과식했다는 헛소리를 나는 단 1초도 믿지 않았다. 작은 토끼를 독살하는 인간은 얼마나 심각한 변태인가?

"에밀리는 어때?"

"다행스럽게도 에밀리는 죽은 토끼를 못 봤어. 아이가 깨기 전에 내가 먼저 발견했거든."

"그래서 어떻게 했는데?"

"토끼들을 상자에 넣어 지하실에 가져다 뒀어. 그런 다음 우리 문을 열고 짧은 편지를 넣어뒀지. 에밀리가 편지를 발견해서 가지고 왔고, 내가 읽어줬어."

나는 눈물을 삼켜야 했다.

"편지에 뭐라고 쓰여 있었지?"

"토끼 필체로…." 카타리나도 눈물을 억누르는 게 느껴졌다. "촌뜨기와 보슬이는 소풍을 가니까 에밀리는 걱정할 필요가 없다고."

내 눈에 눈물이 차올랐다. 카타리나가 이렇게 큰 사랑과 판타지의 소유자라는 걸 이전에는 알지 못했다.

"에밀리가 그 말을 믿어?"

"그럼. 에밀리가 보기에 둘은 지금 여행 중이야. 당신처럼."

"당신은 어떻게 생각해?"

카타리나는 내가 무슨 말을 하려는지 정확하게 이해했다.

"토끼가 소풍을 갔다는 것도, 벨라도나 독 이야기도 믿지 않아. 하이코는 토끼 때문에 콧물이 흐르고 계속 재채기를 한다며 며칠이나 요란을 떨었지. 내 딸의 토끼들을 독살하는 남자와 내가 지금 함께라는 걸 믿고 싶지 않아. 하지만 그게 맞는 것 같아."

"그럼 당장 쫓아내."

"비요른, 그 남자가 반려동물을 죽일 정도로 변태라면 말이야. 그를 쫓아냈을 때 어떤 반응을 보일지 모르겠어. 당신이 돌아오자마자 하이코에게 확실하게 말할 예정이야. 하지만 그때까지는 에밀리가 있는 집에서 극적인 일을 만들고 싶지 않아."

내 딸의 토끼들이 독살당하는 것보다 더 극적인 일이 있는지는 잘 모르겠다.

나는 지금 당장 카타리나에게 하이코에 관한 모든 이야기를 할까 고민하다가 그러지 않기로 했다. 하이코와의 이별은 카타리나 스스로 결정해야 한다. 그렇지 않다면 내가 자기 관계를 깨뜨렸다고 평생 비난할 테니까. 또 그렇게 하면 내 순례 여행도 끝난다는 뜻이다. 하이코는 내 순례를 끝내지 못한다. 그는 그러지 못한다.

카타리나와 에밀리는 지금 안전하다.

나는 하이코가 미친 짓을 하면 언제라도 사샤와 연락하라고 말했다. 지금도 어차피 발터의 직원들이 경호하고 있다는 말은 하지 않았다.

"당신은 어때?" 카타리나가 물었다.

나는 이제 밤에 걷는다고, 일출을 즐기기 위해서라고 대답했다. 닷새 후에는 프랑스 길에서 가장 높은 지점인 크루스데페로에 도착할 것이다.

나는 요쉬카 브라이트너가 준 돌멩이, 걱정의 상징인 그 돌멩이를 철제 십자가 앞에 내려놓을 작정이었다.

36

폰세바돈

길은 당신이 원하는 걸 주는 게 아니라, 당신에게 필요한 것을 준다.

—————————— 요쉬카 브라이트너, 『내면을 향한 발걸음—자아 발견을 위한 순례』

나흘 후에 나는 유혹이 존재하는 곳에서만 거기에 저항할 수 있다는 사실을 확인했다. 휴대폰을 자발적으로 포기하는 일은 신호가 잡히는 곳에서만 가능하다. 라바날델카미노에서 묵은 호텔에서는 신호가 잡히지 않았다. 출발하고 한참 지난 새벽 4시경, 레온주 어딘가의 한복판에 이르러서야 내 휴대폰은 카타리나가 어제저녁에 문자를 보냈다고 알려줬다. 나는 구형 노키아 휴대폰의 초록 액정을 내려다봤다.

"단문 메시지가 하나 있습니다"라고 쓰여 있었다. 카타리나의 문자였다.

사샤가 당신에게 부엔 카미노를!

그게 다였다.

새벽 4시였지만 나는 사샤에게 전화를 걸려고 했다. 그런데 신호가 또 잡히지 않았다. 나는 전화를 집어넣고 다시 걸었다.

30분 후에 푸른 어둠 속에서 폰세바돈이 윤곽을 드러냈다. 지난 세기 초까지는 순례자들에게 사랑받는 활기찬 장소였지만 80년대에 이농 현상으로 주민들이 모두 사라졌다. 몇몇이 돌아오기는 했지만 폰세바돈은 여전히 상당히 넓은 지역이 비어 있었다.

마을 입구 바로 앞에서 왼쪽 신발 끈이 풀려서 대롱거렸다. 길가에 아마도 이미 오래전에 문을 닫은 듯한 와인 양조장 광고판이 붙은 소형 손수레가 있었다. 나는 걸음을 멈추고 왼발을 손수레 바퀴에 올리고 신발 끈을 묶었다. 지난 한 시간 반동안 나는 완벽하게 혼자 걸었다. 적어도 그렇게 생각했다. 그러나 밤의 정적 속에서 신발 끈을 묶고 있을 때 발소리가 또렷하게 들렸다. 그 발소리도 갑자기 멎었다.

나는 아무것도 듣지 못했다는 듯이 행동했다. 생각이 마구 날뛰었지만 조금 전과 똑같이 걷도록 다리를 강제로 움직였다. 아까와 똑같은 속도로 동네로 걸어 들어갔다. 도로 좌우에 낡고 무너진 돌집들이 있었다. 50미터 더 가서 도로가 살짝 휘어졌는데, 그 뒤로 가면 낮에도 추격자의 눈에 띄지 않을 수 있었다. 나는 이 기회를 이용하여 무너진 집들 중에 첫 집으로 재빨리 들어갔다. 들어가 보니, 내가 이 집이 폐기된 후에 처음으로 들어선 방문객은 아니었다. 바닥이 깨진 유리병 조각들로 가득했다. 걸음을 옮길 때마다 짜그락거리는 소리가 크게 울렸다. 최대한 조심하면서 예전 주거 공간에 들어가 기다렸다. 심장이 두방망이질치고, 숨소리가 너무 거칠게 느껴지고, 피가 귀에서 쏴쏴 소리를 냈다. 나는 명상으로 주변을 인식하려고 애썼다. 이곳은 20제곱미터 정도의 크기였다. 예전에는 아마도 안락한 방의 일부였을 목제 천장에는 커다란 틈이 벌어져 있었다. 그 틈과 거의 완전히 벗겨진 지붕을 통해 별들이 보였다. 나는 선 채 명상 자세를 취하고 호흡을 가다듬었다. 여기서는 푸르스름한 달빛에 잠긴 도로가 잘 내다보였다. 거리에서는 나를 전혀 볼 수 없었다. 호흡이 점차 가라앉는 동안 발소리가 다시 들려왔다.

사람의 걸음은 이른바 지문처럼 뚜렷이 구분된다고 한다. 지금 이 순간 나는 그게 사실이라고 느꼈다. 아까와 똑같은 리듬이었다. 이게 우연일 리는 없었다.

걸음은 도로가 살짝 휘어지는 곳에서 느려졌다. 추격자는 왜 내 발소리가 들리지 않는지 의아하게 생각하는 듯했다. 그러다가 걸음이 다시 빨라졌다.

환한 달빛 아래로 그림자 하나가 나타났다. 지팡이를 들고 배낭을 진 그림자. 순례자였다. 그림자에 이어 형체가 나타났다. 나와 10미터도 떨어지지 않은 곳에 있는 한 사람이 시야에 들어왔다. 남자였다. 머리카락을 포니테일로 묶고 오른쪽 손목에 머플러를 감고 있었다.

그 아시아 남자였다.

나는 본능적으로 한 걸음 뒤로 물러섰다. 실수였다. 바닥에 흩어져 있던 수많은 유리 조각이 무거운 군화 바닥에 밟혔다. 유리가 깨지는 작은 바스락거림이었는지도 모르지만 내 귀에는 폭발음처럼 들렸다.

남자가 바로 멈춰서더니 귀를 기울였다. 그는 소음의 방향을 제대로 잡았다. 방향을 돌리더니 내 은신처 입구로 가까이 다가왔다. 누구 또는 무엇이 소음을 유발했는지 잘 모르는 눈치였다. 하지만 입구로 다가서면서 배낭 옆 주머니에서 뭔가를 차분하게 꺼냈다. 빛나는 달빛이 번쩍이는 물체를 비춰주었다. 칼이었다. 날이 긴 칼.

도망칠 뒷문이 있는지 전혀 알 수 없었다. 있다고 가정하고 행동하기에는 상황이 너무 위험했다. 이 중국인을 어떻게든 집 뒤편으로 유인해서 그사이에 앞쪽 입구로 도망쳐야 했다.

팜플로나에서 큰 도움이 됐던 요쉬카 브라이트너의 명상 훈련이 다시 떠올랐다. 막대기와 돌멩이를 이용한 방법이었다. 나에게서 밀어내야 하는 중국인이 막대기라면, 호수에 던질 돌멩이가 지금 바로 나에게 있었다. 걱정 돌멩이였다. 순례에 앞서 브라이트너 씨가 내 걱정의 상징으로 크루스데페로에 내려놓으라며 건넸던 그 돌멩이. 지금 가장 큰 걱정거리는 나를 찾아내어 죽이기 직전인 중국인 킬러였다. 그러니 걱정 돌멩이를 이 중국인의 관심을 다른 곳으로 돌리는 데 사용하는 것보다 더 의미 있게 사용할 길이 뭐가 있을까? 나는 천천히 배낭 오른쪽을 쥐고, 돌멩이가 들어 있는 자그마한 겉주머니를 열었다. 돌을 쥐고 작은 볼링공을 던지듯 느린 동작으로 바닥에 던졌다. 돌은 덜거덕거리며 유리 조각들 위를 지나 집 뒤편의 벽 방향으로 몇 미터쯤 굴러갔다.

남자는 이제 내가 집에 있다는 걸 확실하게 알았지만 어디에 있는지는 몰랐다. 나는 문에서 옆으로 물러나 순례자 지팡이를 몽둥이처럼 양손으로 잡았다.

추격자가 문간으로 다가왔다. 돌이 굴러간 벽 쪽으로 가려고 칼을 든 팔을 뻗고서 집에 들어섰다. 나는 지팡이를 한껏 들어 올렸다가 온 힘을 다해 침입자의 손목을 내리쳤다.

순례자 지팡이와 암살범은 둘 다 중국에서 왔지만 후자의 품질이 더 좋았다. 순례자의 아래팔을 내리친 내 지팡이는 한가운데가 부러져버렸다. 그래도 어쨌든 상대방이 칼을 놓치긴 했다. 칼이 시끄럽게 '땡그랑' 소리를 내며 바닥에 떨어졌다. 그 뒤를 이어 부러진 지팡이 반쪽이 작게 '댕그랑' 소리를 내며 떨어졌다.

나는 위협하듯 순례자 지팡이 윗부분 반쪽을 손에 들고 있었다. 롤란트와 함께 생장피에드포르 기념품 상점에서 산 가리비가 지팡이 끝의 가죽끈에서 대롱거렸다. 남자는 이 두 가지에 별로 큰 감흥을 보이지 않고 내 쪽으로 한 걸음 더 다가왔다. 나는 뒤로 물러서다가 바닥에 놓인 각목에 걸려 비틀거렸다.

나는 쓰러지면서 추격자를 기다리는 동안 배낭을 벗지 않은 게 멍청한 짓이었는지 아닌지 생각했다. 배낭이 쓰러지는 나를 받쳐줘서 곳곳에 흩어져 있는 유리 조각들이 등을 파고들지 않는 것은 분명히 장점이었다. 하지만 쓰러진 후에는 뒤집어진 거북이처럼 어쩔 줄 모르고 바닥에 눕게 된다는 단점이 있었다.

배낭이 없었더라면 싸울 준비가 됐을 거라는 뜻은 아니다. 나는 싸움꾼이 아니었다. 싸움질을 해본 적도 없었다. 어릴 때도 그랬다. 예전에는 문제를 논거로, 그 후에는 살인으로 해결했다. 나는 희생자를 맨손으로 죽이는 살인자가 아니었다. 아령을 쳐드는 대신 법률 답변서를 작성했다. 지금까지는 누군가를 죽일 때 전기톱이나 정원용 분쇄기 같은 도구의 힘을 빌렸다. 내가 지금 손에 가진 거라고는 부러진 순례자 지팡이와 대롱거리는 가리비뿐이었다.

이 모든 생각이 비틀거리다가 땅에 부딪치는 2초 사이에 머리를 스쳤다. 남자는 드러누운 내가 제공하는 기회를 목격하고는 속수무책인 상황을 이용하여 얼른 칼을 집으려고 했다. 그는 칼이 날아간 구석으로 몸을 날렸다. 천장 구멍으로 들어와 바닥을 비추는 달빛에 칼날이 빛났다.

칼을 손에 집어 든 미래의 암살자는 의기양양하게 나에게 다가왔다. 나는 바닥에 누운 채 절망하며 부러진 순례자 지팡이를 들고 그에게 겨누었다.

그런데 이 중국인이 지금 뭐 하는 거지? 나를 놀리기 시작했다! 그가 한 걸음 전진하며 나를 찌르는 시늉을 했다. 내가 지팡이를 휘두르자 웃음을 터뜨리기까지 했다. 그러고는 춤을 추면서 칼을 오른손에서 왼손으로 가볍게 던져 옮기고, 또다시 전진하며 나를 찌르려고 했다.

그 순간 나는 어린이 무용학원 유리창으로 무용 체조를 하는 딸을 보며 접이용 풀장에 대한 시시한 잡담에 귀를 기울일 수 있기를 너무나 간절하게 바랐다.

그러다가 야고보의 길이 제공하는 위대한 지혜가 진실임이 증명되는 순간의 목격자가 됐다.

길은 당신이 원하는 걸 주는 게 아니라, 당신에게 필요한 것을 준다.

중국인을 사라지게 하고 앞으로도 내 딸을 어린이 무용학원에 계속 데려다주기 위해 내가 원한 것은 전기톱과 정원용 분쇄기였다. 하지만 길이 내게 준 것은 부러진 순례자 지팡이와 거기에 대롱거리는 가리비였다.

아시아 남자는 결정적인 실수를 저질렀다. 춤을 과시하느라 조심성이 부족해진 것이다. 그는 내가 던진 걱정 돌멩이를 한 발로 밟았다. 돌멩이는 그다지 크지 않았지만 그래도 밤톨 두 배 크기였고 상당히 둥글었다. 공격자가 균형을 잃기에 충분했다. 그는 왼손에 칼을 든 채 불안정한 자세로 흔들리며 나에게 쓰러졌다. 나는 놀라서 몸이 굳었다.

중국인의 칼이 지익 소리를 내며 내 재킷 오른쪽 소매를 훑었다. 팔에서 아주 조금 떨어진 곳이었다. 그와 동시에 부러진 내 순례자 지팡이 끝이 공격자의 흉곽을 뚫었다. '지익, 푹, 꾸르륵' 소리가 났다.

공격자는 넘어지면서 자기 체중을 다 실어 지팡이에 꽂혔다. 그의 머리는 (이게 무슨 일인지 믿지 못하겠다는 표정으로) 내 얼굴에서 겨우 몇 센티미터 떨어진 곳에 멈췄다. 놀랍게도 그는 아직 살아 있었다. 생의 마지막 순간에도 그는 정말로 나를 죽이려고 했다. 이른바 오늘날 많은 독일인들에게 부족하다는 중국식 직업의식이었다.

내 투혼이 깨어났다. 죽어가는 사람에게 살해당할 마음은 없었다. 하지만 중국인의 칼에는 손이 닿지 않았다. 내가 가진 것이라고는 순례자 지팡이에 매달린 가리비뿐이었다.

나는 왼팔로 조개를 잡고, 날카롭게 구불거리는 가장자리로 공격자의 목을 오른쪽에서 왼쪽으로 그었다. 남자는 본능적으로 칼을 놓고 양손으로 목을 움켜쥐었다. 그러나 찢어진 목의 동맥에서 흐르는 피를 막을 수는 없었다.

남자가 버둥거리며 일어섰다. 그의 몸 아래에 있던 나는 몸을 굴려 나왔다. 남자는 내가 방금 전까지 충격으로 얼어붙은 채 누워 있던 그 바닥으로 경련을 일으키며 쓰러졌다.

37

지혜

지혜의 전 단계는 어리석음을 버리는 것이다.

──────── 요쉬카 브라이트너, 『내면을 향한 발걸음—자아 발견을 위한 순례』

밤의 정적 속에서 휴대폰이 두 번 웅웅 소리를 냈다. 다시 신호
가 잡혀서 문자가 들어온 모양이었다. 나는 상황에 맞지 않는
모든 전위 행동에 감사하다고 생각하며, 임무에 실패한 내 살
인범이 피를 흘리며 죽어가는 모습을 보는 대신 액정을 들여
다봤다.

　이 문자도 카타리나가 보냈는데, 이미 몇 시간 전에 보낸 듯

했다.

휴가 갔던 사람들 무사히 귀가. 쪽지는 영원히 포춘 쿠키 속에. (이게 무슨 소리인지는 알 수 없지만….)

내용상 이 문자를 "사샤가 당신에게 부엔 카미노를!"이라는 문자 직전에 먼저 보냈지만 그보다 15분 늦게 도착했다. 첫 번째 문자는 내 목숨을 구했다. 두 번째 문자는 수수께끼였다.

액정을 보니 신호가 잡힐 뿐 아니라 아주 선명했다.

나는 사샤에게 전화했다.

사샤가 아침형 인간이긴 했지만 새벽 4시 반은 그에게도 평범하지 않은 시간이었다.

"비요른! 무슨 일이야?"

"카타리나의 문자를 이제야 받았어. 무슨 말인지 설명해줄 수 있어?"

"하이에네와 샌디가 엊그제 휴가에서 돌아왔대. 부유한 고객이 두 사람에게 사르데냐 2주 패키지여행을 선물했는데, 두 사람은 거기에 이삼일 붙여서 더 오래 머물렀지. 그리고 그 고객은 이탈리아 사람이래. 중국인이 아니라."

안심이 되기도 했지만 다른 한편으로는 불안한 소식이었다. 쿠앙 씨가 두 아가씨와 전혀 연락이 닿지 않았다면 스프레이 폼과 내가 연관이 있다는 걸 알 리 만무했다. 그렇다면 여기 내 앞에 누워 있는 이 중국인이 나를 죽이려 한 이유는 도대체 뭐란 말인가.

사샤의 문자에는 대화 가능성이 더 남아 있었다.

"'쪽지는 영원히 포춘 쿠키 속에'라는 건 무슨 뜻이지?" 내가 물었다.

사샤가 크게 웃음을 터뜨렸다.

"'쿠앙 씨는 중국에 있다'라는 말을 돌려서 한 거야. 그것도 아주 확실하게 거기 있다고."

"왜?"

"자네가 한 말을 곰곰이 생각해봤어. 호텔 객실에서 무슨 일이 벌어졌는지 아무에게도 말할 수 없어서 쿠앙 씨가 아마 혼자 복수할 거라고 자네가 말했잖아. 체면을 잃는다거나 뭐 그런 이유로."

"그래, 맞아. 그런데 그게 우리에게 어떤 식으로 유리하다는 거야?"

"쿠앙 씨가 스프레이 폼에 대해 아무에게도 말하려 하지 않는다면, 우리가 자기 주변 사람들에게 말하는 것도 당연히 싫어할 거야."

"우리가 왜 그러는데? 자네, 중국어 할 줄 알아?"

"아니. 하지만 그림은 천 마디 말보다 더 많은 것을 말하는 법이지."

내 앞에 중국인의 피가 이제 이베리아반도 모양을 그리는 중이었다. 나는 점점 초조해졌다.

"비유로 말하지 말고 무슨 일인지 그냥 바로 말해."

"자네 생일날 하이에네가 호텔 객실에 핸드백을 두고 왔던 거 기억나?"

"요점만 말하라고!"

"하이에네는 손님들을 모두 동영상으로 찍는대. 자기 말로는 안전상의 이유에서 그런다고 하더라고. 잘 가려둔 구멍이 있는 칸이 핸드백에 있다는 거야."

나는 사샤가 무슨 말을 하려고 하는지 서서히 알아차렸다.

"하이에네는 그날 중국인과 볼일을 안 봤으니 동영상이 무의미할 거라고 생각했지. 여행을 가서 새로운 사진을 찍으려고 메모리를 비우려다가 그 동영상을 우연히 보게 된 거야. 아이고야, 그런데 발터와 스타니슬라브와 쿠앙 씨와 스프레이 폼 캔이 모두 찍힌 거지. 그래서 하이에네는 그걸 지우지 않고 어제 나에게 보여줬어."

"그래서 자네는 뭘 했어?"

"호텔 안내원더러 쿠앙 씨 휴대폰 번호를 찾아내라고 해서 동영상의 정지 화면을 보냈지. 한 번이라도 다시 독일에 올 생각을 한다면 회사 전체 메일로 보내겠다는 안내까지 곁들여서 말이야."

"그래서 쿠앙 씨가 뭐래?"

"자기 회사의 누군가가 그 동영상에 대해 알게 되면 에스 익스클루시브 직원 모두를 직접 죽이겠다고 서툰 영어로 답장을 보냈더군."

"그러니까 자네가 공포의 균형을 맞추었다는 말이지?"

"그런 것 같아."

"확실하게 하려고 묻는 건데… 혹시 쿠앙 씨 사진 있어? 난 그가 어떻게 생겼는지 아직도 몰라." 내가 사샤에게 물었다.

"호텔 안내원이 복사한 여권 사진이 있어. 그런데 자네 구형 노키아에는 보낼 수 없을 텐데."

나는 노키아를 조심스럽게 바닥에 내려놓고 죽은 남자에게 다가갔다. 그를 옆으로 돌리고서 재킷 안주머니를 뒤졌다. 예상대로 휴대폰이 있었다. 아이폰 10이 지문으로 잠겨 있었다. 나는 죽은 남자의 손가락으로 휴대폰을 풀고 문자 메뉴를 열어 사샤에게 내용이 없는 문자를 보냈다. 그런 다음 다시 내 노키아 휴대폰으로 돌아왔다.

"사샤, 내가 방금 문자를 보냈어. 쿠앙 씨 사진을 그 번호로 보내줘."

"잠깐만…."

중국인의 휴대폰이 짧게 삑삑거렸다. 나는 새 문자를 열고 사샤가 막 보낸 흑백사진을 들여다봤다. 쿠앙 씨는 50대 초반이었고 머리가 벗겨지기 시작했다.

바닥에 있는 중국인은 기껏해야 30대 중반이고 포니테일 헤어스타일이었다.

"잘 갔나?" 사샤가 물었다.

"응, 왔어." 나는 멍하니 대답했다.

바닥의 남자가 쿠앙 씨가 아니고, 쿠앙 씨가 하이에네나 샌디를 통해 나에 대해 아는 게 없으며, 그러니 고용된 킬러에게 아무 정보도 줄 수 없고, 또 그가 어차피 복수를 하지 않으려고 한다면… 나를 향한 습격 뒤에는 도대체 누가 숨어 있는 걸까?

"또 부탁할 거 없어?"

"응, 없어. 고마워."

나는 노키아 휴대폰을 끊었다.

그러고 아이폰을 막 끄려는데 새 문자가 도착했다.

임무 완수?

발신인은 '베리타스'였다.

나는 믿을 수 없어 비틀거리며 뒷걸음질을 쳤다. 유리 조각들이 밟혀 산산조각이 났다.

38

모자이크

세상에는 거리를 두고 관찰해야만 그 의미를 알 수 있는 일들이 많이 있다.

———————— 요쉬카 브라이트너, 『내면을 향한 발걸음―자아 발견을 위한 순례』

나는 야고보의 길에 있는 어느 폐허, 유리 조각의 바다에 서 있었다. 발밑에서 버스럭거리는 소리보다 더 크게 울리는 것은 머릿속에서 웅웅대는 소리였다. 그 소리는 점점 더 커졌다. 계속 맴도는 안드레아 베르크의 어떤 노래 후렴구였다.

유리 조각의 모든 바다에서 나는 모자이크를 봐요.

빛처럼 알록달록하고 아름다운,

아침을 약속하는 모자이크….

딸이 사랑하는 노래였다.

머릿속을 떠도는 수많은 생각의 조각들이 불현듯 마음의 눈 앞에 나타났다.

조각 하나에 휴대폰 문자 글씨체로 '베리타스'라는 이름이 쓰여 있었다.

다른 조각 하나에는 회사 홈페이지 글씨체로 '베리타스'라고 쓰여 있었다.

두 조각이 서로 맞춰졌다.

카타리나가 사냥터에 있는 조각이 보였다.

롤란트의 머리가 폭발하는 조각도 있었다.

이 조각들도 서로 맞춰지더니 '베리타스' 조각과 결합했다.

독살당한 토끼 두 마리가 있는 조각이 보였다.

죽어가는 에비의 조각도 눈에 들어왔다.

금융 지구에 있는 나, 동물원에 있는 에밀리, 설거지를 하는 카타리나 조각들이 보였다.

다른 세 개의 조각은 내가 정확하게 언제 야고보의 길 어디에 있게 될지 카타리나에게 말하는 모습이었다.

길게 늘어선 코카인 조각이 보였다.

표시, 차단, 삭제라고 쓰인 세 개의 조각도 있었다.

이 모든 조각이 얼굴처럼 보이는 하나의 거대한 모자이크를 만들었다.

하이코의 얼굴이었다.

'베리타스'는 하이코의 회사였다. 그는 무기를 다룰 줄 알았다. 어쩌면 첫 번째 습격은 그가 직접 했을 수도 있다. 그때 그는 카타리나에게 어떤 회의에 다녀왔다고 했다. 그 후에는 킬러를 고용했는지도 모른다. 하이코는 그가 고용한 킬러가 실수로 에비를 살해한 것과 똑같은 독으로 에밀리의 토끼를 죽일 기회가 있었다….

하지만 나를 죽이려는 동기가 뭘까?

질투심?

어느 정도, 그러니까 절반만이라도 이성적인 사람이라면 카타리나를 향한 내 기회는 이미 오래전에 사라졌다는 사실을 눈치챘을 것이다. 하이코가 카타리나에게 절반의 진실만 말하는 바람에 나에게서 모든 가능성을 빼앗았으니까.

이런 상황에서 내가 몇 년 전에 거짓 알리바이로 고발 두 개를 무효로 만들었다고 그녀에게 밝힌다면 하이코보다는 나 자신에게 더 불리할 터였다.

질투심과 자신의 과거에 대한 불안은 어느 정도 이성적인 사람에게는 살해 동기로 충분하지 않다. 하지만 어쩌면 코카인을 다시 시작할 동기는 될지도 모른다. 그 결과 어느 정도 이성적인 사람의 경우에도 통제 가능한 감정이 부정적으로 강화됐을 수도 있다.

내가 하이코를 어느 정도 이성적인 사람이라고 생각하는 게 혹시 심각한 실수는 아닐까.

화장실 문을 고치고, 첫 만남의 마법을 앱으로 옮기고, 능률 향상을 위해 뇌에 코카인을 들이붓고, 알레르기가 불안하다고 토끼를 독살하는 게 절반쯤은 이성적이라고 간주된다면 차라리 이성의 다른 쪽 절반이 더 나았다.

나는 하이코의 과장된 행동이 유치하고, 언어 수정이 멍청하고, 타인에게 요구하는 연대가 상당히 비연대적이라고 생각한다는 걸 그에게 숨기지 않았다. 우리가 인터넷에서 만났더라면 그는 분명히 이런 이유로 나를 삭제했을 것이다. 하지만 살해 동기는 아니지 않은가. 아니, 혹시 동기가 될까?

살해 동기는 타인을 죽인다는 도덕적 문턱을 넘어설 만큼 강해야 한다. 하지만 보아하니 하이코의 도덕적 문턱은 너무 낮아서 살해 동기가 강하지 않아도 넘을 수 있는 모양이었다.

하지만 지금은 하이코에 대해 계속 생각할 상황이 아니었다. 나는 거의 텅 비다시피 한 순례자 마을의 어느 폐허에서 과다 출혈로 사망한 낯선 킬러의 시신 옆에 서 있었다.

생각을 정리해야 했다.

나는 여전히 등에 메고 있던 배낭을 벗고 집의 한가운데에 서서 다리를 어깨너비로 벌리고 팔을 늘어뜨린 다음, 흉곽을 쭉 폈다. 그런 다음 요쉬카 브라이트너의 순례 안내 책자에 적혀 있는 지혜에 집중했다.

순례할 때는 모든 걸음이 아니라 항상 단 하나의 걸음만 생각하라. 바로 다음 발걸음이다.

이삼 분이 지나고 나자 나는 뭘 해야 할지 꽤 정확하게 알게 됐다.

중국인의 휴대폰을 들고 문자에 답장을 보냈다.

완수

하이코는 내가 죽었다고 믿어야 한다. 그러면 시간을 벌게 된다. 최소한 사흘 후에 카타리나에게 다시 전화할 때까지.

그런 다음 보안 설정을 지문에서 핀 코드로 바꾸었다.

그리고 다시 한번 사샤에게 전화해서 하이코를 감시해달라고 부탁했다. 코카인을 하는, 내가 돌아가서 우리 가족의 삶에서 사라지게 할, 그래서 앞으로 내 전처의 전 애인이 될 남자가 무슨 짓을 벌이는지 알아야겠다는 깨달음을 카미노에서 얻게 됐다고 상당히 두루뭉술하게 이유를 말했다.

사샤는 그게 새벽 4시 반에 다시 전화를 건 이유가 아니라는 걸 분명히 알았을 테지만 질문을 하지 않았고, 나도 더 자세히 설명하지 않았다. 그는 하이코가 눈에 띄는 행동을 하면 바로 죽은 중국인의 번호로 (사샤는 그 중국인에 대해 아무것도 모르지만) 전화하겠다고 약속했다.

마을 입구에서 손수레를 찾아내어 최대한 조용하게 폐허로 가지고 들어갔다. 여전히 아주 깜깜했다. 몇 명 안 되는 마을 주민들은 모두 자는 듯했다.

나는 죽은 남자의 배낭과 옷을 벗긴 후에, 벌거벗은 시신을 손수레에 담아 집 바깥으로 가지고 나갔다.

문의 목재와 주변에 놓인 널빤지 몇 개를 혈흔 위에 쌓고, 중국인의 배낭에 든 내용물과 옷을 얹고 불을 붙였다.

밤 순례자들은 이미 모두 지나갔을 것이다. 몇 안 되는 주민들이 잠에서 깨어나고 낮 순례자들이 폰세바돈에 도착하려면 시간이 좀 더 걸릴 터였다. 그래도 혹시 이 시간에 순례자들이 마을에 온다면 불타는 폐허 광경을 구경하느라 내가 다음 목표지인 크루스데페로에 도착할 때까지 멈춰 있을 것이다.

폐허가 내 뒤에서 불붙는 동안 나는 벌거벗은 시신을 실은 손수레를 끌며 여전히 칠흑처럼 어두운 야고보의 길을 계속해서 순례했다.

39

크루스데페로

의식에는 두 배로 안정감을 주는 뭔가가 있다. 의식은 오랜 전통의
효력에 대한 신뢰 표현일 뿐 아니라, 미래를 위해 전통이 살아 있도
록 유지해준다.

―――――――― 요쉬카 브라이트너, 『내면을 향한 발걸음―자아 발견을 위한 순례』

크루스데페로는 폰세바돈에서 겨우 2킬로미터 거리였다. 시
신이 든 손수레를 끌고 가는 데 '비비와 티나' 1회분 시간이 걸
렸다.

크루스는 순례자들에게 특별한 의미가 있다. 가장 높은 산

에 힘들게 올라온 것이다. '이제부터 내리막길이다'라는 문장은 여기에선 긍정적인 의미였다. 등반의 노고는 지나갔다.

순례자들 사이에는 철제 십자가 아래에 돌을 하나 내려놓는 전통이 생겨났다. 걱정 돌멩이였다. 많은 걱정을 지닌 많은 순례자들이 수백 년이 흐르면서 몇 미터 높이의 돌산을 쌓았다. 몇백 미터 떨어진 곳에는 로마인들이 같은 이유에서 쌓은 돌산이, 그 옆에는 켈트인들이 쌓은 돌산이 있다.

기독교 전통이 오래 지속된 이교도 전통 위에 서 있다. 왜 하필이면 이곳에 걱정 쓰레기 더미가 생겼는지는 알 수 없었다. 하지만 이제 '내려놓다'라는 말이 어디서 왔는지 어렴풋하게 짐작하게 됐다.

나는 내 걱정 돌멩이를 폐허에서 이미 성공적으로 내려놓았고, 그 대신 죽은 중국인을 얻었다. 이제 돌멩이는 없고 내려놓을 중국인이 생겼다.

크루스데페로 돌산은 중국인을 묻기에 안성맞춤이었다. 다른 순례자들의 걱정거리 아래에서 그는 완벽하게 보관될 터였다.

양손으로 사람 크기의 구덩이를 파는 데도 '비비와 티나' 1회분이라는 시간이 걸렸다. 15분 후에는 시신과 구덩이가 다시 돌로 덮였다.

동쪽에서 떠오르는 햇살이 나를 간질였다. 짐을 벗으니 오래전부터 느끼지 못하던 경쾌함이 밀려왔다.

빛과 함께 색깔도 깨어나자 나는 간밤의 싸움이 재킷에 흔적을 남겼다는 사실을 깨달았다. 많은 얼룩은 아주 명백하게 핏자국으로 보였다. 나는 재킷을 말아서 배낭에 넣고 저녁에 세탁하기로 마음먹었다.

빈 손수레는 돌산 위에 그대로 세워두고 느긋하게 순례를 다시 이어갔다.

그 후 사흘 동안은 지극히 전형적으로 지나갔다. 낮에 오랫동안 걷고 밤에는 사람들로 넘치는 순례자 숙소에서 묵었다는 점에서 전형적이라는 뜻이다. 코 고는 소리와 양말, 다른 순례자들의 대화와 함께였다. 나는 동료 순례자들에게 더 마음이 열렸다. 낮에 순례를 했지만 침묵하며 혼자 걸었다.

전처의 새 동반자가 나를 죽이려 하는 것을 일단 문제가 아니라 영감으로 보려고 애썼다. 이 영감을 확장된 명상의 계기로 삼았다.

내가 사랑하는 모든 것을 누군가가 빼앗으려 한다는 사실은 지금까지의 내 삶을 더욱 소중하게 여기는 방향으로 이어졌다. 어린이 무용학원과 놀이터와 워터파크조차 이제 더는 나를 속박하는 것으로 여겨지지 않았다. 내 딸이 내 삶을 풍요롭게 하고, 자기가 얻는 기쁨을 나에게 돌려주는 장소였다. 내가 살아 있는 한.

롤란트의 죽음을 경험하고 보니 죽음 자체는 전혀 두려운 게 아니었다. 죽기 전에 사는 시점을 놓치는 게 두려웠다.

긍정적인 깨달음 세 가지를 순례 일지에 적었다.

타인은 내 삶과 죽음에 대해 결정하지 못한다.

인생의 의미는 자신의 삶을 살고 이를 사랑을 담아 안전하게, 자기를 포기하는 일 없이 다시 전달한다는 데 있다.

내가 타인에게 전달한 삶의 기쁨이 충만한 삶을 위해 나에게 긍정적으로 다시 돌아오기를 기대한다.

나는 내적인 순례 목적지에 도달했다.

이제 내 인생 후반기에 뭘 할지 알게 됐다.

사는 것이다. 단순히 그냥 살아남는 게 아니라.

이것과 가장 크게 어긋나는 점은 나를 죽이려는 하이코의 의도였다.

그러나 그는 내가 카타리나에게 전화를 하고 나서야 계획이 또 실패했다는 걸 알게 될 터였다. 남은 순례 여행은 일주일 정도였다. 이 짧은 기간 내에 하이코가 새로운 킬러를 고용해서 나를 다시 공격하기는 힘들어 보였다.

그래서 야고보의 길을 걸으며 그를 위협이 아니라 계속 영감으로 보기로 마음먹었다. 그의 삶을 끝냄으로써 내 삶을 긍정적으로 바꾸는 명상적인 계시가 집에 돌아가기 전까지는 분명히 떠오를 터였다.

한 주에 한 번씩 하는 에밀리와 카타리나와의 통화는 그다음 토요일에 감정의 냉탕과 온탕을 넘나들었다.

에밀리가 나에게 순례를 하다가 혹시 촌뜨기와 보슬이를 만났는지 물었다. 나는 딸에게 대놓고 거짓말을 하기도 싫고 보호 기능을 하는 판타지를 빼앗기도 싫었다. "어제 아침에 밭의 저편 끝에 토끼 두 마리가 있는 걸 봤는데, 어쩌면 그 둘이었을지도 몰라…. 그런데 확실하지는 않아."

"아빠, 순례가 끝나면 안과에 가야 해!"

나는 그 말을 긍정적으로 해석하려고 했다. 나를 향한 걱정이 자기 토끼들을 향한 걱정보다 큰 것 같았다.

카타리나는 신경이 날카로운 듯했다. 나 때문이 아니라 하이코 때문이었다.

"요 며칠 하이코가 평소보다 더 이상해. 에밀리에게 당신이 돌아오지 않더라도 자기가 옆에 있겠다, 뭐 그런 말을 하더라. 점점 더 섬뜩해지네."

놀랄 일도 아니지.

"내가 돌아갈 때까지 버틸 수 있어?"

"내일로 미루기보다 오늘 해결하고 싶어."

카타리나는 하이코를 걷어찰 때 내가 에밀리를 데리고 있길 바랐다. 나도 바라는 바였다. 내가 돌아갈 때까지는 카타리나와 에밀리가 발터의 직원들에게 보호를 받을 테니까.

나는 카미노를 끝까지 갈 예정이었다. 그런 다음 카타리나가 자기 인생에서 하이코를 내쫓는 모습을 기꺼이 보고 싶었다. 그리고 내가 그의 인생에서 그를 쫓아내는 모습도 상상했다.

"다음 주말이면 집으로 돌아가." 내가 전처에게 말했다. 카타리나를 정말 안심시킬 생각이었다면 그다음 말은 하지 말았어야 했다. "그런데 그 전에 나에게 무슨 일이 생긴다면 당신에게 부탁할 게 있어."

"무섭게 왜 그래."

"산티아고데콤포스텔라에 주님의 사자 형제단이라는 수도원이 있어. 거기에 내가 드라간 세르고비치에게 보낸 뭔가가 있을 거야. 그걸 받아서 에밀리를 위해 잘 처리해주기 바라."

"비요른, 무슨 일이야?"

"아무것도 아니야." 나는 카타리나에게 뭔가 숨기는 데 늘 서툴렀다. "있잖아, 사흘 후에 산티아고에 도착해. 그 후에 피니스테레까지 가서 유럽인들이 걸어서 닿을 수 있는, 세상의 끝이라고 수천 년 동안 생각한 곳을 볼 거야. 그다음에 드디어 집에 가는 거지. 하이코 문제를 우리가 함께 풀자."

"약속한 거다?"

"응."

나는 통화를 마치고 휴대폰을 집어넣었다.

원래는 그날 밤에 휴대폰을 충전할 계획이었다. 충전 케이블을 침대 옆 콘센트에 이미 꽂았다.

그러다가 나중에 잠자리에 들면서 무슨 이유에선지 전화기를 케이블에 연결하는 걸 잊어버렸다. 내 목숨을 구하게 될 건 망증이었다.

40

산티아고데콤포스텔라

길은 목적지가 아니다. 목적지에 도착해서야 길을 깨닫게 된다.

——————————— 요쉬카 브라이트너, 『내면을 향한 발걸음―자아 발견을 위한 순례』

카타리나와 통화하고 사흘 후에 산티아고데콤포스텔라에 도착했다.

외적인 순례 목적지에 도착했다는 경험은 말로 표현할 수 없었다. 다시 말해서 복수는 전혀 적절하지 않았다. 내 느낌은 '잔잔함'이라는 단 하나의 단어로 완벽하게 충분했다.

산티아고는 내 순례의 종점, 외적인 목적지였다. 그것도 그냥 절반만 맞는 말이었다. 세상의 끝까지 계속 걸을 생각이었으니까. 순례를 하면서 내적인 목적지에는 이미 저절로 도달했다. 나는 살기를 원했다. 진정으로 살기.

게다가 이 도시는 의기양양하고 행복하고 살짝 취한 사람들과 트레킹 배낭을 짊어진 사람들로 넘쳐났다. 내가 순례를 하는 동안 버리지 않았더라면 순례에 대한 원래의 선입견이 여기서 모두 사실로 증명됐다고 생각했을 것이다.

산티아고에서 고동치는 순례자 개인들의 집합은 내가 몇백 킬로미터를 걸으며 대부분 혼자 했던 지극히 개인적인 순례 경험과는 완전히 달랐다.

나는 산티아고에서 순례자의 전형적인 절차를 처리했다. 순례자 증명서인 '콤포스텔라'를 받으려고 순례자 사무소 앞에서 45분 동안 사람들 틈에 서서 기다렸다. 매일 숙박할 때마다 도장을 받아둔 순례자 여권을 내밀고, 라틴어로 쓰인 증명서를 받았다. 놀랍게도 증명서에는 의미 없는 채우기용 텍스트 '로렘 입숨'은 단 한 군데도 없고, 손글씨로 쓴 내 이름이 들어갔다.

그런 다음 사자 형제단 수도원으로 갔다. 산티아고에 살아서 도착했으니 내 순례자 편지를 직접 받고 싶었다. 읽기는 순례의 마지막 단계인 세상의 끝에 가서 할 예정이었다.

드라간 세르고비치라고 나를 소개하자 아무런 질문도 없이

4주 전에 800킬로미터 동쪽에서 돌 우편함에 던져 넣은 A4 종이를 건네받았다.

이 편지를 지키느라 클라디가 소에 밟혀 죽었다.

통신의 비밀을 해치면 목숨이 위험해지기도 한다.

분해하여 비옷에 감은 소총에 대해서는 문의하지 않았다. 수도원 형제들은 그 무기를 버릴지 아니면 기부품으로 기입할지 언젠가 스스로 결정해야 할 것이다.

나는 순례자 편지를 읽지 않고 그냥 집어넣었다.

순례자 무리에 대한 온갖 회의에도 불구하고 나는 산티아고 대성당 방문을 빼놓지 않았다. 미사에 참석하기 위해서였다.

미사의 정점은 향을 담아 불을 붙인 거대한 향로가 불타는 추가 되어 성당 천장으로 올라가는 장면이었다. 향로는 아주 큰 종의 추처럼 신자들 위에서 이리저리 흔들리며 성스러운 향기를 발산했다. 하지만 그 향기는 향로 아래에 수백 명의 신자들이 휴대폰을 들고 서서 이 장면을 찍음으로써, 순례 여행 마지막의 둘도 없는 이 성스러운 경험에서 일회성을 박탈하고 있다는 사실을 숨기지는 못했다.

나는 그날 바로 세상의 끝으로 계속 순례하려고 대성당을 나섰다.

산티아고를 막 벗어나는데 죽은 남자의 휴대폰이 울렸다.

사샤였다. 그가 바로 본론으로 들어섰다.

"하이코를 잃어버렸어."

"어디서?"

"어제 아침에 공항으로 가서 개인 비행기에 탔어. 주유소 직원 말로는 인터넷 포털 운영자 거라던데."

"아, 하이코의 사업 손님이야. 어디에서 모임이 있나?"

"발터의 팀원들도 처음에 그렇게 짐작하고 공항에서 기다렸어. 하지만 그날 돌아오지 않았지. 그래서 비행기가 어디에 착륙했는지 알아봤대."

"그런 걸 간단하게 알아낼 수 있어?" 내가 놀라서 물었다.

"무료 휴대폰 앱이 있어. 식별 신호를 입력하면 원하는 비행기가 지금 어디에 있는지, 어디로 움직이는지 알 수 있어."

"하이코 비행기는 어디 있어?"

"그래서 내가 지금 전화한 거야. 어제저녁에 산티아고데콤포스텔라에 착륙했대."

통화를 끝내자 액정이 꺼졌다. 중국인의 충전 케이블을 폰세바돈에서 태우지 않는 게 더 나았을 텐데.

하이코는 사흘 전에 카타리나에게서 내가 아직 살아 있다는 소식을 들었다. 그리고 언제 산티아고에 도착하는지도 알게 됐다. 그가 생각을 정리하고 계획을 짜내고 (그게 어떤 계획이든) 비행기를 빌리는 데 이틀이 걸렸다. 그렇게 해서 어제부터 산티아고데콤포스텔라에 와 있다. 그는 내가 오늘 그 장소에 있게 되리라는 걸 알고 있었다.

하지만… 나는 이미 산티아고를 떠났다. 하이코는 만나지 않았다. 나를 찾아내는 건 문제가 아니었을 것이다. 거의 모든 순례자가 하루 중 언젠가는 순례자 사무소에 나타난다. 그러나 산티아고 한복판에서 나를 저격했다면 사람들 눈에 띄었을 것이다.

아마도 하이코는 피니스테레까지 따라와서 거기서 조용하게 나를 처치하려는 건지도 모른다. 하지만 그러려면 내가 마지막에 피니스테레에 있어야 한다.

나는 여정을 살짝 바꾸기로 결정했다. 피니스테레곶 북쪽에 그곳보다 약간 서쪽으로 더 갈 수 있는 지점이 있다는 걸 여행서에서 알아냈다. 카보다나베였다. 그러니 '세상의 끝'이라는 것도 신축성 있는 개념인 모양이었다.

몇 가지 예방 조치를 취하기로 했다. 오늘 밤에는 순례자 숙소가 아니라 직은 호텔에서 지야지. 그리고 다음 구간은 버스를 타고 이동하고 제일 마지막 단계에서만 카보다나베로 걸어가야겠군.

시간과 장소, 속도를 바꾸면 하이코를 일단 떼어낼 수 있을 터였다.

거기서부터 그를 영감이 아니라 문제로 대할 작정이었다.

나는 이런 종류의 문제를 없애는 방법을 정말 잘 알고 있었다.

41

세상의 끝에서

순례가 당신을 얼마나 많이 변화시켰는지는 순례를 하지 않은 사람
과 만났을 때 알게 된다.

———————— 요쉬카 브라이트너, 『내면을 향한 발걸음—자아 발견을 위한 순례』

4주 동안의 순례와 네 명의 죽음과 여생의 소원을 발견하고
이틀이 지난 후에 나는 드디어 세상의 끝에 섰다. 카보다나베
절벽에서 파도가 세차게 일렁이는 대서양을 내려다봤다.

　대서양 연안은 한여름에도 춥고 바람이 강한 날이 있는데
바로 그런 날 중에 하루였다.

내 위쪽 하늘에 높게 걸린 널따란 구름 덮개 아래로 낮게 드리운 구름 조각들이 육지 쪽으로 몰려왔다.

발아래 30미터에는 거친 에너지를 품은 파도가 유럽 해변에 밀려왔다. 이 해변은 이에 걸맞게 '죽음의 해변'이라고 불렸다.

나는 순례가 끝난 걸 자축하고 싶었다. 배낭을 벗어 의자처럼 깔고 앉은 다음, 재킷 안주머니에서 순례 일지와 순례자 편지를 꺼냈다.

순례 일지를 폈다. 요쉬카 브라이트너가 출발에 앞서서 준 세 가지 질문이 첫 페이지에 쓰여 있었다.

인생의 의미는 무엇인가?

나는 죽음과 어떤 관계를 맺고 있나?

충만한 삶을 위해 진정 필요한 것은 무엇인가?

뒤쪽으로 넘겨 비어 있는 페이지로 갔다. 나는 세 가지 질문에 대답할 수 있었고, 이제 이 질문들에 대한 나의 마지막 대답을 보충했다.

인생의 의미는 매일 새롭게 삶을 즐기는 데 있다.

살면서 죽음은 단 하루만 역할을 한다. 바로 마지막 날이다.

충만한 삶을 위해서는 일상이 필요하다. 온갖 문제를 포함한 일상, 행복한 모든 순간을 포함한 일상, 온갖 무용 체조를 포함한 일상.

순례 일지를 배낭에 다시 넣고 순례자 편지를 펼쳤다.

순례를 시작하면서 나는 생장피에드포르에서 너에게 편지를 쓴다. 짐에 돌멩이들이 있는데, 그걸로 뭘 해야 할지 아직 모르겠다. 내 결혼 생활의 잔해이고, 딸의 빛나는 대리석이고, 내가 끝낸 여덟 목숨의 맷돌이다. 내가 죽인 사람은 다음과 같다. 드라간, 토니, 묄러, 말테, 이름을 모르는 공원의 남자 두 명, 쿠르트, 보리스. 내 앞에는 걸어야 할 길 800킬로미터가 놓여 있다. 네가 이 편지를 읽는다면 편지를 쓴 사람을 완전히 이해하고 사랑하길 바란다. 그리고 남은 인생에서 뭘 기대하는지 스스로 알게 되길 바란다.

지극히 가치 중립적으로 볼 때 800킬로미터의 도보 행진이 이제 내 뒤에 놓여 있었다. 그리고 내가 책임져야 할 사망자의 수가 여덟 명에서 열 명으로 늘어났다.

그러나 나는 야고보의 길에서 나 자신을 향한 사랑을 경험했다. 온갖 돌멩이가 포함된 내 삶을 향한 사랑.

내 딸은 앞으로도 삶에서 빛나는 대리석일 터였다. 이 대리석을 더욱 소중하게 생각하게 됐다. 결혼 생활의 폐허에 대해서는 이제 다르게 생각한다. 그 폐허에 계속 살지 새집을 지을지는 나에게 달려 있다. 카타리나도 새집을 지으려고 폐허의 먼지를 털어내는 데 성공했다. 비록 멍청이랑 함께 사는, 쓰러져가는 오두막으로 결정하기는 했지만. 하지만 언제나 실수는 벌어질 수 있고, 다시 고칠 수 있다. 카타리나는 하이코와 끝내고도 새로운 관계를 맺게 될 것이다. 나도 마찬가지였다. 과거의 돌들에서 먼지를 털어내고 그걸로 미래를 위한 집을 지어야지. 맷돌에 힘겨워하지 말고 그걸로 만든 요새의 보호를 받으며. 내 딸의 대리석으로 왕관을 씌워야겠다. 나는 즐거운 마음으로 미래를 기대했다.

순례자 편지를 양손에 쥐고 수많은 조각으로 잘게 찢었다. 그 조각들을 바람에 던지고, 바다로 멀리 날아가는 모습을 지켜봤다.

이상 끝. 순례 여행이 끝났다. 집으로 가야지.

나는 몸을 돌렸다.

그러자 눈앞에 권총의 총신이 보였다. 그 뒤편에 하이코가 서 있었다.

"부엔 카미노, 변호사 양반!" 그가 히죽거리며 말하고는 어리둥절한 내 얼굴을 겨냥했다.

"뭐… 어떻게…?"

"널 어떻게 찾아냈냐고? 산티아고에서부터 겁먹은 닭처럼 날 피해서 도망쳤는데 말이지? 네 배낭에 GPS 트랙커가 들어 있으니까."

"뭐가 있다고?"

"위치 추적기. 난 네가 산티아고 순례자 사무소에서 증명서를 받아갈 거라고 예상했어. 너 같은 인간들은 그렇게 하거든.

거기서 널 잡았어. 바로 네 뒤에 서서 트랙커를 배낭 오른쪽 겉 주머니에 슬쩍 넣었지. 산티아고에서 죽이면 너무 요란해졌을 거야. 여기가 훨씬 좋아."

제일 먼저 든 감정은 짜증이었다. 나 자신에게 짜증이 났다. 온갖 멍청이들이 나에게 위치 추적기를 붙일 수 있는데, 내가 토할 정도로 철저하게 디지털 디톡스 철학을 지키면 뭐하나? 여기서 살아남는다면 새로운 기술을 확실히 더 민감하게 다루어야겠어.

두 번째 생각은 '천천히'였다.

하이코는 기분이 붕붕 떠서 마침표나 쉼표도 없이 빠르게 말을 쏟아냈다. 마약에 상당히 취한 것처럼 보였다.

세 번째 생각에 이르러서야 내가 하이코를 두려워하지 않는다는 사실을 깨달았다. 분노조차도 없었다.

나에게 하이코는 그저 허무맹랑한 사람일 뿐이었다. 니켈테 안경을 쓴 이 작은 남자가 나를 죽이려고 세상 끝까지 따라왔다. 왜?

"도대체 뭐가 문제지?" 내가 물었다. "카타리나가 청혼을 아직 받아들이지 않았기 때문인가?"

"나? 난 아무 문제도 없어. 일단 너만 사라지면 카타리나는 나더러 결혼해달라고 애원할 거야. 내 앞에는 아주 멋진 미래가 펼쳐져 있다고. 아직도 과거 속에 살고 있는 누군가가 내 미래를 망치게 두지 않아."

과거 문제가 있다는 게 현재를 건너뛰어도 되는 필수적인 자격 요건은 아니었다. 하지만 내 손에는 무기가 없었다.

"내가 왜 네 미래에 영향을 끼친다는 거야?"

"모르는 척하지 마. 넌 나를 증오하잖아."

나는 조금 어리둥절했다.

"하이코, 내 생각에 너는 완전 멍청이야. 하지만 난 널 증오하지 않아."

"그 둘 사이에 차이가 있어?" 나를 향한 권총이 약간 느슨해졌다.

"흠, 증오가 생각이 아니라면 내 생각도 증오가 아니지." 나는 그의 말로 설명하려고 애썼다.

"네 생각은 틀렸어."

"생각의 좋은 점이 바로 그거야. 생각이란 문자 그대로 틀릴 수가 없어. 그저 세상을 보는 하나의 방식이니까. 그러니 그게 네가 무기를 들고 여기 내 앞에 서 있는 이유라면 이제 총을 다시 집어넣어도 돼."

하이코는 내 말과 반대로 총을 다시 똑바로 겨누었다.

"넌 내 과거로 나를 공격하려고 해. 내가 미래를 누리지 못하게."

"실망시켜서 미안한데, 난 너에게 그렇게 할 만큼 관심이 없어. 우리는 완전히 달라. 그래서 뭐? 내가 왜 그걸 바꾸려고 에너지를 낭비해야 하지? 사람들은 모두 서로 달라."

"모든 사람은 똑같아. 인정하라고. 기본법에도 그렇게 쓰여 있으니까." 하이코가 바람에 대고 외쳤다.

이번에도 진실에서 결정적인 뭔가가 빠졌다.

"그렇게 쓰여 있지 않아. 모든 사람은 '법 앞에' 평등하다고 쓰여 있어. 그건 우리 모두 서로 완전히 다를 권리, 서로 완전히 다른 세계관을 가질 권리가 있고, 그럼에도 모두 똑같은 권리를 지닌다는 뜻이야."

하이코에게는 이 토론이 너무 이성적이라 어려운 모양이었다. 그는 사적인 영역으로 토론 방향을 틀었다.

"넌 카타리나를 나에게서 멀어지게 해."

그러니까 살해 동기에 질투도 있었군.

"그렇지 않아. 카타리나를 너에게 가까이 밀어주지 않을 뿐이지. 이 둘은 서로 완벽하게 달라. 카타리나는 마음대로 너를 선택하거나 선택하지 않을 권리가 있어. 완전히 바보가 아니니 내가 없더라도 아마 너를 선택하지 않을 거야."

"카타리나가 너 때문에 잘못된 선택을 하지 않도록 내가 지금 여기서 막을 거다."

"내가 잊어버렸네. 옳고 그른 게 뭔지는 네가 결정한다는 걸. 이제 이 멍청한 짓을 좀 그만둘까? 무기를 그냥 버려. 그러고 나서 우리가….”

나는 하이코에게 한 걸음 다가갔다. 그러자 하이코가 내 앞쪽 바닥에 총을 쏘았다. 이런 논거는 나에게 깊은 인상을 남겼다.

“네가 오늘 여기서 과거가 된다는 게 진리다.” 하이코가 이제 내 이마를 겨누었다. 그의 동공이 기이할 정도로 커졌다.

근거 없는 질투심 때문에 총에 맞는다는 것만으로도 기이하기 짝이 없었다. 하지만 내 생각에 하이코의 행위에는 동기가 필요하지 않은 것 같았다. 그는 취한 상태였다. 자기 자신 때문에, 코카인 때문에. 자기가 중요하다는 감정에 취해 있었다.

아마도 이제 곧 총에 맞아 죽게 될지도 모른다는 사실에 직면한 나는 얼마 남지 않은 시간을 그의 조잡한 논리를 규명하는 데 낭비하고 싶지 않았다.

하지만 나는 살고 싶었다. 자유롭고 마음 편하게. 이 깨달음을 얻으려고 몇백 킬로미터를 걸었다. 이 깨달음을 최대한 오래 맛보고 싶었다. 내 삶을 연장하는 매초가 소중했다. 해나 날이나 시간이 아니라, 이 순간 오로지 1초씩만 생각했다. 말을 통해 시간을 벌 수 있었다. 코카인을 한 상대방에게 긍정적인 면이 있다면 마약으로 인한 수다였다.

“질문이 하나 있어. 이 모든 걸 어떻게 했어? 정말 킬러를 한 명 고용해서 4주 내내 나를 따라 순례하게 한 거야?”

“아니.” 하이코는 내 가슴 쪽을 향해 무기를 약간 느슨하게 잡았다. 좋은 신호였다. "사실은 이 모든 걸 신속하게 해결하려고 했어. 순례 첫날 저녁에 네가 오리송에 숙박한다는 걸 카타리나에게서 들었지."

"그러니까 테라스에 있는 나를 쏜 사람이 너였군."

"그래. 나는 집 뒤의 작은 숲에 있었어. 연습까지 했는데 유감스럽게도 실패했지."

"왜 한 번만 쐈는데?"

"총탄이 소음기를 찌그러뜨렸어. 소음기를 사용하지 않기에는 그곳이 좀 붐빈다고 생각했어."

"그래서 다음 날은 소음기 없이 날 기다렸군."

"다음 날 너를 이바녜타 고개에서 맞힐 수 있다고 확신했으니까."

"하지만 그러지 못했지. 넌 롤란트를 쐈어."

하이코는 어깨를 으쓱했다. "그 남자 이름이군…. 네가 그 떠돌이랑 배낭을 바꿔 멜 줄이야 내가 알 수 없었지."

전형적인 하이코의 태도였다. 진실 이탈에 대한 책임은 타인에게 있었다. 하이코가 과녁을 잘못 맞힌 게 아니었다. 과녁이 잘못된 배낭을 메고 있었다.

내 안에서 분노가 치솟았다. 하이코가 손에 무기를 들고 있거나 말거나.

나에게는 말발이라는 무기가 있지 않은가.

"이틀 동안 두 번 모두 명중하지 못하자 너는 계획을 직접 실현할 능력이 없다는 걸 깨달았어. 그래서 일단 총부터 떨어뜨리고 도망쳐서 다른 사람에게 처리해달라고 부탁한 거고."

"네가 언제 어디에 있게 될지는 카타리나에게 들어 항상 정확하게 알고 있었어. 그러니 누군가를 보내기만 하면 됐지."

"그래서 누굴 고용했어? 네 팀의 슈퍼맨 중에 한 명?"

손에 무기를 들고 있는데도 말로 공격당하는 일은 그에게 무척 부담스러운 경험인 듯했다.

"난… 으음… 인맥이 있어."

"소소한 전직 마약 딜러로서? 그런 사람은 전문 킬러를 알지 못해!"

"난 사람들에 대해 잘 아는 자들을 알아. 돈만 주면 다크넷에서 뭐든지 구할 수 있다는 걸 전혀 모르는군."

"누구나 인터넷에서 멍청이를 찾을 수 있다니 아주 대단하군. 데이팅 앱을 통해 파트너를 만나든, 아니면 다크넷에서 킬러를 구하든 말이야."

하이코조차도 이제 말이 너무 길다고 느낀 듯했다.

"저 아래로 뛰어내려."

그가 총신으로 내 뒤쪽 심연을 가리켰다. 채 50센티미터도 떨어지지 않은 곳이 절벽 끝이었다.

"내가 왜?"

377

"길 끝에서 한 걸음 더 가는 사람이 네가 처음은 아니야."

"난 절대 아니야." 내가 대답했다. "그러려면 네가 날 쏘아야 해. 내 시체에 구멍이 나겠지. 사람들은 의문을 품을 테고."

"네 시체는 저 아래 거친 파도에 밀려 절벽에 부딪혀서 하루만 지나면 멀쩡한 뼈가 하나도 남지 않을 거야. 그러면 의문도 없어."

나는 뛰어내리지도, 떠밀리고 싶지도 않았다.

"질문 하나만 더. 와인 샘에서는 어떻게 된 거야?"

하이코는 누군가 자기 작업에 관심을 보이는 걸 정말 좋아했다.

"네가 와인 샘에 들른다는 게 확실해지자 그 중국… 그러니까… 내 직원은 아트로핀을 제안했어. 벨라도나 독 말이야. 그 뚱뚱한 여자가 네 물병을 마시리라고는 예측할 수 없었어. 그 독은 너도 죽였을 거야."

"내 딸의 토끼들한테 시험해본 독?"

나는 계속 시간을 벌려고 애썼다.

길은 네가 원하는 걸 주는 게 아니라, 필요한 것을 준다.

내가 원하는 것은 하늘이 열리고 번개가 쳐서 하이코가 불에 타 두 조각으로 갈라지는 거였다. 하지만 하이코는 번개에 맞지 않고 계속 헛소리를 이어갔다.

"난 독의 효능을 시험하면서 또 다른 문제를 해결하려고 했어. 그 멍청한 토끼 나부랭이는 아무에게도 쓸데없단 말이야. 바보 같은 네 애새끼가 더러운 토끼를….”

바로 그 순간, 길이 나에게 필요한 것을 선물했다.

데자뷔였다.

다시 한번 머리통이 분홍색 구름 속에서 폭발했다.

이번에는 롤란트의 머리가 아니라 하이코의 머리였다.

방금 내 아이를 모욕했던 것이 사라졌다. 그 아래 있던 몸이 젖은 자루처럼 앞으로 쓰러졌다. 머리가 아직 있었더라면 몸이 내 옆에서 바닥에 부딪칠 때 아마 심연 너머를 내려다봤을 것이다.

하이코가 시야에서 사라지자 총을 들고 절벽에 서 있는 여자가 눈에 들어왔다. 카타리나였다.

“아무도 내 딸을 바보 같은 애새끼라고 부르지 못해.”

그녀는 절벽에서 뛰어내려 나에게 다가오더니 움직이지 않는 하이코의 봄에 두 번째 총격을 가했다. 나는 이렇게 화가 나 있는 동시에 이렇게 차분한 카타리나를 처음 봤다. 이렇게 아드레날린을 많이 내뿜는 모습도 처음이었다.

“카타리나? 무슨… 당신이 왜…. 당신, 여기서 뭐 해?”

“당신한테 계속 전화했는데 휴대폰이 꺼져 있었어. 배터리가 비었는지 아니면 혹시 충전 케이블을 잊은 건지, 그것도 아니면 뭔가 일이 벌어진 건지 알 수 없어서….”

카타리나는 전 남자친구의 시신 옆에 서서 휴대폰과 빈 배터리 이야기를 했다. 그녀가 지금 막 처음으로 사람을 죽였다는 사실을 고려하면 이해할 만한 반응이었다.

"그래서 나를 따라 스페인까지 왔다고?"

"당신이랑 마지막 통화를 한 후에 걱정이 되더라. 뭔가 남겨졌다고, 당신이 돌아오지 않으면 나더러 가서 찾으라고 했잖아. 난 당신이 유언장을 썼을까 봐 두려웠어."

"그래서…?"

"당신과 통화하려고 했는데 휴대폰이 꺼져 있더라고."

"충전 케이블을 알베르게에 두고 왔어."

갈매기 한 마리가 바람을 거슬러 날아와 하이코의 시신 근처에 내려앉으려고 했다. 카타리나는 총신으로 갈매기를 쫓으며 말을 이었다. 여전히 충격에 휩싸인 상태인 게 분명했다.

"계획을 좀 짜서 에밀리를 엄마에게 맡겼어. 어제 비행기로 비고까지 와서 거기서부터 기차를 타고 산티아고로 왔지. 수도원에 찾아가서 드라간 세르고비치 물건을 가지러 왔다고 말했어."

순례자 편지는 내가 전날 이미 가지고 왔으니 당연히 받을 수 없었다.

"반창고가 붙은 비옷을 받았지. 소포를 풀었더니 분해된 소총이 나왔는데, 난 이게 하이코의 무기라는 걸 금방 알아봤어."

"이 멍청이가 무기를 가지고 있다는 걸 당신이 알았다고?"

"하이코와 사냥터에 갔을 때 자기 무기에 대해 모든 걸 알려주더라고. 쏘는 법, 분해하는 법, 조립하는 법. 그 무기를 보고 번뜩 깨달았어. 당신이 돌아오지 못할 거라는 하이코의 암시. 회의에 참석해야 한다며 아주 급하게 떠난 여행."

"그런데… 우리를 여기서, 세상의 끝에서 어떻게 찾아냈어?"

"토끼 사건이 일어난 후에 하이코의 스마트폰에 아동 추적 서비스를 설치하고 하위 폴더에 숨겨뒀어. 내가 없을 때 우리 집에 몰래 들어오지 않는지 확실하게 알고 싶었거든. 어제 무기를 받고 앱을 보니 하이코도 스페인에 있더라. 그렇게 해서 상황을 알게 됐어. 렌터카로 산티아고부터 그를 쫓아왔지. 그래서 지금 여기 있는 거고."

아무래도 위치 추적 기구들의 긍정적인 관점에 마음을 열어야 할 것 같군. 디지털 디톡스를 하든 하지 않든. 부정적인 작용을 최소한 서로 무효로 만드는 능력이 있으니.

"시간을 딱 맞춰서 왔네!"

나는 카타리나를 품에 안았다. 그녀는 가만히 있었다. 자신의 결단에 여전히 너무 심하게 충격을 받은 상태라서 내 포옹을 알아차리지도 못했다.

카타리나는 나에게 안긴 채 움직이지 않는 하이코의 몸을 내려다봤다.

"저걸 이제 어떻게 하지?"

나도 그의 잔해를 내려다봤다.

"바다에 던지자. 자살이지."

"자살? 뒤통수에 총을 맞았는데?"

"그걸 확인할 팩트 체커가 여기 있어?"

"아니."

"시신이 파도에 휩쓸려 하루만 절벽에 부딪히면… 남아 있
을 의문이 없어."

"당신이 어떻게 알아?"

"영감과 명상으로."

카타리나와 나는 서로 마주 봤다. 우리는 말 없는 합의에 이
르렀다. 나는 하이코의 다리를 잡아끌어 그의 몸을 절벽 가장
자리와 평행하게 두었다. 카타리나와 나는 발을 하나씩 그의
시신 아래에 넣고 소리 없이 셋까지 센 다음 시신을 절벽 너머
로 떨어뜨렸다.

"여기 이건?" 카타리나가 자기 손에 든 무기를 가리켰다.

난 그것도 넘겨받아 절벽 아래로 던졌다.

"무기도 사라졌어."

"좋아." 카타리나가 대답했다. "이제 어떻게 하지?"

"에밀리에게 가자."

나는 충격받은 카타리나가 마음에 들었다. 이런 상태에서

는 신랄한 말들이 없어도 해결책을 찾으려는 교류가 가능했다.

나는 카타리나를 따라 절벽을 올라가 들길을 지나 주차장으로 갔다.

우리는 말 없이 렌터카에 올라 동쪽으로 차를 몰았다.

가는 길에 어떤 순례자가 우리 곁을 지나갔다.

아시아 남자였다. 배낭을 메고 기타 케이스를 들고 있었다.

습관상 마음속으로 순례 일지에 메모하려고 했다. 하지만 마지막 장을 이미 닫은 후였다. 지금 머리를 스쳐가는 깨달음은 다른 일기장에 써야 할지도 모르겠다.

세상의 끝에서 전처와 우정으로 만나는 것보다 아름다운 일은 없다.

그녀가 손에 장전된 무기를 들고 있다면.

기타 케이스를 든 중국인은 이따금 정말로 그저 기타 케이스를 든 중국인일 때도 있다.

옮긴이 전은경

한양대학교 사학과를 졸업하고 독일 튀빙겐 대학교에서 고대 역사 및 고전 문헌학을 전공했다. 독일어 전문 번역가로 활동하며 『폭풍의 시간』『여행자』『물의 감옥』『끝나지 않는 여름』『꿈꾸는 책들의 미로』『여름을 삼킨 소녀』『리스본행 야간열차』외 많은 책을 우리말로 옮겼다.

명상 살인 3
익명의 순례자

초판 1쇄 인쇄 2022년 3월 24일
초판 1쇄 발행 2022년 4월 12일

지은이 카르스텐 두세
옮긴이 전은경
펴낸이 최동혁

기획본부장 강훈
영업본부장 최후신
책임편집 조예원
기획편집 강현지 오은지
마케팅팀 김영훈 박정호 김유현 양우희 양희조 심우정
디자인팀 유지혜 김진희 김예진
물류제작 김두홍
재무회계 권은미
인사전략 조현회
디자인 어나더페이퍼

펴낸곳 (주)세계사컨텐츠그룹
주소 06071 서울 강남구 도산대로 542 8, 9층(청담동, 542빌딩)
이메일 plan@segyesa.co.kr
홈페이지 www.segyesa.co.kr
출판등록 1988년 12월 7일(제406-2004-003호)
인쇄·제본 예림

ISBN 978-89-338-7178-2 (03850)